KB167665

Kugane Maruyama | illustration by so-bin

마루야마 쿠가네 지음 김완 옮김

OVERLORD 〔15〕 The half elf God-kin

하프엘프 신인 | 上

15 오버로드

Contents 목차

Prologue

법국의 수장—— 최고신관장.

종파의 최고책임자인 6명의 신관장.

사법기관, 입법기관, 행정기관을 담당하는 3기관장.

마법의 개발과 연구의 핵심인 연구관장.

군사기관장—— 대원수.

총 12명으로 이루어진 이 모임이 바로 최고집행기관.

법국 최고권력자의 모임이자, 국가의 미래를 좌우하는 자리다.

별로 넓지도 호화롭지도 않은 이 방에, 밝은 표정을 한 이는 없다.

물론 이런 자리에서 활달한 태도를 보일 사람은 거의 없다. 그래도 이곳에 있는 멤버들은 법국에 봉사하는 동지이며, 가벼운 유머를 섞어 대화를 나눌 정도로는 오래 알고 지낸 사이다. 평소의 분위기는 조금 더 편안하다. 하지만 이번만큼은 긴장으로 팽팽해진 공기가 자리를 지배하고 있었다.

"마도국이 왕국 침공을 개시했네. 정확하게는, 이미 침공했지. 가공할 마도국…… 왕국조차도 그 사실을 한 달이나 알아차리지 못했다고 하니. 우리도 눈과 귀인 '바람'과 '물'을 잃어버린 상황에, 만약 '점성천리'가 없었더라면 훨씬 늦게 알았을 걸세. ……왕국의 운명은 정해진 거나 마찬가지. 이제는 시간이 없네. 모험자의 권유를 더 서둘러야 해."

최고신관장이 흙의 신관장── 레이몬 저그 로랑상을 보았다.

"최선을 다해 임하고 있습니다."

대답한 레이몬에게 연구관장이 물었다.

"그 나라에 있는 매직 아이템을 호락호락 마도국에 넘기는 건 아까운데, 어떻게든 손에 넣을 방법은 없겠나? 특히 그 나라의 비보 〈불멸의 부적Amulet of Immortal〉, 〈수호의 갑옷Guardian〉, 〈활력의 건틀렛Gauntlet of Vitality〉, 그리고──."

손을 꼽으며 헤아리던 연구관장이 천천히, 다시 말해 가장 중요하다는 것을 어필하며 말했다.

"〈체도칼날Razor Edge〉."

"무리지요. 그런 데까지 신경을 쓸 겨를은 없습니다. 동원할 수 있는 인원에도 한계가 있습니다. 왕국에 있는 법국민을 안전히 피신시켜야만 하고요."

"……마도국이 쳐들어오지 않았나. 전사장이 죽은 후에는 다음 전사장 후보인 앙그……라…… 어흠. 뭐 그런 사내가 착용하고 있지 않았던가?"

대원수가 묻자 다시 연구관장이 말했다.

"브레인 앙글라우스 말씀이군요. 그렇습니다. 그자와 함께 납치해버리면 되지요. 낭떠러지를 향해 달리는 말에 그대로 타고 있을 어리석은 자는 아닐 텐데? 처음에는 불쾌함을 보이겠지만, 금방 우리에게 감사하게 될걸."

"저희의 조사에 따르면 그럴 남자는 아닌 것 같던데요."

불의 신관장—— 베레니스 나구아 산티니. 최고집행기관에 둘뿐인 여성 중 한 사람이다.

"평가가 좋네?"

다른 한 명의 여성인 사법기관장의 말에 그녀는 미소를 지었다.

"맞아. 우리 신관장들은 그 사람을 높이 평가하는 동시에, 우리의 초대에 응하지 않을 인물이라 판단하고, 그와 접촉하지 않도록 지시를 내려두었어."

"그 전사장과 마찬가지——란 말이군요. 대국을 보지 못하고 불합리하게 감정에만 지배당하는 그런 사고방식은 이해할 수 없습니다."

그렇게 말한 입법기관장은 몇 명에게 호의적이지 못한 시선을 받고 황급히 말을 이었다.

"이거 실례했습니다. 조금 말이 지나쳤던 것 같군요. 하지만 제 생각에 목숨을 소홀히 한다는 것은 앞날을—— 인류의 미래를 고려했을 때 바람직한 행동이 아닙니다. 이 점에 대해서는 누가 뭐라 해도 의견을 굽힐 마음이 없습니다."

"그건 부정하지 않겠어."

조용히 대답한 것은 불쾌한 시선을 보냈던 인물 중 하나인 도미니크 일레 파르투슈—— 바람의 신관장이었다.

"하지만 우리에게도 양보할 수 없는 건 있지 않나? 그에게는 그게 바로 그것이었다는 뜻이지."

"구엘피 선생님도 그 생각에 동의하셨습니까?"

조금 불만스럽게 말하는 연구관장에게 고목 같은 노인—— 물의 신관장 지네딘 데란 구엘피가 고개를 끄덕였다.

"……그렇다면 이 건에 대해서는 더 이상 언급하지 않겠습니다."

"우수한 인재가 우리 나라에 와주는 건 기쁘지만, 현재 그들의 동태는 어떤가?"

법국에는 이미 많은 모험자 팀이 도착했다. 대부분이 미스릴 클래스 이상이며, 수명성전(水明聖典)의 정보수집 결과 장래성이 있다고 여겨지던 이들도 초빙되었다.

"별로 좋지는 않아—— 아니, 좋지는 않습니다."

이민 등을 담당하는 빛의 신관장 이본 자스나 드라클루아가 말했다.

"납득하고 왔다고는 해도, 많은 사람들을 저버렸다는 자책이 마음에 남아있나 보지—— 남아있는 것 같습니다."

일부러 존댓말을 쓰진 않아도 된다는 목소리가 참가자들 사이에서 나왔다. 이에 대해 이본은 "선배에게 경의를 표하는 것은 당연하다."고 의연한 태도로 대답하곤 황급히 "당연합니다."라고 바꿔 말했다.

실제로 신관장들끼리 회의를 할 때는 그도 존댓말을 쓰다 안 쓰다 한다. 하지만 그것은 한층 더 친밀하기에 그런 것뿐이다.

"그래서—— 우리도 그 자책감을 어떻게든 처리해주는 것이 좋다는 생각을 했습니다."

"어떤 방법으로?"

사법기관장의 물음에 대답한 것은 레이몬이었다.

"남을 구하지 못해서 생겨난 자책감이니, 남을 구하면 치유되리라 판단했죠. ——우선 용왕국으로 보내, 그곳에서 비스트맨들과 싸우게 하면 어떨까 합니다."

여기저기서 "그렇겠군."하고 수긍하는 목소리가 나왔다.

마도국이 용왕국에 접근해 언데드를 거래했다는 정보는 들어왔다. 매우 강력한 언데드라는 정보도.

이대로 방치하면 용왕국에서 법국의 영향력이 저하되고, 반면 마도국의 영향력은 강해질 것이다. 이를 막는다는 의미에서는 좋은 방법이다. 하지만 걱정하는 목소리도 있었다.

"우리가 권유해 데려온 왕국 출신 모험자를 감시의 눈이 닿지 않는 곳에 보낸다면, 마도국과 왕국의 전쟁 중에 우리가 물밑에서 움직였다는 사실이 모험자들을 통해 마도국에 전해지지 않겠나? 그보다는 그들을 한동안 국내에 머물게 하는 편이 안전하지 않을지?"

"그 점은 괜찮을 걸세. 왕국의 현재 상황을 아는 그들이—— 남들을 저버리고 온 것을 후회하는 자들이 그런 잔인한 나라의 편을 들지는 않겠지. ……정신조작계 마법에 걸려 입을 열 가능성은 있을지도 모르지만."

"아니, 그보다도 우리 나라가 전이를 구사하는 매직 캐스터를 보유했다는 사실이 마도국에 알려지는 게 더 문제 아닐까?"

"……하긴, 그건 그렇군."

"매직 아이템으로 전이한 걸로 해두었지만, 모험자들이라면 실제로는 아니라는 걸 간파할 우려가 있네. 입막음을 하더라도 어디서 어떻게 정보가 새나갈지 알 수 없어. ……우리의 카드가 마도국에 한 장이라도 드러나는 일은 피하는 편이 좋지 않겠나."

콜록콜록 기침을 하며 지네딘 데란 구엘피가 말했다.

"……음, 음. ……미안하네. 그 생각도 이해하네. 하지만 상대에게 카드가 알려진다는 건, 상대에게 경계심을 심어 섣부른 행동을 삼가게 하는── 억지력도 되지 않을까, 나는 그렇게 생각하네."

"저도 선생님 생각에 찬동합니다. ……예의 그 '삼중마법영창자Triad' 같은 사례가 있으니까요. 그렇게까지 민감하게 굴진 않아도 될 겁니다."

"어머, 그걸 아는 사람이 얼마나 될까? 제국의 대 매직 캐스터가 어느 정도의 마법을 구사할 수 있는지는 불확실한 정보밖에 전해지지 않잖아?"

"그런 자들이라면 〈전이〉에 관해서도 별로 신경을 쓰진 않을 것 같은데?"

여러 가지 의견이 오갔지만, 이대로는 결론이 나지 않으리라고 판단한 최고신관장이 표결을 제안했다. 다수결에 따라 모험자들을 용왕국에 보내 지원하기로 했다.

그렇다고는 하지만 스카우트한 모험자들은 법국에게는 용병과 마찬가지라 충성 따위는 기대하기 힘들다. 그러므로 이 자리에 있는 법국 수뇌진은 모험자들이 용왕국에 파견을 나갔다가 그대로 뿌리를 내려도 상관없다고 생각했다. 그들을 왕국에서 데리고 나온 것은 인간이라는 종(種)의 강자를 함부로 잃지 않기 위해서였으며, 법국의 강화는 주목적이 아니었기 때문이다.

"우리가 제5위계 이상의 스크롤을 작성하는 방법만 개발한다면 〈전이〉도 쓰기 쉬워질 텐데 말입니다……."

"수백 년을 들이고도 아직 성공하지 못했잖나. 조금씩 연구를 진척시켜나가면 돼."

법국에는 극비 기술 중 하나로 제4위계까지의 스크롤을 작성하는 기술이 있다. 이것은 주변 국가에는 없는 기술이다. 법국은 이러한 극비 기술을 몇 가지나 보유했다. 수백 년에 걸쳐, 인류를 지키기 위해, 인간보다도 뛰어난 종족을 타도하기 위한 기술을 개발해왔던 것이다.

예를 들면 '신의 피'라 불리는 포션의 생성에도 성공했다. 하지만 비용 대 효율이 좋지 못하므로 연구는 아직 계속되고 있다.

"그렇다 쳐도 마도왕은 왜 그런 잔학한 짓을 저지르게 된 거지? 아무리 성왕국을 지원하는 물자가 약탈당했다고는 하지만 이건 지나친데. 군에서는 그 점을 어떻게 분석했나?"

"첫 번째는 시위행위."

손가락을 하나 세운 대원수의 말에 여러 사람이 고개를 끄덕였다.

"두 번째는, 마도왕은 어차피 언데드이기 때문에."

"산 자에 대한 증오에 지배당해서라는 견해일지도 모르지만,

난 거기엔 반대하네. 가령 개전의 계기를 기다렸다고 해도, 이제까지 마도왕의 행동을 보면 이번 건에는 위화감이 들어."

"네. 저희 군부에서도 그 가능성은 별로 없을 거라고 추측했습니다."

대원수가 자못 심각한 표정으로 말하자, "그럼 뜸 들이지 말고 말해."라느니 "레이몬이 했던 거 흉내 내고 싶었나 보지."라느니 "자넨 때와 장소를 좀 가릴 줄 알아야해."라느니 하는 목소리가 날아들었다.

"어흠…… 그리고 가장 가능성이 높다고 여겨지는 것이 세 번째."

그리고 손가락 하나를 더 세우며 말을 이었다.

"카체 평야와 같은 언데드 다발지대를 만드는 것."

그럴 수 있겠다며 다들 신음 소리를 냈다.

법국── 신앙계 매직 캐스터가 많은 이 나라의 최고위 권력자들은 대원수가 말하고자 하는 바를 깊이 이해했다.

부정한 대지를 퍼뜨려, 그곳에 출현한 언데드를 자국에 끌어들이려는 계획이리라. 다른 나라 같으면 불가능하겠지만 같은 언데드가 왕인 마도국에서는 가능한 방법이다.

비슷하게 부정의 땅인 카체 평야를 지배했다는 소문이 있는데, 어쩌면 그곳에서 무언가를 얻었기에 이런 수단에 나섰는지도 모른다.

"그렇게 생각하면── 마도국의 다음 수는 예측할 수 있겠군요."

"그건 왜인가?"

"평의국과의 사이에 부정한 대지를 만드는 겁니다. 그렇게 하면 그곳이 평의국에 대한 방패가 될 테니——."

"——법국과 싸울 수 있단 말인가."

실내가 조용해졌다. 각자 여러 가지 분야에서 자국과 마도국을 비교하고 있는 것이다. 특히 군사력을.

모든 이의 표정이 침통함 그 자체였다. 태연한 표정을 유지할 수 있는 이는 없었다.

지난번 회의에서 알려졌던 정보를 떠올리면 무리도 아니었다. 카체 평야에서 왕국과 전쟁을 하면서 마도국이 보인 힘은 누가 봐도 알 수 있을 만큼 너무나 강대했으며, 또한 사악했다.

법국의 히든카드인 신인(神人)을 포함한 칠흑성전으로도 대처하기는 지극히 어려웠다. 게다가 마도국의 저력은 아직도 파악할 수 없어, 조사하면 조사할수록 시커먼 심연만을 보게 될 뿐이었다.

"병력은 많으면 많을수록 좋지. 지금은 역시 평의국과 전면적으로 동맹을 맺을 수밖에 없겠어."

"그렇게 하면 여차할 때 원군을 보내줄지도 모르고."

모두의 얼굴에 조소와도 비슷한 웃음이 떠올랐다.

나라를 구하기에 충분한 원군이 올 리는 없었다.

뻔한 일이다.

주의주장과 목적이 전혀 다른 나라끼리 진정한 의미에서 협조할 수 있겠는가. 동맹을 맺은 이상은 원군이 오리라고 기대해도 좋을지 모르지만, 백금용왕Platinum Dragon Lord 본인이 오는 일은 절대 있을 수 없을 것이다.

어느 한 나라가 멸망할 경우, 남은 나라는 마도국의 압력을 전면적으로 받게 된다. 이를 피하려면 온 힘을 다해 협력해서 두 나라가 마도국과 적대하는 쪽이 현명하다. 하지만 만약—— 정말로 만약의 이야기지만, 두 나라가 연합군을 이루어 마도국에 쳐들어가, 승리를 거둔 후에는 어떻게 될까. 다음 순간부터 평의국과 법국은 가상적국으로 돌아가는 것이다.

전쟁 이후를 조금이라도 생각한다면, 마도국의 병력을 하나라도 더 상대편의 나라에 붙이도록 움직일 것이며, 동맹을 맺어 사람의 흐름이 늘어난다면 첩보전은 오히려 지금보다도 격화될 것이 틀림없다.

이처럼 평의국과 동맹을 맺었다 해도 전면적으로 신뢰하기란 불가능하다.

법국 혼자 싸워 이길 생각을 하는 편이 그나마 현실적이다.

그리고 가령 마도국과 싸우게 될 경우, 법국과 마도국 양측이 모두 쓰러지게 되는 전면전쟁은 피해야 할 것이다. 이 또한 평의국의 이익이 되기 때문이다.

삼자견제 구도가 가장 이상적이겠지만, 그것은 힘이 서로 균형을 이룰 때의 이야기다.

"마도국에 무릎을 꿇는 건 나쁘지 않네. 수십 년이든 수백 년이든 숨을 죽인 채 내부에서 마도국을 붕괴시키도록 행동하면 되니. 그때쯤이면 마도국의 내정도 알게 될 테고."

"제국이 속국이 된 걸 보면 절대로 불가능하진 않겠지. 제국의 취급을 보면 그렇게까지 비참한 일은 일어나지 않는 것 같고."

"하지만 그걸 국민들에게 납득시킬 수 있겠나?"

"어렵겠죠. 일반시민이 납득할 리가 없어요. 잘못하면 폭주할 수도 있고요."

"멍청한 놈들은 탄압해버리면 돼."

"이봐, 너무 극단적이잖아. 그건 최후의 수단이지. 무엇보다 시민은 우리처럼 모든 정보를 가진 게 아니야."

"그럼 우리와 같은 정보를 주란 말인가? 그랬다가 시민이 폭주했던 역사가 있기에 지금의 형태가 된 게 아닌가."

"그렇게 시비조로 말하지 말게. 마도국이 왕도를 함락시켰다 해도 인심을 달래고 점령통치를 하는 데에 시간을 들이지 않겠나? 그 후의 일을 생각한다면 조금 더 시간이——."

"——아니, 그렇게 단언할 수는 없을걸. 마도국은 수많은 도시와 마을을 철저하게 파괴했어. 왕도를 똑같이 하지 않으리란 법이 있나?"

왕도에 사는 주민은 수가 많다. 이를 몰살한다는 것은 조금 현실성이 없었지만, 마도국이라면 그럴 수도 있으리라는 불안감이 들었다.

"생명을 증오하는 언데드라."

"……에 란텔에서는 쓸데없이 인명을 해치지 않는 걸 보고 조금 방심했어."

"마도국은 이미 제국을 속국으로 삼고, 성왕국과 용왕국에 손을 뻗고, 이번에는 왕국을 유린하고 있네. 그렇다면 다음은 우리 차례라고 생각해야겠지. 복종인지 죽음인지, 너무나도 진부하고, 그러면서 회피할 수 없는 양자택일을 종용할 걸세. 그러기 위해서라도—— 마도국과 전쟁을 한다 해도 우리의 문제를 하나 해결해야만 해.”

“음. 그 썩을 엘프들을 조속히 멸망시켜야지. 마도국과의 관계가 앞으로 어떻게 될지는 모르지만, 두 곳에 전장을 두는 건 어리석은 짓이니.”

이제까지 엘프의 나라를 멸망시키기 위해 마도국이 탄생하기 전부터 힘을 할애했다. 마도국에 관한 사항에 전력을 쏟지 못했던 것은 이 때문이다.

“압도적인 군사력을 가진 마도국을 대놓고 적으로 돌리는 건 최악의 사태지만, 그 최악을 상정하고 키를 잡는 게 우리의 역할이지. 놈들은 단기간에 전부 끝내버리는 편이 좋겠어.”

“왕국에서 군을 움직이는 동안에는 마도국이 우리를 건드릴 거라고는 생각할 수 없지만, 사태가 급변해 우리가 움직이는 걸 견제하려 들 가능성은 있네. 양동책으로, 자연발생을 가장해 국경 근처에 언데드를 출현시키는 것도 생각할 수 있지. 그쪽에도 어느 정도 대비해둬야 할 걸세.”

“그렇군……. 그와 동시에…… 조금이라도 인간이라는 종의 가능성을 남겨야 하고.”

몇 명이 조용히 고개를 끄덕였다.

“일부 백성을 피난시키세. 우리 희망의 땅, 아니 절망의 흔적으로.”

피난이라 해도 법국의 바깥에 의지할 만한 나라가 있는 것은 아니다. 그렇다고 유랑민으로 만든다는 것도 아니다.

법국은 국외에 단 한 곳, 피난 장소를 만들어놓고 있다. 별천지라고도 할 수 있는 그곳은 원래—— 600년 전, 그저 이리저리 도망치고 두려워하기만 하던 인간이라는 종족이 살던 장소다.
그곳을 지키는 것이 육색성전 중 하나, 토진성전(土塵聖典)이다.
"……피난이라면 지금부터 준비를 해두는 편이 좋겠군. 누가 고르겠나?"
"무작위로 할 수도 없지. 우리가 남는 건 당연하고, 다들 각자 대표자를 선출해서 그 사람에게 선정하도록 시키는 건 어떨까?"
"아니, 로랑상 공은 가야지."
"뭐?"
"만에 하나, 우리가 멸망할 경우, 과거 칠흑성전에 속했던 자네라면 남은 이들을 지키고 이끌 수 있지 않나?"
"이젠 나도 예전 같지 않아. 게다가 어떤 순간에라도 남아야 할 인물들, 조직의 상위자가 남지 않는다면 많은 이가 불신감을 품을걸."
"하지만———."
"아니———."
"내 생각에———."
논의의 열기가 달아오르기 시작하자 이번에도 최고신관장이 입을 열었다.
"여기서 열을 내봤자 소용없네. 중요한 안건이지만 아직은 조금 유예가 있겠지."
이의는 없었다.
"좋아. 그렇다면—— 가장 중요한 안건을 의논하세. 엘프 놈들은—— 놓쳐도 돼. 하지만 그 빌어처먹을 엘프 왕만은 확실하게 몰아넣어야——."

다른 사람처럼 보일 정도로 증오에 가득 찬 최고신관장의 표정에 레이몬이 고개를 끄덕였다.

"'절사절명(絕死絕命)' 에게 선택의 기회를 주겠습니다."

"음. 그 아이가 국외로 나간 걸 백금용왕이 감지하더라도, 지금 이 상황에서 세게 나서지는 못할 걸세. 개인적으로는 엘프왕에게 이 세상의 모든 고통을 준 후에 죽여버리고 싶지만——그 아이의 행복이 우선이지. 부탁하네."

"분부에 따르겠습니다."

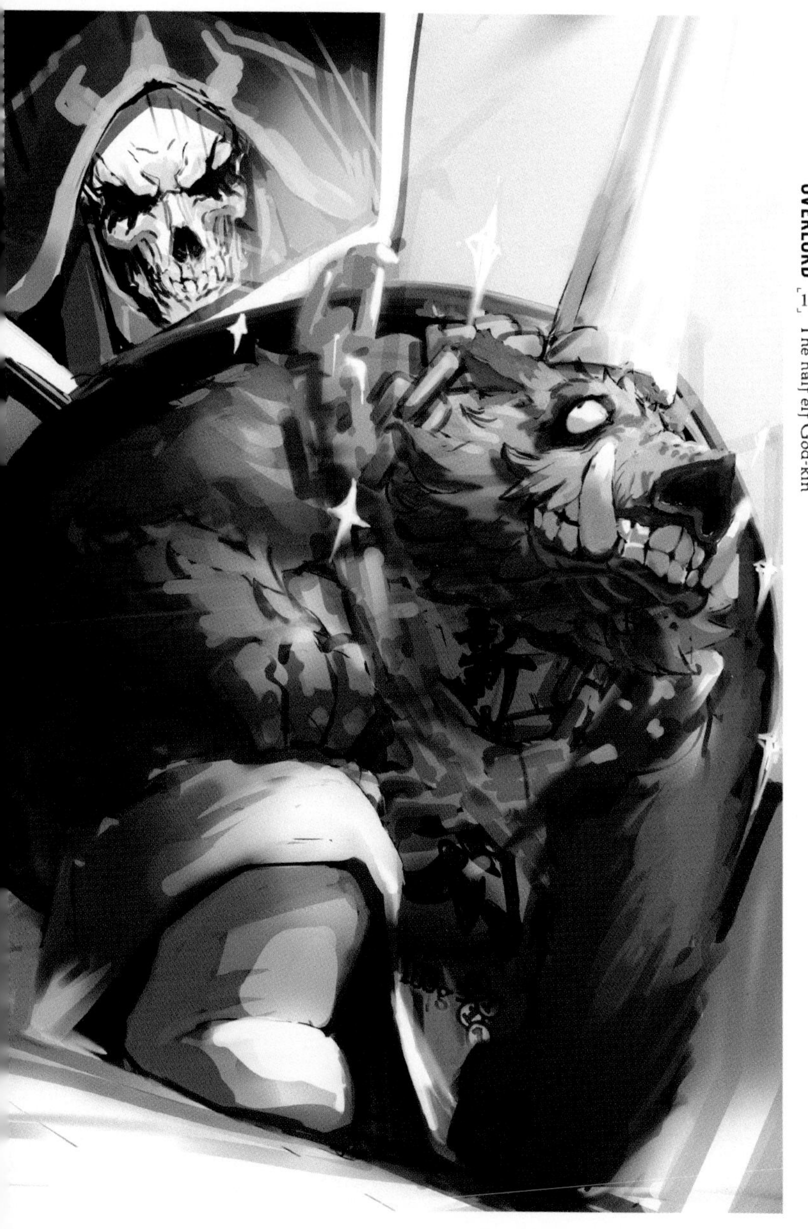

1장 유급휴가를 내기 위해

Chapter 1 | To Take a Paid Vacation

1

아인즈는 두꺼운 바인더에 담긴 서류를 넘겨 마지막까지 다 읽은 후, 제일 위의 페이지로 돌아와, 구석에 자신의 도장을 꾹 찍었다. 그 후, 조금 망설인 다음 승인 도장도 마찬가지로 꾹. 이로써 이 바인더에 기재되었던── 아인즈가 보기에는 매우 고도한 수준의 정치적 문제를 해결할 방법이 승인되었으며, 이에 따라 알베도가 인원을 선출하고 목적을 위해 나아가기 시작할 것이다.

아인즈는 옆에 대기하고 있던 류미엘에게 바인더를 건넸다. 이로써 오늘 마지막 업무가 끝났다.

아인즈는 시계로 시선을 돌렸다.

바늘이 가리키는 시각은 10시 30분.

아인즈의 업무 개시 시각은 10시다. 다시 말해 일을 시작하고 30분밖에 지나지 않았지만, 요즘은 거의 이렇다. 원래 아인즈의 일은 오전 중에 다 끝나버리는 경우가 태반이었다. 하지만 그렇다 쳐도 빠르다.

회사원 시절의 스즈키 사토루라면 일이 이렇게 늦게 시작되는 경우는 ——야간조 같은 경우를 제외하면—— 없었다. 다만 이것은 사토루의 상식이며, 메가 코퍼레이션 같은 곳에서 일하는 사람들에게는 늦은 시간대에 일을 시작하는 경우도 드물지 않고, 반대로 우르베르트 같은 사람은 탄력근무 제도가 있는 것 자체가 복받은 거라고 말했다.

그럼 이 세계에서 살아가는 사람들—— 예를 들어 엔리나 운필레아처럼 마을에서 살아가는 사람들은 어떤가 하면, 그들은 아침 해가 뜨는 시간대에 행동을 시작해 해가 저물 무렵에 잠드는 것이 일반적이다.

이것은 도시에 사는 서민도 거의 비슷하지만, 아침은 조금 더 늦고, 저녁도 시골보다는 조금 늦다고 한다. 조명이 있느냐 없느냐가 큰 영향을 미치는 것이다. 또한 마법의 조명 같은 것을 다수 보유한 귀족들은 늦게까지 깨 있는 만큼 일을 시작하는 시간대도 늦어진다고 한다.

그러면 나자릭의 업무가 일괄적으로 10시에 시작되는가 하면, 전혀 그렇지 않다.

나자릭은 블랙 중의 블랙이다.

우선 일반 메이드는 주간조과 야간조로 나뉘어 장시간 일한다. 제9계층을 경비하는 코퀴토스의 부하들도 마찬가지다. 휴식시간은 애매하고, 잠깐씩 숨을 돌리는 시간 따위는 거의 없다. 간식 타임도, 담배를 피울 시간도 없다.

그러나 대우에 대한 불평불만은 '없다' 가 9할을 차지한다.

화이트한 직장환경을 바라는 아인즈는 이러한 이야기를 일반 메이드들에게 듣고 있다.

듣고서 드는 생각은 '이 녀석들 머리 이상해' 였다. 아니, 충성심이 높다고 해야 할까.

아이템 덕분에 피로가 쌓이지 않는다면 무한히 일하는 건 당연하죠? 하고 진지한 얼굴로 말하는 모습에는 아인즈도 소름이 끼쳤다. 심지어 대우에 불만이 있다고 대답한 나머지 1할의 요망도 '더 일하게 해달라' 는 것이었을 정도였다.

다만── 그것도 얼마 전까지의 이야기다.

자신의 강요일 수도 있지만, 아인즈는 복리후생을 잘 갖추고 싶다는 생각을 늘 했다. 그러기 위해 아인즈가 특별히 착안했던 것은 역시 일반 메이드들이다.

우선, 그녀들은 레벨이 매우 낮다. 그리고 미목수려한 여성의 외견을 가진 것도 큰 이유가 되었다. 편애할 생각은 없지만 역시 아무래도 코퀴토스 같은 이들과 비교하면 태도가 부드러워지게 된다.

아인즈가 명령하면 나자릭 내의 거의 모든 이들이 따를 것이다. 하지만 그렇게 했다간 그녀들의 의욕을 깎아버릴지도 모른다.

그러므로 잘 구슬릴 필요가 있다.

그래서 이렇게 말했던 것이다.

앞으로 일반 메이드가 인간 메이드들의 상급자가 되어 지도할 날이 올지도 모른다. 그때 '우리는 원래 이렇게 했다' 면서 지나치게 일을 시켜서는 안 된다.

이렇게 해, 다들 마지못해 따르기는 했지만, 노동시간을 줄이고 휴일을 늘리는 데 성공했다.

그 전까지는 41일에 하루였던 휴일이, 놀랍게도 두 배.

이틀이 된 것이다.

——전혀 달라진 게 없잖아.

아인즈도 그렇게 생각은 하지만, 그 이상이 되면 저항이 상당히 심해질 것 같았다. 실제로 그런 기미가 있었다. 그러므로 타협할 수밖에 없었다.

그렇기에 휴가 시스템—— 유급휴가, 여름휴가, 경축일 등의 휴일을 잘 욱여넣는 것도 아직 못하고 있다.

이러한 휴가라는 시스템을, NPC의 반대가 있음에도 불구하고 억지로라도 끼워넣고 싶은 것은, 어쩌면 메이드들을 위해서보다도, 스즈키 사토루가 그런 휴가와 거의 인연이 없었기에 동경해서인지도 모른다.

그러므로 아인즈는 다른 수단을 동원하기로 했다.

나자릭의 정점인 아인즈가 일을 줄이기로 한 것이다. 우두머리가 일을 별로 하지 않으니까 자신들도 그렇게까지 일하지 않아도 되는 것 아닐까, 하는 의식변혁을 꾀한 것이다.

물론 우수하지 않은 자신이 솔선해서 일하면 나자릭이 엉망진창이 되리라는 예감을 느낀 것도 이유 중 하나였다.

하지만 이것은 실패했다.

나자릭 사람들은, 아인즈가 일하지 않는 것은 당연하고 그만큼 자신들이 더 열심히 해야겠다는 방향으로 생각을 바꾸었던 것이다.

그 결과, 안 그래도 승인이 거의 대부분이었던 아인즈의 얼마 안 되는 일이, 이제는 더욱 줄어들었다. 이 상황은 매우 좋다. 우수하지 않은 아인즈가 많은 일을 끌어안고 있으면 틀림없이 나자릭에 좋지 못한 결과를 가져온다. 하지만 그러기 위해 다른 이들이 고생하는 것은 조금 미안했다.

'하아…….'

아인즈가 곁눈질로 본 것은, 빠릿빠릿 진지한 표정으로 ―― 눈빛이 엄청 강렬했다―― 이쪽을 응시하는 두 명의 메이드였다. 오늘의 아인즈 당번 메이드와 집무실 담당 메이드로, 두 사람 모두 시선이 마주칠 때마다 "무슨 일이시온지요?" 하고 묻기 때문에 이를 피하기 위해서였다.

'그렇게까지 진지하게 안 해도 되는데……. 어깨서 힘 좀 빼줬으면……. 이 긴장감 도는 공기 때문에 위장이 아파…….'

메이드들의 미소를 본 것이 대체 언제였던가. 아인즈는 그런 생각을 하고 말았다. 마지막으로 다시 한번 마음속으로 한숨을 내쉰 아인즈는 곁에 선 메이드에게 말했다.

"……그러면, 류미엘."

"예, 아인즈 님."

"확인하겠다만, 오늘 내 일은 이것으로 끝이냐?"

"예, 아인즈 님. 이것으로 끝입니다."

오늘의 아인즈 당번 메이드인 그녀에게 물은 것은, 이제는 알베도가 없을 때면 비서 같은 일도 일반 메이드가 담당하게 되었기 때문이다.

알현, 교섭. 그러한 것들은 오늘의 예정에는 없다고 한다.

그렇다 해도 갑작스러운 일이 들어올 가능성은 있으니 결코 방심할 수는 없다. 엔토마의 〈전언Message〉 같은 것에 호출당하는 형태로 갑자기 들어오는 안건은 매우 성가시며, 있지도 않은 위장이 시큰시큰 쑤시는 일이 될 것이 뻔하기 때문이다.

"그렇군……."

아인즈는 시선을 돌려 이 방에 있는 또 다른 책상을 보았다.

알베도의 강한 요망에 따라 놓게 된 자리인데, 그곳에 그녀의 모습은 없었다.

대부분의 경우 알베도는 이 방에서 아인즈와 함께 집무를 보지만, 왕도를 함락시킨 후 아직 며칠밖에 지나지 않은 지금은 상당히 바쁜지 빈번히 나자릭 안을 뛰어다니고, 때로는 현지에 달려가 절충하기도 하므로 있는 시간이 드물어졌다.

자신이 없을 때 알베도가 어떻게 하는지를 메이드들에게 물어보니, 상당히 신경이 곤두서 있다는 대답이 돌아왔다. 역시 업무량이 많아서일까, 아니면 아인즈를 만나지 못해서일까.

'후자라면, 만날 시간을 늘리는 게 제일 좋겠지.'

그렇게 해 그녀의 기분이 좋아진다면 거부할 이유는 전혀 없다.

"……."

아인즈가 아무 말도 하지 않으면 누구도 발언하지 않으므로 실내는 완전히 정적에 잠겼다.

본심을 말하자면, 좀 더 쓸데없는 수다가 오가는 직장이야말로 아인즈가 바라는 것이지만, 그녀들이 그럴 일은 결코 없다는 것을 지난 몇 년 동안 잘 알았다.
너무 안타깝다.
'이렇게 시중을 받는 생활이 평생 이어지겠지……. 뭐, 그건 어쩔 수 없지만. 그래도 조금 더 환경을 바꿀 필요는 있을 거야.'
평소의 아인즈는 남은 시간을 다채롭게 이용한다.
승마 훈련.
학술서를 읽는 척하면서 비즈니스서 읽기. 그리고 정치 책도. ——머리에 별로 안 들어오는 것은 흘려 읽기 때문일 것이다. 결코 아인즈의 두개골이 텅 비어서는 아닐 것이다.
다양한 마법 실험도 있다.
요즘은 코퀴토스에게 가서 무기를 사용하는 훈련에, 판도라즈 액터와의 훈련 같은 것도 추가했다.
"그러면——."
집무실에서 혼잣말을 하듯 ——실제로는 일부러—— 목소리를 냈다.
슬슬 행동을 시작해도 문제없을 것이다.
지금부터 시작할 일은 아우라와 마레에게 친구를 만들어주는 계획. 그러기 위한 사전준비다.
두 사람에게 어떤 친구를 만들어줄 것인가 하면, 당연히 다크엘프가 제1후보다. 그 다음은 근친종인 엘프 등. 앞으로의 세계를 내다본다 해도 느닷없이 ——첫 친구로—— 리저드맨이나 고블린을 들이대는 건 조금 하이레벨이 될 것이다.
우선은 가까운 종족부터다.

시선을 류미엘에게 돌렸다.

"——이제부터 제6계층으로 가겠다. 따라오거라."

"분부 받들겠습니다."

별말이 없어도 따라오겠지만 말해두는 편이 좋겠지.

아인즈는 류미엘을 거느리고 반지의 힘을 써서 제6계층으로 전이했다.

류미엘에게 명령하면 원하는 인물들을 집무실까지 데려와줄 테니, 나자릭의 최고지배자로서는 만나고 싶은 자들을 불러내는 쪽이 어울릴지도 모른다. 그러나 그렇게 하지 않은 것은 원만하게 일을 진행하고 싶었기 때문이다. 그러려면 역시 아인즈 자신이 직접 찾아가 성의를 보여야 하리라.

무례하게 불러내는 것보다도, 이쪽에서 찾아가는 편이 더 존중받는다는 느낌도 나고 친밀감도 들 터. 이곳의 지배자가 일부러 찾아왔다는 것이 적당한 압박감이 되어준다면 분명 일도 한결 수월해질 것이다.

만나고 싶었던 인물들이란, 과거에 모험자들을 나자릭에 끌어들였을 때 포로로 삼았던 세 명의 엘프들이었다.

'……엘프들을 제6계층에 두었을 때 좀 더 자세한 정보를 끌어냈어야 했겠지만…… 무리였으니까.'

그 후로 몇 년이 경과했지만, 처음 만났을 때 최소한도로 이야기를 듣기는 했어도, 엘프의 나라에 대해서나 개인적인 정보까지는 얻지 못했다. 왜냐하면 당시에도 그 후로도 아인즈는 노예로서 학대받던 엘프들을 구해낸 우호적인 언데드라는 위치에 있고 싶었기 때문이다. 그녀들의 집이 있는 장소나 엘프라는 종족에 관한 자세한 정보를 시시콜콜 캐내려 하면 선의로 구해주었다는 생각은 결코 들지 않을 것이다.

그럼 지금 물어봐도 마찬가지가 아니겠느냐고 하면, 그렇지는 않다.

나자릭 지하대분묘 하나뿐이었던 그 무렵과는 상황이 완전히 다르다.

다채로운 종족을 받아들인 나자릭 지하대분묘── 아인즈 울 고운 마도국에서, 엘프들의 나라와 국교를 맺기 위해 다양한 정보를 얻으려 한다는 것은 이상한 일이 아니다.

'그런 부분은 이제 얼마든지 변명이 가능하니까. 아우라와 마레가 폭력적으로 대하고 있다는 말은 못 들었고……. 마음을 열어주면 제일 좋겠지만, 뭐, 거기까지 기대하진 말자. 그때부터 이 정도까지 생각했다면 명령을 좀 더 잘 내렸을 텐데…….'

그런 생각을 하면서도, 아우라와 마레가 아인즈의 명령을 받고 엘프들에게 가식적인 다정함으로 대한다는 것은 왠지 싫었다. 명령을 받은 것이 데미우르고스나 알베도였다면 아무렇지도 않았겠지만.

아까의 일반 메이드와 코퀴토스 건도 그렇고, 상대의 외견에 따라 판단이 달라지는 것은 좋은 일이 아니겠지만, 아무래도 그런 면에 사로잡혀버리는 것은 아인즈가 일반인이기 때문이리라.

아인즈는 류미엘을 거느리고 어스름한 통로를 나아갔다. 통로 끝에는 거대한 격자문이 내려와 있었으며 그 틈새로 햇살이 스며들었다.

그 너머는 제6계층의 원형투기장이다.

반지를 쓰면 쌍둥이의 거처 근처까지 전이할 수 있지만, 그것을 피한 이유는――

――마치 자동문처럼 격자문이 힘차게 올라갔다. 아인즈는 문득 기시감이 들었다. 이 세계에 처음 왔던 날에도 이렇게 이곳을 찾아왔고, 이 너머에 있는 조그만 실루엣과 만났던 것이다.

"아인즈 님, 잘 와주셨어요!"

소녀의 씩씩한 목소리가 날아들었다.

"음. 아우라, 잠깐 볼일이 있어서 말이다―― 잘 부탁한다."

보아하니 오늘은 아우라가 남는 날인 모양이었다. 이건 행운이다.

마도국이 커짐에 따라, 각 계층수호자는 다양한 일을 맡게 되었다. 당연히 나자릭 밖에서 활동할 때도 많다. 하지만 어떤 때에도 알베도, 데미우르고스, 마레, 아우라, 코퀴토스, 샤르티아 중 두세 명은 나자릭에 남아있도록 해두었다고 한다.

대부분은 알베도와 코퀴토스와 샤르티아 세 사람이지만, 코퀴토스는 리저드맨 마을 같은 곳에 가는 경우가 있고, 샤르티아는 드래곤들을 사역하러 나갈 때가 있다.

그럴 때는 다른 사람이 남는다고 한다.

이것은 아인즈의 명령이 아니다.

분명 아인즈는 이 나자릭의 방위책임자로 코퀴토스를 임명하고 부책임자로 샤르티아를 두는 것을 생각했던 적이 있다. 하지만 그 무렵과는 지배영역의 넓이가 다르다. 그러므로 개인적으로는 수호자가 한 사람이라도 남아있다면 다른 사람들은 밖에서 활동해도 상관없다고 생각하기는 했다.

다만 그것을 자신이 먼저 말하는 것은 상당히 저어되었다.

수호자들이 자주적으로 생각해 행동하는데, 아인즈라는 절대자의 의견이 끼어들었다고 해서 그것이 우선시되는 것을 우려해서다. 역시 수호자의 자율성을 존중하고 싶었다.

애초에 아인즈보다도 훨씬 똑똑한 알베도와 데미우르고스가 찬성한 단계에서 아인즈의 생각 따위는 무의미할 것이다. 범부만도 못한 아인즈의 생각보다는 분명 수호자들의 생각이 더 옳을 것이다.

"네! 알겠습니다, 아인즈 님. 그런데 오늘은 무슨 일로 오셨나요?"

"――음."

활짝 웃는 아우라에게 아인즈는 무게를 잡으며 대답했다. 솔직히 지금, 그렇게까지 무게 잡고 말할 의미는 없었다. 여느 때의 지배자다운 태도로 '음'이라고 평범하게 대답하면 그만이었다. 하지만 왠지 지금부터 해야 할 일을―― '과연 잘 풀릴까'를 생각하고 있으려니 무게 잡는 대답이 되고 말았을 뿐이다.

다만 효과는 절대적이었는지, 아우라가 표정을 다잡았다.

이건 안 좋다. 분명 뭔가 착각하고 있을 것이다.

"우――."

'우짠다'라고 말할 뻔했다. 하지만 망설이는 모습을 보여서는 안 된다. 그 부분을 지적받으면 연기가 잇달아 붕괴돼 그저 갈팡질팡하기만 할 거라고 자신할 수 있었다.

"――우선, 그래, 우선 엘프들을 만나러 왔다."

"……죄송하지만 일단 확인하겠습니다. 엘프라고 하시면, 포로 엘프들을 말씀하시는 건가요?"

'미안해. 역시 이상하게 얼버무리지 말걸 그랬지……. 그렇게 심각한 눈으로 쳐다보지 말아줘…… 아까의 미소를 다시 한 번…….'

"……그렇다. 현재 그자들이 어떻게 지내고 있는지, 그리고 다음의 한 수를 위해 여러 가지 이야기를 들어두고 싶어서 말이다."

"알겠습니다. 그러면 즉시 데리고 오겠습니다."

이렇게 될 줄 알았다. 그렇다기보다는 나자릭에 속한 자들이라면 누구나 지금의 아우라와 마찬가지로 대응할 것이다. 그렇기에 아인즈는 미리 준비해두었던 설득의 말을 건넸다. ——둘러대는 말이라고도 할 수 있다.

"아, 아니, 그럴 필요는 없다. 왜냐하면 두 가지의 노림수가 있기 때문이지."

"……두 가지나, 말인가요. 그냥 포로를 만나는 데에도 여러 가지 생각이 있으시군요……."

'과연 아인즈 님' 이라는 눈이 이쪽을 향한다. 아우라와 마레에게 '이론으로 둘러대고 있을 뿐인데요' 라고는 말할 수 없는 아인즈는 살짝 시선을 옆으로 돌리고 말았다.

"하나는 내가 직접 찾아가 상대에게 압박을 가하는 것. 또 하나는…… 엘프들과는 직접 관계가 없지만, 토브 대삼림을 완전히 지배하면서 다양한 자들이 이곳 제6계층에 왔다. 어떤 식으로 살고 있는지 내 눈으로 직접 보고 싶어서 말이다. 어떠냐, 아우라. 괜찮다면 가장 변화한 부분을 안내해줬으면 하는데, 괜찮겠느냐?"

기본적으로 각각의 계층은 수호자들에게 맡기고 아인즈가 간섭하는 일은 거의 없다. 그러므로 자신의 눈으로 변화를 직접 확인한 적은 없었다. 이것은 신뢰의 증거다. 부하들의 업무수행이 원활하다면 상사가 옆에서 끼어들어봤자 번잡하게 여겨지기만 할 뿐이다.

그러므로 기왕 온 김에 한번 보기나 하자고 생각했던 정도였다. 하지만 이를 어떻게 받아들였는지는 몰라도 아우라의 분위기가 달라졌다. 뭐랄까, 긴박한 느낌으로 바뀐 것이다.

"——알겠습니다. '우선' 이란 그런 뜻이셨군요."

아우라가 빠릿빠릿한 표정으로 대답했다.

"그리고 '괜찮겠느냐' 는 질문은 하지 않으셔도 돼요, 아인즈님! 아인즈 님은 나자릭의 절대적인 지배자시니까요. 어디에 계시든 관리자의 의견 따위 물어보실 필요는 없어요!"

"아……? 으, 음. 그렇게 말해주니 고맙구나."

"고맙다고 하실 필요도……. 어, 그러면 꽃밭이 가장 많이 달라진 곳이라고 생각하니까, 그쪽으로 안내해드릴게요."

"꽃밭——."

아인즈는 기억을 뒤져보았다.

"——일부 식물계 몬스터들이 이주했던 곳이었지."

"네, 맞아요. 그리고 지성이 없는 식물계 몬스터를 이주시켜 본 격리 에어리어, 지혜 있는 식물계 몬스터가 사는 에어리어, 그리고 옛날에 만든 마을을 거점으로 삼아서 마치 인간처럼 사는 자들도 있으니까 그쪽도 안내해드릴까요?"

마을이란 나자릭 내에서도 인간이 살 수 있게 만든—— 만약 장래에 다른 플레이어와 조우했을 경우 나자릭에서도 인간과의 공존공영을 꾀하고 있다는 핑계를 위해 만들게 했던 것으로, 작은 집 몇 채가 세워진 장소다. 밭도 있긴 하지만 솔직히 마을이라고 할 만한 규모는 아니다. 하지만 그 외의 적당한 호칭도 없었으므로 마을이라 부르고 있다.

"기억하시나요? 드라이어드인 피니슨 말이에요."

"……그래, 똑똑히 기억하지."

대부분 거짓말이었다. 왜냐하면 얼굴 같은 것은 거의 기억이 나지 않았기 때문이다. 흐릿한 그림자 정도로만 떠올릴 수 있었다. 다만, 그런 것이 있었다는 기억은 있다. 정확하게는 그 뒤에 있었던 전투를 더 강하게 기억했으므로, 여기에 딸린 형태로 기억한다고 말하는 편이 정확하지 않을까. 솔직히 말해 아인즈는 사람의 이름과 얼굴을 기억하는 것이 힘들었다. 명함이 있으면 뒷면에 처음 만났을 때의 인상을 적어놓는 타입이다.

"걔가 마을에서는 촌장 비슷한 일을 하고 있어요."

들어보니, 식물 몬스터들은 꽤 변덕스러운 자가 많은지, 피니슨이 촌장의 입장이라고는 해도 어디까지나 자칭인 모양이었다. 다만 나자릭에 처음으로 왔던—— 다른 식물계 몬스터들과의 중재를 맡아준 적도 있어, 어느 정도는 인망이 있다고 한다. 말하자면 나자릭 밖에서 온 식물 몬스터들의 보스라고 해야 할까.

피니슨보다 강한 식물 몬스터도 있으므로 좀처럼 말을 듣지 않는 경우도 있다지만, 아우라와 마레 같은 뒷배가 있으므로 현재로서는 그리 곤란한 일은 일어나지 않았다는 이야기였다.

나자릭에 온 식물 몬스터는 아우라와 마레의 환영을 받고 있다. 환영이란 단순히 두 사람의 전투능력을 보여주고, 여기에 따르는 몬스터를 찾아내는 것뿐이다. 이때 피아간의 전투능력 차이를 깨달은 대부분의 몬스터는 두 사람의 명령에는 고분고분 따른다고 한다.

또한 여기서, 과금 몬스터인 삼림용Woodland Dragon을 마레가 거느리고 있는 것을 본 몬스터는 마레가 신이 아닐까 하고 외경심을 가지게 되었다고 한다. 여기에 결정타를 가한 것은 비를 내리게 하거나 대지의 영양가를 무서울 정도로 높여주는 모습을 본 다음부터라나.

"다만 정말로 모든 몬스터가 신으로 신앙하는 건 아닐 거예요. 드루이드의 마법이란 걸 아는 몬스터도 있었으니까요. 굳이 따지자면 떠받드는 존재……라고나 할까요……."

아우라는 으음 소리를 내며 생각에 잠겼다.

아인즈는 어느 정도 이해할 수 있었다. 다시 말해 훌륭한 외장을 가진 플레이어를 '갓'이라 떠받드는 것과 비슷하지 않을까. 아니면 아이돌과도 같은, 혹은 그러한 것들이 섞여 있을지도.

"——그렇군, 대충 이해했다. 아무튼 너희가 아무 일 없이 거느리고 있다면 문제는 없다. 어떤 수단과 방법을 쓰고 있더라도 말이다. ……어, 음. 그런 거다."

아인즈는 두 사람이 관리를 잘하고 있다는 표현을 실수한 것을 후회했다.

쓸데없는 소리를 지지부진 늘어놓을 게 아니라 그저 '훌륭하다' 고 솔직하게 칭찬했으면 좋았을 텐데.

아우라의 표정을 슬쩍 훔쳐보니 딱히 신경 쓰는 기색은 아니었다. 하지만 본심을 겉으로 드러내고 있으리란 법도 없다.

'아랫사람의 의욕을 깎을 만한 말은 해서는 안 된다고, 여러 비즈니스 서적에 나와 있었잖아…….'

아인즈는 단어 선택에 좀 더 주의해야 한다고 자신을 꾸짖었다. 그리고 이와 마찬가지로 어조나 음성에도 주의를 기울여야 한다는 생각도 들었다.

"……어흠. 마을 쪽도 살펴보고 싶기는 하다만, 이번에는 꽃밭에만 가는 것으로 하겠다. 기껏 제안해주었는데 미안하구나, 아우라."

아우라는 황급히 손을 내저었다.

"마, 마음에 두지 마세요! 조금 전에도 말씀드렸듯 아인즈 님은 이 나자릭의 절대통치자! 아인즈 님께서 원하시는 대로 이 계층을 다니시면 돼요. 잘난 척 제안해서 죄송합니다!"

"어, 아니……."

'……왜 사과하지? 뭐랄까…… 아까부터 아우라답지 않은 이상한 반응을 보이는 것 같은데? 혹시 처음 만났을 때 말을 얼버무렸던 게 이상한 반응을 일으키고 있는 건가? 내가 뭔가 계획하고 있다고 생각하나?'

아인즈가 곤혹스러워하는 사이에도 아우라의 말은 멈추지 않았다.

"아인즈 님이 가셔선 안 되는 곳은 나자릭에── 아니, 이 세상에 존재할 수가 없어요!"

아니, 세상에는 가면 안 되는 곳이 얼마든지 있겠지. 특히 여성밖에 들어갈 수 없는 곳이라면 수없이 있을 것 같다. 하지만 그렇게 얘기해봤자 아우라는 들어가도 상관없다는 식으로 말할 것이다. 틀림없이 민망한 꼴을 ──아인즈가── 겪을 것 같으니 그렇게 대꾸하지는 않았다.

류미엘을 흘끔 쳐다보니 '지당한 말씀'이라는 양 고개를 끄덕이고 있었다.

이젠 어쩐지 이것저것 변명하는 것도 귀찮아졌다.

하지만 그런 내면의 감정이 겉으로 드러나지 않도록 주의하면서, 아우라에게 다정하게 말을 건넸다.

"그러면 안내를 부탁한다."

"알겠습니다! 맡겨주세요."

아우라가 자신의 가슴을 쿵 두드렸다.

"그러면── 이동은 어떻게 할까요? 뭔가 타고 가시겠어요?"

"그럴까. 부탁해도 되겠느냐?"

"네! 맡겨주세요!"

아우라는 아무것도 없는 방향으로 시선을 돌리며 약간 미간에 주름을 짓고 무언가에 집중했다. 하지만 그렇게 한 시간은 겨우 몇 초였다.

"더 가까운 곳에 다른 마수가 있지만, 제 판단으로 펜과 쿼드라실을 불렀어요. 괜찮으실까요?"

"이 자리에서 내게 일일이 확인을 구할 필요는 없다. 아우라가 좋다고 판단했다면 나는 이의가 없다."

"고맙습니다. 그러면 잠시만 기다려 주시겠어요?"

"그래, 부탁한다."

아인즈는 그렇게 말하고는 투기장을 둘러보았다.

나자릭 지하대분묘를 산책할 때 특히 즐거운 곳은 ——제9계층이나 제10계층의 즐거움과는 조금 다르다—— 제6계층과 제5계층이다. 특히, 매우 드물지만, 타이밍에 따라서는 제5계층에서 오로라였던가 하는 발광현상을 볼 수도 있다. 다만 출현확률은 매우 낮게 설정되어 있다고 한다. 그런 의미에서는 평범하게 걸으며 즐거운 곳은 제6계층이다. 그런 곳을 이동하는 것이다.

아인즈는 미소를 지으며, 위장이 약간 편안해지는 것을 느꼈다.

*

'잠시 실례합니다' 라고 말한 아우라는 주인과 류미엘에게서 약간 떨어져 목걸이를 꺼냈다.

쌍둥이의 목걸이는 쌍방향으로 연락이 가능한 유산급 아이템이다. 그리 강하지 않은 아이템임에도 항상 그것을 장비하는 이유는, 착용하고 이틀이 경과해야만 능력을 사용할 수 있기 때문이다. 보통 이런 아이템은 그만큼 강력한 것이 많은데, 이것은 그렇지 않다. 게다가 사용할 조건으로 기동하는 쪽—— 정확하게는 말을 거는 쪽이 목걸이를 쥐고 있어야 하기 때문에 격렬한 전투 도중에 사용하기는 어렵다.

다만 사용제한은 그것뿐이며, 무한히 연락을 주고받을 수 있다.

이런 아이템이지만, 우수한지 어떤지, 하나의 슬롯을 차지할 만한 가치가 있는지는 의견이 갈릴 것이다.

"——마레. 아인즈 님이 오셨어."

잠시 시간을 두고 마레의 목소리가 머릿속에 울려 퍼졌다.

『어, 어? 아인즈 님이 직접, 여기에? 무슨 일로?』

"뻔한 거 아냐. 시찰이야, 시찰."

『에엑?!』

"우리나 영역수호자들이 이 계층을 잘 관리하고 있는지 확인하러 오셨을 거야. ……이번에는 새로 만든 꽃밭만 시찰한다고 하셨지만…… 영역수호자들한테, 요즘 기강이 해이해지지 않았는지 확인을 해두는 게 좋겠어."

『우리 계층이 제일, 밖에서 들어온 사람이 많으니까…… 그렇다는 거야? 아니면 차례대로 하는 걸까?』

"——응, 그럴지도 모르겠다."

아우라의 머릿속에서 무언가가 이어졌다. 물론 아우라 혼자만의 상상일 수도 있지만 틀림없을 것이다.

"아인즈 님은 두 가지 노림수가 있다고 하셨는데, 다른 분도 아닌 아인즈 님인걸…… 겨우 두 가지일 리가 없어. ……어쩌면 이렇게 우리에게 자극을 주시려는 게, 말씀하지 않으신 세 번째 노림수일지도 몰라."

『아아……. 외부 일이 많아졌지만, 가장 중요하고 기본적인 일도 잘하고 있는가 하는 확인?』

왜 그런 일을 하는지, 어렴풋하지만 짚이는 구석이 있었다.

예전, 알베도와 데미우르고스가 분 단위 스케줄에 따라 일하는 모습을 선망 섞인 눈으로 보던 이들——예를 들면 샤르티아나 코퀴토스——도, 이제는 나자릭 밖의 임무에 종사하는 일이 늘었다. 특히 왕국을 멸망시킬 때는 무력으로써 충성의 증거를 마음껏 보였다. 하지만 주인은 그러한 축제 같은 상태를 감지했는지도 모른다.

어떤 직분을 가졌다 해도 그들은 나자릭의 계층수호자다. 자신에게 주어진 계층을 방위하고 관리하고 통제하는 절대불변의 직책이 있다. 새로운 일에 정신이 팔려 그 본분을 잊지 않았는가를 묻고 싶은 것이 아닐까?

하지만 주인이 아우라와 마레의 일에 불안을 품고 있다고 말하게 만드는 것은 계층수호자로서 실격이다. 만약 이 건을 다른 계층수호자—— 특히 수호자 총괄책임자인 알베도가 안다면 도끼눈을 뜨고 질책할 것이 틀림없다. 그러므로 다정한 주인은 직접적으로 말하지 않는 것이다.

『어쩌면 전체의 기강을 단속하시기 위해, 우리 입으로 다른 수호자분들에게 이런 일이 있었다고 전하게 하시려는 것도 목적이 아닐까…….』

"그럴 수 있겠다. 그러면 그것까지 네 개인 걸까? 또 뭔가 더 있을 거 같은데……."

아우라는 알 수 없었다. 마레도 마찬가지인 듯했다. 데미우르고스나 알베도라면 알지도 모르겠다고 생각하니 조금 분했다.

"아무튼 준비시켜줘."

『……어? 준비를 시켜?』

"아, 미안. 아직 말을 안 했네. 아까 두 가지 목적이 있다고 하셨댔잖아. 첫 번째가 시찰이고, 또 하나가 그 빈방을 쓰는 엘프들을 만나러 오신 거였어."

『아아, 그 사람들……. 그 사람들은 왕족이 어쩌고 해서 시끄러운데. 아인즈 님이 데려가 주시려나?』

마레가 진심으로 언짢아하는 목소리를 냈다.

마레는 이불 속에서 빈둥거리는 것을 좋아한다. 그들 세 사람은 그런 마레가 돌봐주어야만 할 인물이라고 생각했는지, 아우라와 비교해 몇 배나 시중을 들어주려 한다. 이불을 널고, 옷을 입혀주고, 때로는 목욕까지 시켜준다. 마레는 불편한 정도가 아니라 상당히 거추장스러워하는 듯했지만, 주인의 명령으로 맡고 있는 이상 무턱대고 '시중'을 거절할 수도 없는 상황이었다.

"——아, 펜이랑 쿼드라실이 다 왔네. 거기까지 가려면 얼마나 걸릴지는 모르겠지만, 마레, 얼른 준비해줘."

『응, 알았어.』

마레와의 교신을 풀고, 아우라는 주인이 있는 곳으로 돌아왔다.

*

나자릭 제6계층의 다양한 꽃들이 흐드러지게 핀 꽃밭. 여기까지 오며 지옥을 경험했던 침입자가 이 꽃밭을 본다면, 틀림없이 어딘가에 의태한 몬스터나 치명적인 함정이 숨어있으리라고 의심하리라. 그러나 이곳에 그런 것은 없다.

이렇게나 의심스러운 곳인데도, 실제로 침입자에 대처하기 위한 장치는 하나도 없는 것이다.

위그드라실에는 꽃으로 의태하는 식물 몬스터나 곤충 몬스터 같은 것도 있지만 이곳에는 배치되지 않았을 뿐이다. 게다가 이런 특별한 장소라면 대개 존재하는 영역수호자도 없다.

어떤 의미에서 아우라와 마레의 직할영역이라고도 할 수 있는 이곳은, 정말로 아름답기만 한 꽃밭이다.

사실 원래는 트랩으로 삼을 예정이었다.

제6계층까지 내려온 침입자가 이곳을 단순한 꽃밭이라고 생각할 리가 없다. 경계하면서 다가오지 않거나, 선수를 쳐 부가효과로 화재를 일으키는 공격을 펼쳐 태워버리거나 할 것이다. 그때를 위해 주위에 불꽃 등에 반응해 맹독이나 마비독을 뿌리는 꽃을 심어놓자는 아이디어가 있었다. 하지만 세 명의 여성 멤버가 맹렬히 반대해 다시 만든 경위가 있다. 그 결과 이곳은 아무 특이할 것도 없는 꽃밭이 되었다.

그런 장소가 바로 아인즈가 아는 제6계층의 꽃밭이었다. 하지만 지금의 꽃밭은 다르다.

사람 하나 정도는 감쌀 수 있을 것처럼 거대한 꽃봉오리가 꽃밭에 덩그러니 튀어나와 있었다. 그 수는 열두 송이. 척 보기에도 수상쩍다——기보다는 분명 무언가가 있을 것 같다.

아인즈는 기억을 더듬어보았다.

이 세계에는 아인즈가 모르는 몬스터도 많지만, 위그드라실에도 있었던 저런 형상의 몬스터 중에 짚이는 것이 있었다.

"저건 아를라우네가 맞느냐?"

"네! 맞아요!"

나자릭 내에는 배치한 적이 없었으며, 이 세계에 온 후로 소환한 자들 중에도 없었다. 저것은 외래종—— 토브 대삼림에서 데려온 자들이 틀림없다.

그리고 꽃밭 중앙에는 삽 한 자루가 푹 박혀 있었다.

신기급 아이템, 어스 리커버Earth Recover다.

어스 리커버는 신기급 무기이며, 내구성은 말도 안 되게 높지만 공격성능은 엄청나게 낮다. 그 이유는 대부분의 데이터가 부가적인 힘에 집중되어 있기 때문이다.

그 외에 꽃밭에 있는 것은 거대한 앙고라토끼 비슷한 마수—— 천창가시토끼Spear Needle. 꽃밭에 떡하니 앉아 거대한 당근을 우물우물 먹고 있는 모습은 너무나도 목가적이며 동화적이다. 하지만 저것이 이곳에 배치된 이유는 그런 것이 아니리라.

아우라에게 물어보기 전까진 정확히 무엇인지 알 수 없겠지만, 저것이야말로 분명 감시역일 것이다.

저래 봬도 레벨은 60대 후반. 아를라우네가 뭔가 하려 해도 간단히 섬멸할 수 있으리라.

"참고로 저 아이가 지금 먹고 있는 당근은 밭에서 캔 거예요. 피니슨이나 식물 몬스터들이 자기들 힘을 써서 영양 같은 걸 듬뿍 줘서, 일반적인 당근을 저만큼 거대하게 변질시켰어요."

"생육이 아니라 변질이라고? 먹어도 괜찮은 게냐? 그야 저 레벨이라면 어지간한 독은 효과가 없겠다만……."

"독은 없어요. 요리장이 확인했는데, 식재료로는 합격점을 받았어요. 그렇기는 하지만 원래 나자릭 내에 있었던 식재료처럼 버프 효과를 주는 작용이 없는 게 아쉽고, 그냥 단순히 커졌고 단맛이 늘어났다는 정도지만요."

"그건 식재료로서는 상당한 성공 아니냐? 마도국에 있는 일반 농민들도 재배할 수 있을까?"

"무리예요. 지금은 식물 몬스터들의 협력을 얻어도 대량으로 기르기는 어려운 상황이라서요. 어스 리커버의 힘을 써도 당근 한 개가 대지의 영양을 상당히 빨아먹는 모양이라…… 사막화까지는 안 가더라도, 대지의 영양소를 회복시키는 마법 같은 걸 사용하지 않는다면 최소 1년은 밭을 쉬게 해줘야 할지도……."

아인즈와 아우라가 지켜보고 있으려니 그중 하나── 가장 커다란 꽃봉오리가 천천히 열렸다.

"──아를라우네 로드. 여기 있는 아를라우네 14마리의 책임자예요."

아우라가 소곤소곤 소개해주었다. 틀림없이 지금 피어나고 있는 아를라우네를 가리키는 것이리라.

"14마리?"

얼른 다시 세어본 아인즈도 소곤소곤 물었다.

"12마리밖에 없다만?"

"네. 나머지 둘은 막 태어나서 이 꽃밭 안의 꽃에 숨어있어요. 끄집어낼까요?"

"……아니, 그러지는 않아도 된다."

이 나자릭 내에서 태어났다면 나자릭의 몬스터로 헤아릴 수 있을까, 아니면 다를까, 성능은 어떨까, 여러 가지 의문이 떠올랐지만 그것을 아우라에게 묻기 전에 꽃이 완전히 피었다.

안에서는 상상했던 대로 여성적인 몬스터가 있었다. 그렇다기보다도 위그드라실에서 봤던 모습과 흡사했다. '로드' 라고 했지만 크기 말고는 다른 점이 없었다.

머리카락과 눈의 색은 꽃의 색과 같고, 온몸의 색은 줄기의 색과 같은 녹색이다. 옷은 입지 않았지만 피부는 가느다란 줄기가 모여 이루어진 듯한 모습이라, 굳이 언급하자면 징그러웠다.

눈에 해당하는 부분은 끝이 올라가 있어서 우호적인 표정으로는 보이지 않았다. 화를 내는 것처럼 보였다.

문득 아인즈는 그리움을 느꼈다. 성왕국에서 본 위압적인 눈빛의 소녀를 떠올린 것이다.

아인즈는 사람의 얼굴을 잘 기억하지 못하지만 그 눈만은 인상 깊게 남았다.

그런 몬스터의 얼굴이 사악하게 일그러졌다.

"안녕하십니까, 아우라 님. 오늘도 멋진 빛을 주셔서 녹색의 씨를 대표해 감사드립니다."

방울소리처럼 맑은 목소리에서 적의는 느껴지지 않았다. 그뿐이 아니라 경의마저 느껴졌다. 아무래도 조금 전의 웃음은 순수한 환영의 의미였나 보다. 지금도 짓고 있는 미소는 무언가 꿍꿍이가 있는 것으로밖에 보이지 않지만.

로드 이외의 꽃잎이 크게 움직였지만 꽃이 피어날 기미는 없었다. 다만 머리는 꽃잎 속에 채 숨기지 못한 채 흘끔흘끔 이쪽을 살폈다.

그 태도가 어떤 의미인지 알지 못하는 이상 실례라고는 말할 수 없다. 어쩌면 아를라우네의 문화에서는 이 태도야말로 최고의 경의를 나타내는 것일 수도 있으니까.

"그런데——."

로드의 시선이 흘끔 아인즈에게 향했다.

"——이분이 바로 나자릭 지하대분묘의 지배자이시며, 그 숲만이 아니라 이 일대를 완전히 지배하시고, 다양한 종족을 통솔해 마도국을 건국하신 왕 중의 왕. 절대적인 군림자 아인즈 울 고운 마도왕 폐하야!"

아우라가 자랑스럽게 말하자 로드의 얼굴이 어딘가 사악하게 변화했다. 다른 아를라우네의 꽃잎은 떨리면서 조금씩 얼굴을 숨겼다. 이것은 경계해서일까, 아니면 두려워해서일까. 혹은 감복해서일까.

그녀들의 표정으로 단언할 수는 없지만, 아인즈가 보기에는 두 번째인 것 같았다.

"이, 이거 처음 뵙겠습니다. 이 땅의 지배자이자 마도국의 통치자, 그리고 무엇보다도 아우라 님, 마레 님의 주인님이신 아인즈 울 고운 마도왕 폐하."

두 팔을 벌린 것은 인사였을까.

"저는 보라라고 합니다. 모쪼록 앞으로 잘 부탁드립니다."

머리카락 색이 이름이냐고.

아인즈는 생각했다.

뭐라고 할까, 별로 재치가 없는 안이한 이름이다. 하지만 그런 말을 입에 담을 리가 없다. 부모에게 ——아마도—— 받은 이름을 대놓고 놀리는 것은 너무나도 저질스러운 짓이다.

"음, 기억해두마. 그렇다 해도 이 땅은 아우라와 마레에게 맡겨놓았으니, 내가 직접 지시를 내리는 일은 거의 없을 것이다. 두 사람의 지시에 따라 행동하도록."

아를라우네를 두 사람이 어떻게 관리하는지는 알 수 없었으므로 대충 넘어가기로 했다. 아인즈에게는 사장과 부장이 하는 말이 서로 다를 경우 매우 성가신 일이 벌어진다는 경험이 있었기 때문이다.

애초에 아를라우네가 어떤 역할을 맡았으며 어떤 취급을 받고 있는지를 모르다 보니 해야 할 말을 떠올리지 못했던 것도 있다.

"분부에 따르겠나이다, 마도왕 폐하."

숲에서 살던 것치고는 예의범절을 잘 안다는 생각에 아인즈는 감탄했다. 그녀의 지식은 언제 어디서 얻은 것일까. 두 사람에게 지도를 받아서일까? 아니면——.

'——그런 뉘앙스로 말하는 것뿐이고, 실제로는 아를라우네 틱한 말을 하는 걸지도 모르지. 예를 들면 '아인즈 커다란 꽃봉오리' 라든가 그런 말을 하고 있을 수도.'

말이 통한다는 것은 상당히 좋은 일이지만, 이것 때문에 문제가 발생하는 일도 있지 않을까. 뭐, 정말로 큰 꽃봉오리라 불렸다 해도 별생각은 안 들지만.

그렇게 해 아인즈는 꽃밭을 둘러보았다.

시선을 차단하는 아를라우네가 조금 방해되지 않을까, 하는 생각은 있었지만 그 외에는 옛날에 본 그대로였다.

아인즈는 보일락말락 한 미소와 함께 ——물론 얼굴은 움직이지 않는다—— 자신이 할 수 있는 한 최고로 멋있게 로브를 펄럭이며 몸을 돌렸다. 그리고 향한 곳에는 펜리르, 이참나, 그리고 류미엘이 있었다.

걸어나가자 바로 곁에 아우라가 다가와 물었다.

"벌써 가셔도 괜찮겠어요? 다른 아클라우네에게 배알의 기회를 줄까요?"

"아니다, 그럴 필요는 없을 거다. 보고 싶은 것은 보았으니, 다음은 엘프들에게 안내해주겠느냐?"

"분부에 따르겠습니다."

그렇게 대답한 아우라와 함께 펜리르를 탄 아인즈는 제6계층을 나아갔다.

이윽고 목적지가 다가왔다. 올려다보니 나무에서 뻗어나간 나뭇가지 틈새로 아우라와 마레의 주거지인, 약간 울퉁불퉁한 나무가 엿보였다.

겨우 몇 초 만에 나무 사이를 빠져나가고, 전방에 초원이 펼쳐졌다. 초원 중앙에는 높이보다도 직경이 더 커 땅딸막한 나무가 있었으며, 무성한 나뭇가지가 대지에 그림자를 드리웠다.

그리고 나무에 뻥 뚫린 구멍 앞에는 마레와 그를 따르는 세 명의 엘프들이 있었다. 아인즈를 마중 나온 것은 틀림없는 듯했다.

아우라와 마레가 언제 연락을 주고받았는지는 모르겠지만, 만약 이 계층에 온 직후 연락을 취했다고 한다면 꽤 많이 기다리게 했을지도 모른다.

시간을 약속했던 것도 아니었으므로 아인즈가 미안하게 여길 필요는 없다.

하지만.

가령 아인즈가 지점장이라 치고, 시찰을 나온 본사 사장이 근처의 역에 도착했다는 연락이 왔다고 한다면, 즉시 지사 앞에 나가 기다릴 것이다. 마중을 나가지 않는 것은 말도 안 된다. 그렇게 생각하면 몇 시쯤 가겠다는 이야기를 해두지 않은 아인즈가 잘못했다고도 할 수 있다.

아인즈 본인은 이곳에 도착할 때까지 그 점에 생각이 미치지 못했으니 어쩔 수 없지 않느냐고 하고 싶다. 그러나 과연 그것이 옳은 일일까? 게다가 얼마나 오래 기다리게 했는지는 모르겠지만, 여기서 '기다리지 않아도 됐는데' 같은 소릴 하는 사람은 상대의 입장과 마음을 좀 생각하라는 소리를 들어도 이상하지 않다.

마레는 평소 차림 그대로였으며, 엘프들은 간소한 ——그게 좋다는 사람이 있을지도 모르지만—— 작업복을 모두 똑같이 입고 있었다. 솔직히 좀 더 신경 쓸 수는 없었나 싶었지만, 아우라와 마레가 좋다고 판단했으니 뭐라 말할 수는 없었다.

게다가——

'——메이드복 같은 걸 입히면 일반 메이드들이 불만을 품을지도 모르니까.'

일반 메이드들은 아인즈를 섬기는 메이드라는 데에 긍지를 가지고 있는 듯했다. 그러므로, 이를테면 외부에서 메이드 후보를 데려오면 직접적으로 괴롭히지는 않아도 간접적으로는 ——일을 가르쳐주지 않는다거나—— 괴롭히는 경우가 있다고 세바

스에게 들었다.

아우라나 마레를 섬기는 메이드라면 그렇게까지 불쾌감을 품지 않을지도 모르지만, 장담할 수는 없다. 게다가 자신들과 같은 코스튬을 입으면 싫어할지도 모른다. 그녀들에게는 메이드복이야말로 전투복이기 때문이다.

펜리르가 네 사람 앞에 도착했다.

"——일부러 마중 나오느라 수고했다. 너희의 깊은 충성에 나는 매우 만족한다."

아인즈는 선수를 쳐서 펜리르에 탄 채 위에서 말을 건넸다. 마레의 마중 인사를 들은 다음에 할까 생각했지만 역시 자신이 먼저 감사를 표하는 편이 좋은 사람처럼 여겨질 거라 판단했다.

"가, 감사합니다."

미소를 지은 마레가 고개를 숙이고, 세 엘프들도 이를 따라 즉시 고개를 숙였다.

'좋았어.'

괜찮은 커뮤니케이션이었다는 반응을 느낀 아인즈는 마음속으로 주먹을 불끈 쥐었다.

고개를 든 엘프들을 차례대로 바라본다.

모두가 얼굴만이 아니라 몸까지도 딱딱하게 굳었다. 그런 그녀들은 아인즈의 시선을 받자 꼴깍 마른침을 삼켰다.

누가 어떻게 보더라도 뻣뻣하게 긴장했다. 문제는 그것이 두려움 때문인가, 아니면 그 이외의 이유 때문인가 하는 것이다. 다시 말해 불경을 저지르면 목숨을 잃을지도 모른다는 공포감 탓일지, 유명인과 만났다는 긴장감 때문일지.

혹시 몰라 아인즈는 자신이 오라를 발하고 있지 않다는 것을 확인해두었다. 적의나 살의 등의 감정을 엘프들에게 품고 있진 않았으므로 그런 데에서 공포를 느끼지는 않았을 것이다.

'이게 의외로 성가시단 말이지. 나름대로 잘하게 됐다고는 생각하지만…….'

아인즈 같은 강자가 강한 감정을 보내면 상대가 예민하게 감지하고 공포에 지배당하거나 하는 경우가 있다. 어떤 의미에서는 이쪽의 생각을 읽히는 것이므로 그러한 일이 없도록 코퀴토스와의 훈련에서 여러모로 주의를 받기도 했다. 반면 아인즈 자신은 상대가 발하는 살기 등의 기척을 잘 이해할 수 없었다.

진심으로 싫어하는 코퀴토스에게 명령해 억지로 그런 감정을 발하게 해보았더니, 정말로 위압감은 있었다. 하지만 그것이 살기라고 하는 것인지 어떤지는 잘 알 수 없었다. 어쩌면 언데드는 그런 감각이 약한 것 아닐까?

왜냐면 언데드는 정신작용에 대한 완전내성이 있기 때문이다. 살기를 느낀다는 것은 넓은 의미에서 봤을 때 정신에 작용하는 것이라고 말하지 못할 것도 없——을 것 같다.

다만 샤르티아는 살기를 느낀다고 했으므로, 코퀴토스는 전사로서 더욱 실력을 키우면 그러한 감정도 잘 느끼게 되지 않겠느냐고 말했다. 그러므로 장래에는 그런 것을 느낄 수 있도록 목표로 삼는 것도 나쁘지 않으리라. 어쩌면 그저 단순히 아인즈가 둔해서일 가능성도 충분히 있지만.

'아차—— 쓸데없는 생각을.'

아인즈가 정신을 차린 것과 마레가 입을 연 것은 거의 동시였다.

"저, 저기, 그, 그러, 네요. 저, 기, 아인즈 님은 오늘, 이, 이, 이 사람들을 보고 싶다고 하셨는데, 무슨 일이신가요?"

평소 이상으로 쭈뼛거리는 마레. 역시 아우라에게 미리 말을 들은 모양이었다. 그렇다면 이야기가 빠르다.

아인즈는 얼굴을 크게 움직여 마레에게서 엘프들에게로 시선을 향했다. 엘프들은 이를 피하려는 듯 시선을 땅으로 떨구었다. 몸은 눈으로도 알 수 있을 만큼 떨고 있었다.

이것은 아무리 봐도 긴장이 아니다.

'이건 공포의 감정에서 비롯된 거겠지. 아우라와 마레 같은 어린 다크엘프를 부하로 두고 있다고는 하지만, 아직도 날 경계한다는 뜻일까? 솔직히, 산 자인 두 사람이 충성을 맹세하고 여기서 태연히 살고 있으니 자신들이 아는 언데드와는 다르다는 걸 이해해줘도 좋을 텐데……. 뭐, 외견이 이러니까. 머리로는 이해해도 마음이 수긍하기는 어렵겠지.'

이 세계에서 언데드는 산 자를 증오하는 존재이며 모든 살아있는 자의 적이라는 위치에 있다. 그런 존재를 앞에 두고 그녀들이 경계하고 두려워하는 것도 당연하다면 당연하리라.

만약 그녀들이 샤르티아 밑에서 언데드를 계속 보며 지냈다면 적응해서 반응이 좀 달랐을지도 모르지만, 이곳 제6계층에는 언데드가 거의 없다. 그렇다면 어쩔 수 없는 일이겠지.

'——백 번 듣는 것보다 한 번 보는 게 낫다고 했지.'

위그드라실에서도 그렇다.

플레이어 스킬에 속한 테크닉 같은 것은 말로 설명하느니 눈앞에서 직접 보여달라고 하는 편이 이해하기 쉬웠다. 물론 그 후 스스로 몇 번이나── 아니, 몇백 번이나 반복해 연습해야 겨우 익힐 수 있었지만.

"──그래. 네 말이 맞다, 마레. 뒤에 있는 자들에게 한 가지…… 그래, 간단한 볼일이 있어서 말이다."

엘프들의 호흡이 가빠졌다.

그렇게 무서워하지 마.

진심으로 그렇게 말해주고 싶었다. 하지만 '그렇게 겁낼 거 없어~♪' 하고 밝게 말할 수도 없는 노릇이었다. 나자릭의 지배자인 아인즈 울 고운의 연기를 붕괴시킬 수는 없는 것이다. 그렇다고 안심해주지 않는다면 그것도 곤란하다.

"……너무 걱정하지 마라. 너희를 해치려고 여기 온 것은 아니니."

이어서 '그러니 안심해라' 라고 말하려다, 자신 같으면 무서운 상대가 그렇게 말한다고 수긍할 수 있을까 하는 생각이 들어 입을 다물 수밖에 없었다. 사장이 직급 생각하지 말고 놀아보자고 했다고 정말로 입장을 무시할 수 있는 사원이 있을까?

'하아, 귀찮아…….'

악수라는 것을 알면서도 〈지배Dominate〉 같은 정신조작 마법을 쓰고 싶어졌다. 설득하거나 안심감을 줄 수 있으리라는 자신감이 없기 때문이다.

그런 마법은 효과가 떨어진 후에도, 자신이 무슨 말을 듣고 어떻게 행동했는지 똑똑히 기억한다. 심지어 다른 나라에서는 정신조작 마법을 사용해 무언가를 하는 행위를 만행으로 본다고도 들었다.

엘프들이 어떻게 간주할지는 알 수 없지만, 결코 좋게는 여기지 않을 것이다. 실제로 아인즈도, 나자릭 멤버들에게 그런 짓을 하는 자가 있다면 치명적인 일격을 가하고자 호시탐탐 상대의 허점을 노릴 것이다.

물론 중요한 정보를 얻기 위해서라면 일말의 망설임도 없이 그런 수단을 취한다. 그뿐 아니라 〈기억조작Control Amnesia〉까지 주저 않고 사용하리라.

하지만 지금은 그만한 수단을 취할 필요는 없다. 그녀들이 무언가 나쁜 짓을 했다거나 정보를 숨긴다는 확신이 있는 것도 아니다. 게다가——

'——젠, 벨? 이었던가? 그 녀석 때와는 다르니까. 질문해서 이끌어낼 수 있는 정도의 정보를 얻기 위해 마법을 써버리면, 아우라와 마레가 얻어야 할 정보를 얻지 않았다고—— 나아가서는 두 사람의 능력을 의심한다고 받아들일지도 몰라.'

쌍둥이, 아니, 나자릭 지하대분묘에 속한 모든 이들은 '아인즈가 하는 일이라면 뭐든지 옳다' 고 생각하는, ——솔직히 위험한 사상이다—— 충성심이 매우 높은 집단임은 충분히 잘 안다.

그렇기에 아인즈가 '관리가 미진한 면이 있다' 고 생각한다는, 그런 오해를 사버릴 만한 행위는 최대한 피해야 한다. 무슨 일이 일어날지 알 수 없고, 무엇보다, 아인즈는 결코 그런 생각은 하지 않기 때문이다.

애초에 정신조작 마법을 사용할 거면 더 옛날에 썼어야 했다.

그녀들을 사로잡았을 때 그렇게 하지 않았던 것은 호의적으로 이쪽 편으로 만들고 싶어서—— 괴로워하던 그녀들을 구했다는 위치를 지키고 싶어서였다. 이제까지의 그러한 선행투자를 생각해보면, 마법적 수단으로 강제하려는 생각은 지나치게 경솔하다.

"——음. 일단은 여기서 이야기하는 것도 뭣하니 장소를 옮길까."

말로 마음을 열 자신이 없다면 다른 수단으로 열면 된다. 우선은 장소다.

"그러시다면 위로 올라가시죠!"

"네, 넷! 그렇게 해주세요!"

"아—."

아인즈는 시선을 위로—— 거목으로 향했다.

그녀들과 이야기를 나눌 장소로 이곳은 어떨까.

이곳은 어떤 의미에서 그녀들의 영역이라고도 할 수 있다. 그렇다면 그녀들도 이야기를 하기 편하지 않을까. 그럼 그렇다 치고 마실 것은 누가 준비할까. 아우라와 마레일까? 아니다, 데려온 류미엘이 하면 문제는 없다.

'나쁘지 않아. 결국은 대화를 부드럽게 하느냐, 긴박된 분위기에서 하느냐 둘 중 하나니까. 다시 말해 우호적인 분위기 속에서 자발적으로 정보를 말하게 하느냐, 위압으로 끄집어내느냐. 으음…… 시간이 없군. 이상하다, 전에는 프레젠테이션 자료도 제대로 갖추고 반응이나 질문도 예상했는데……. 드워프 때랑 성왕국 때처럼……. 요즘 너무 대충 하고 있나?'

이미 상대에게서 제안을 받지 않았는가. 최대한 빨리 대답해야 한다. 하지만 꼭 이럴 때면 쓸데없는 것까지 생각하게 된다.

'……그러고 보니 일반 메이드가 자발적으로 손님에게 음료를 대접한 적은 없었지. 아, 아니, 딱 한 번 정도…… 있었……던가.'

준비된 음료가 없을 리는 없다. 전에 아인즈가 명령했을 때는 ── 주스를 필두로 여러 가지 음료를 선택지로 열거해주었다. 다시 말해 아인즈의 방 어딘가에 마련되어 있을 것이다. 일반 메이드들은 완벽한 메이드이고자 매일 노력한다. 잊어버리거나 챙기지 못했다거나 하는 일은 생각할 수 없다.

그렇다면 역시, 지배자인 아인즈가 음료를 마시지 않으므로 그 이외의 사람이 마시는 것은 좋지 않다고 생각하는지도 모른다. 사장이 마시지 않는데 부하만 마시기란 상당히 힘든 일이다. 그것과 마찬가지다.

아마 가장 옳은 것은 ──마시지는 않더라도── 아인즈에게도 음료를 준비하게 하고 상대에게도 음료를 제공하는 방식일 것이다.

'이제까지 왔던 손님들에게는 미안하게 됐는걸…….'

아인즈는 돌아가면 그 부분을 페스토냐에게 말해둬야겠다고 생각하다가, 지금 할 필요가 없는 데에 머리를 쓰고 있었던 데에 당황했다.

'잠깐잠깐, 그게 아니지. 지금 생각해야 할 일은 어디서 마시느냐잖아. 이 이상 시간을 들이면 아우라와 마레의 집에서 차를 마시는 게 싫어서라고 오해하게 될 거야. 그건 안 되지. 하지만 ──!'

난처해진 아인즈는 주위를 둘러보았다.

"아!"

아우라가 목소리를 내는 바람에 아인즈는 어깨가 덜컥 튀어 오르려는 것을 꾹 참았다. 어쩌면 강한 놀람 때문에 강제적으로 마음이 진정화됐는지도 모른다.

"혹시 여기 말고 제6계층의 다른 곳에서 이야기를 하실 생각이셨나요?"

"으, 음. 그렇다. 날씨도 좋고 하니, 밖에서 대화를 나누는 것도 나쁘지 않겠다고, 그리 생각했지."

"그러시다면 준비할게요. 파라솔이랑 테이블도 있거든요! 부글부글찻주전자 님께서 다른 지고의 존재들과 이야기를 나누실 때 쓰시던 거예요! 저희도 쓰곤 했으니까 지금도 쓸 수 있어요. 마을에는 안 쓰이는 집도 있고, 안내해드리지는 않았지만 이 계층에는 정자 같은 것도 있어요!"

"그래, 다 함께 갔던 적이 있지."

아인즈는 문득 동료들과 시답잖은 이야기를 나누던 시절을 떠올렸다.

'――옛날보다 과거를 떠올리는 횟수가 조금 줄어든 것 같기도 해.'

그것은 NPC에게서 동료들의 그림자를 보지 않게 되어서인지도 모른다. 과거의 동료들을 망각해가고 있는 걸까, 아니면 NPC를 하나의 존재로 보게 되어서일까. 후자라면 좋겠지만 전자라면 그건 상당히 슬픈 일이다.

스즈키 사토루의 모든 것―― 지금도 여전히 떠올리면 반짝

반짝 빛나는, 모든 즐거운 일을 그들과 함께했다.

'——아니야! 추억이 아니다! 아인즈 울 고운은 여기 있어! 지금도 이어지고 있다고!'

아인즈는 형용하기 힘든 감정에 마음을 지글지글 태우면서 크게 숨을 토해냈다. 그리고 아우라와 마레에게 시선을 돌렸다.

'……다른 모두는…… 여길 떠날 때 무슨 감정을 품고 있었을까……. 아니, 그때의 NPC는 그야말로 NPC였지. 혹시 그 순간, 아차…….'

고개를 가로저었다.

사고가 지리멸렬해지기 시작했다. 이번 계획을 확실하게 실행시켜야만 한다.

주위 사람들의 표정을 살피자, 딱히 의아해하는 사람은 없었다.

아우라의 제안을 어떻게 할지 생각에 잠겼던 것으로 보였겠지. 그렇다면 지금은 모든 생각에 뚜껑을 덮어야 한다.

"어디보자……. 이 계층도 나쁘지는 않다만…… 기왕 이렇게 된 거, 이곳 말고 다른 데에서 이야기를 나눠보면 어떨까? 우리가 지배하고 있는 다른 장소를 보여주는 것도 좋을지 모르지."

완전히 우호적으로 이야기를 진행할 거라면 그녀들에게 익숙한 장소도 괜찮다. 하지만 어쩐지 괜히 이곳을 뜨고 싶었다.

그렇다면 어디서 이야기하는 게 좋을까. 후보지는 두 군데 있었다.

하나는 에 란텔. 또 하나는—— 나자릭 지하대분묘 제9계층이다.

현재의 에 란텔에서 다양한 종이 공존하는 모습을 보여주면 분명 엘프들에게 매우 좋은 인상을 줄 것이다. 하지만 아무 문제도 일어나지 않으리라고 단언할 수는 없다. 폭력 같은 직접공격이라면 얼마든지 대처할 수 있고, 엘프들을 잘 구슬릴 수도 있을 것이다. 하지만 엘프들에게 나쁜 인상을 줄 만한 사건이 발생하면 일이 꼬인다. 예를 들면 마도왕 때문에 고통받고 있다는 연기를 하는 자가 있다거나.

모략의 일환으로 정신조작 마법을 사용해 다수의 인간을 조종해서 구호를 외치게 한다면, 엘프들에게 의구심을 심어주기에는 효과적이지 않을까.

애초에 아인즈는 에 란텔에서는 공포의 대상이다. 감복하는 사람도 있지만 수는 그리 많지 않다. 유감스럽게도 7대 3 정도가 아닐까. 그러므로 두려워하는 모습을 보여주면 역시 마이너스가 될 것이다. 게다가── 엘프들이 에 란텔에 사는 수많은 종족이 노예처럼 끌려왔을 거라고 착각하기라도 하면 본전도 찾지 못한다.

'그럼 역시…… 제9계층. 그럼 어디가 제일 좋을까?'

연습 같은 것도 겸해, 아인즈의 방에서 류미엘에게 음료를 준비시켜야 할까?

아인즈는 생각했다.

사장실에서 음료를 제공받는 것과 카페에서 음료를 마시는 것. 자신이라면 어느 쪽이 더 편할까.

"답은 하나뿐이군. 그 이외에 뭐가 있을까. 좋아, 제9계층으로 가자. 그곳에 식당이 있다. 가볍게 뭐라도 먹으면서── 식사는 다들 했나?"

"아, 아뇨, 아, 아직이에요."

"그렇구나. 그럼 마침 좋은 타이밍인걸."

실제로는 아주 약간은 노리기도 했다.

배가 부르면 대개 마음도 느슨해지게 마련이다.

하지만 이곳에 올 때까지 약간 시간이 걸렸으므로, 식사시간에 늦지는 않을까 걱정했는데 운이 좋았던 모양이다. 아니, 이 계층에 아인즈가 도달했다는 정보는 전해졌다. 언제 올지 확실하지 않은 가운데 식사를 하고 있을 여유는 없었으리라.

"좋아. 그러면 식사라도 하면서 이야기를 나눠볼까."

아인즈는 엘프들 쪽을 보며 말했다.

"어떻겠나?"

세 엘프는 황급히 얼굴을 마주 보았다. 누가 입을 열지, 누가 대답할지를 서로에게 떠넘기더니 한가운데의 한 사람이 대답했다. 대표가 되어서라기보다도 좌우에서 공세를 당하는 바람에 나섰다는 느낌이었다.

"네, 네에. 아우라 님과 마레 님이 괜찮으시다면, 그렇게 해주셨으면 합니다."

하기야 두 사람을 놔두고 결정할 수는 없겠지.

아인즈는 생각했다. 그러므로 아인즈도 두 사람에게 물었다.

"문제가 없다면 식당에 데리고 가고 싶다만 어떻겠느냐? 너희도 가능하다면 같이 와주었으면 한다만."

"저희는 괜찮아요! 그치, 마레?"

"으, 응. 아, 아니, 네. 누나 말대로, 괘, 괜찮아요."

"그거 다행이구나. 그러면——."

아인즈는 엘프들에게 시선을 보냈다.

"——〈전이문Gate〉을 발동하겠다."

2

일단은 〈전이문〉으로 제6계층의 게이트 앞까지 이동했다. 그곳에서 〈전언〉을 날려 게이트를 관리하는 오레올에게 제9계층으로 연결하도록 명령했다. 당연하지만 제8계층에서 제9계층으로 가는 게이트 또한 문제없이 기동하고 있다. 그렇게 하지 않으면 아리아드네에게 걸려버릴 가능성이 높기 때문이다.

솔직히 말하자면 이런 귀찮은 일을 할 필요는 없다.

링 오브 아인즈 울 고운으로 전이하는 데에는 한계인원이 있으므로 이 자리에 있는 전원이 한꺼번에 날아가는 것은 불가능하지만, 두 번 왕복하면 문제는 해결된다. 그럼에도 이런 귀찮은 일을 하는 것은 엘프에게 가짜 정보를 주려는 아인즈의 경계심 때문이었다. 그리고 반지의 힘은 가급적 보여주고 싶지 않았다.

제9계층의 게이트를 빠져나가자 그곳에는 코퀴토스의 부하들이 경비를 서고 있었으며, 나타난 아인즈에게 고개를 깊이 숙여 경의를 표했다.

"——수고가 많다."

아인즈는 지배자에게 어울리는 태도로 느긋하게 그 한 마디만을 했다.

아우라, 류미엘에 이어 엘프 셋이 오순도순 나란히 나타났다. 하지만 아인즈에게 신하의 예를 취하는 몬스터들을 본 순간 얼어붙은 것처럼 몸을 멈추었다.

코퀴토스의 부하들이 적의로 엘프들을 위압한 것은 아니었다. 하지만 숲속을 걷던 일반인 앞에 야생 호랑이가 덤불 속에서 나타나면 틀림없이 굳어버릴 것이다. 그와 같은 일이 엘프들에게 일어난 것이다.

그리고 엘프들 중 하나가 뒤에서 가볍게 떠밀렸다.

게이트를 빠져나온 곳에서 멈춰 서 있었기 때문이다. 제일 뒤에 있던 마레의 입장에서는 거치적거리는 존재일 뿐이다. 그러므로 ——그래도 꾹 참고 가볍게—— 밀었던 것이지만, 긴장의 한계에 달했던 엘프에게는 그것이 균형을 무너뜨리는 일격이 되고 말았다.

"하흑……."

처량한 목소리와 함께 몸이 휘청 기울더니 털썩 주저앉고 말았다. 좌우의 엘프들이 낯빛을 바꾸며 그녀를 일으키려 했으나, 하반신에 힘이 들어가지 않는지 일어나지 못하는 듯했다.

"……두려워하지 마라. 이곳 나자릭에서 너희를 해칠 자는 단 한 명도 없다."

"네, 네에에………….”

아인즈의 말을 의심했던 것은 아니겠지만, 극도의 긴장이 풀리지는 않았다.

좌우에 있던 엘프들이 고개를 끄덕이는 움직임은 상당히 빨라서 머리카락이 찰랑찰랑 흔들렸다. 주저앉은 엘프는 당장이라도 울음을 터뜨릴 것 같은 얼굴이다.

이래서는 도저히 안 되겠다, 나중에 지장이 생기겠다고 아인즈는 자신 있게 단언할 수 있었다. 그렇다면 조금이라도 그녀들의 마음을 풀어줄 필요가 있다.

"……식당에 가기 전에 좀 쉴 수 있는 곳으로 갈까. ──〈전이문〉. 아우라, 그 아이를 안아서 옮겨주거라."

"네!"

"아, 아뇨, 아우라 님께 그런 일을 시킬 수는──."

"──괜찮아, 괜찮아. 자, 가자."

주저앉아버린 엘프의 말을 무시하듯 아우라는 그녀를 훌쩍 들어올렸다. 그리고 어깨에 걸머졌다. 엘프가 입은 옷은 작업복이므로 스커트가 훌렁 젖히는 이벤트는 전혀 없다.

반구형의 검은색 형체── 〈전이문〉 너머에 있던 것은 눈에 익은 자신의 방이었다.

세 명의 메이드가 고개를 숙이는 것이 눈에 들어왔다. 그녀들의 발밑에는 청소도구가 있었다.

"수고가 많다. 나는 잠시 쉬면 금방 이 방을 떠날 테니 청소를 계속해도 좋다."

"분부에 따르겠나이다."

메이드들이 대답하고 다시 고개를 숙인 것과 동시에, 나머지 인원이 〈전이문〉을 빠져나왔다.

엘프들이 입을 반쯤 벌린 채 실내를 두리번거렸다. 꽤 얼빠진 표정이었다. 아우라와 마레의 집과는 상당히 다를 테니 신기한 모양이다. 그리고 아까보다도 조금 편안해진 듯했다. 몬스터나 다를 바 없는 코퀴토스의 부하보다는 일반 메이드들 쪽이 대하기 편하고 무섭지 않아서일 것이다.

"아우라. 그 의자에라도 앉히거라."

아인즈가 알베도의 자리를 가리키자 아우라는 고분고분 대답하고 엘프를 의자에 앉혔다. 알베도의 책상 위는 그녀의 성격을 나타내듯 매우 깔끔했다. 덧붙여 아인즈의 책상 위도 다른 의미에서 깔끔했다.

"고, 고맙습니다……."

의자에 앉아 고개를 숙인 엘프에게, 아인즈는 될 수 있는 대로 부드러운 목소리를 냈다.

"뭐, 네가 놀란 것도 이해한다. 하지만 조금 전에도 말했듯, 안심해다오. 이 나자릭에서 너를── 너희를 해칠 자는 없다. 그러니 마음 편하게 있어도 좋다."

그야 이렇게 말한들 마음이 편해질 리도 없지만.

아인즈는 그녀들에게 등을 돌리고는 한 메이드에게 다가가, 목소리를 낮추어 명령을 내렸다.

"……이제부터 식당에 간다. 중간에 너희 메이드 이외의 다른 이와 맞닥뜨리지 않도록 다른 자들은 오지 못하게 하거라. 식당도……."

식당도 마찬가지로 비워달라고 말하려다, 역시 그건 관두기로 했다.

"아니, 아무것도 아니다. 식당은 그냥 이용해도 문제없다. 아니, 오히려 너희가 써주는 게 낫지."

"네, 분부에 따르겠나이다. 그러면 즉시 다녀오겠습니다."

"하던 일을 멈추게 해서 미안하다만 부탁한다."

"무슨 말씀이십니까, 아인즈 님."

가장 가까이 있다는 이유로 말을 건넸던 것이지만, 그녀는 그렇게는 생각하지 않는 듯 동료들에게 희미한 ——승리의—— 미소를 짓고 있었다. 그리고 동료들은 분한 마음을 숨기려 해도 숨길 수 없는 듯 '으으으' 하며 표정을 약간 찡그렸다.

명령을 받은 메이드는 동료들을 곁눈질하며 가벼운 발걸음으로 방을 나갔다.

아인즈는 자신의 등에 메이드들의 시선이 모이는 것을 민감하게 ——아인즈에게는 매우 드문 일이지만—— 지각하고 있었다. 틀림없이, 우리한테는 특별한 일이 없는 걸까 하는 기대를 담은 시선이다. 덧붙여 아인즈의 당번은 특별한 일에 속하므로 류미엘에게서는 그런 기척이 느껴지지 않았다.

바늘방석에 앉은 ——물론 메이드들에게 그럴 마음은 없었으므로 제멋대로 앉은 것뿐이지만—— 아인즈는 애써 메이드들에게서 시선을 돌리고 의자에서 쉬던 엘프를 보았다. 그리고 그녀의 호흡이 편안해진 것을 확인했다.

"이제는 문제가 없는 것 같구나. ……그러면 가도록 하자."

강요하는 것처럼 들릴 수도 있으니 너무 채근하고 싶지는 않았지만, 이 이상은 이곳에 있고 싶지 않았다.

엘프가 걸을 수 있는 것을 확인하고 아인즈가 선두에 서서 방을 떠났다. 이때 원통해하는 듯한 메이드들의 시선은 느끼지 못한 것으로 했다.

식당으로 가는 도중, 이따금 엘프들이 자기도 모르게 내는 감탄성이 뒤에서 들려왔다. 그와 함께 "굉장해."라든가 "아름다워."라든가 하는 칭송의 목소리도.

자랑하고 싶어졌지만 아인즈는 꾹 참고 돌아보지 않은 채 그대로 나아갔다.

이윽고 식당에 도착했다. 가는 길에는 한 번도 서번트를 만나지 않았고, 조금 시간이 걸린 ——제9계층의 광경을 두리번두리번 쳐다보는 엘프들의 걸음은 느렸고, 아인즈도 특별히 자랑하고 싶은 장소이기에 더더욱 천천히 걸었다—— 것 말고는 특별히 문제도 없었다.

나자릭 제9계층의 식당은 회사나 학교의 식당을 이미지로 ——아인즈의 학교나 회사에는 그런 것이 없었으므로 정말인지 어떤지는 전혀 알 수 없지만—— 만든 것으로, 레스토랑 같은 느낌은 아니다.

이곳에 온 것은 이 세계에 막 도착했을 무렵 나자릭 내의 시설을 둘러봤을 때 말고는 처음이었지만, 언뜻 보기에 인테리어에 변화는 없는 것 같았다. 안에서는 이야기를 나누는 젊은 여성의 목소리나 식기끼리 부딪치는 소리 등이 조그맣게 들려왔다.

아마도 일반 메이드들을 중심으로 한, 제9계층과 제10계층에서 일하는 자들일 것이다. 어쩌면 영역수호자도 있을지 모른다. 점심을 먹기에는 늦은 시간이지만 근무시간이 달라서인지 떠들썩했다.

메이드들이 편하게 식사를 하는 광경을 보면 엘프들도 이곳이 어떤 목적을 가진 장소인지 알게 될 것이다. 어쩌면 외부인이라는 소외감을 느낄지도 모르지만, 그래도 일상감이 있는 분위기

안에서라면 다소는 기분이 편해질 것이다. 그렇기에 식당에서 사람을 내보내지 않았던 것이다.

하지만 아인즈가 식당에 들어선 순간, 조금 전까지의 화기애애하던 분위기가 돌변했다.

우선, 소리가 나지 않았다.

조금 전까지 분명히 있었던 즐거운 말소리, 식사를 할 때 내는 생활감 있는 소리. 그러한 것들이 사라졌다. 이어서 식당이라고는 여겨지지 않을 정도로 공기가 긴장감을 띠었다.

그리고—— 식당에 있던 모든 이의 시선이 모여들었다. 다들 눈을 크게 뜨고는 움직임을 멈추었다.

어웨이다.

마치 알프헤임에 들어온 마이너스 카르마의 이형종을 대하는 듯한 느낌이었다.

"——우리는 신경 쓸 것 없다. 그대로 식사를 하거라."

넓은 식당 내 여기저기에 있던 것은 거의 모두 일반 메이드들이었지만, 아인즈의 말을 듣고 다시 식사를 시작했다. 하지만 수다가 이어질 기미는 전혀 없었다. 다들 묵묵히 먹고 있었다.

식사를 방해할 마음은 조금도 없었던 아인즈는 조금 서운한 마음이 들었다. 하지만, 뭐—— 잠깐 생각해보면 그녀들의 마음도 이해하지 못할 것 없었다.

이제까지 방문한 적이 없던 사장이 갑자기 식당에 나타나면 이런 분위기가 될 수도 있을 것이다. 스즈키 사토루였다면 같은 행동을 취하지 않았을까? 만약 좀 더 작은 회사이고 사장과 부하의 거리가 가깝다면 이렇게 되진 않았겠지만.

'무리겠지…….'

'감복해서 고개를 조아려야 할 절대지배자인 아인즈 님' 에서 '모두에게 사랑받는 아인즈 님' 으로 평판이 급격히 바뀌기란 지극히 어려울 것이다. 만약 정체가 탄로 나서 무능함이 알려지면 그렇게 될지도 모르지만, 조롱을 받는 ——아마도 괜찮겠지만—— 위치가 된다면 도저히 회복할 자신이 없었다.

"그럼 들어가자."

일행을 돌아보며 말을 건 것과 동시에, 수상쩍게 여겨지지 않을 정도로 엘프들의 분위기를 관찰했다.

아니, 관찰할 필요도 없었다. 한눈에 알아볼 수 있을 만큼 위축되었다. 무리도 아니다. 아인즈가 모습을 나타내기 직전까지 화기애애하던 식당의 분위기는 그녀들도 알았을 것이다. 그러던 것이 갑자기 이형종 in 알프헤임이 되었으니.

해결책은 전혀 떠오르지 않았다.

그러므로 한동안 있으면 적응할 것이다. 그런 낙관적인 생각을 하고 아인즈는 식당 안을 나아갔다.

적당한—— 이 이상 메이드들을 긴장시키는 것은 바람직하지 않았으므로 그녀들에게서 조금 떨어진 테이블까지 가서, 맞은편을 가리켰다.

"자, 거기 앉거라."

엘프들이 곤혹스러워하듯 얼굴을 마주 보고만 있다. 누가 아인즈의 정면에 앉을지, 싫은 역할을 떠넘기는 것처럼 보이기도 했다. 아마 그 생각이 맞을 것이다.

"……그렇군. 하기야 엘프와 우리의 매너가 다를 수도 있지. 그러니 일단은 격식을 따지지 않겠다. 이 자리에서는 상대의 매너가 자신이 아는 것과 전혀 달라도 신경 쓰지 말기로 하자꾸나."

호의적으로 해석하고 있다는 명분을 내세워 실드를 쳐주었다. 겸양도 지나치면 별로 좋지 않고, 아우라와 마레가 답답한 엘프들의 태도에 어떤 반응을 보일지도 좀 무서웠다.

"자, 내 앞에 앉거라."

아인즈는 가장 뒤에 있던 엘프를 가리켰다. 돌이켜보면 그녀는 한가운데에 서는 일이 없었다. 그렇다면 여기서 싫은 역할을 맡기는 것이 공평하리라.

솔직히 이것을 싫은 역할로 인정하는 것도 거시기했지만, 그녀들의 심정은 헤아리고도 남음이 있었으므로 애써 사무적으로 그렇게 생각하기로 했다.

그 후로는 빨랐다.

지목받은 엘프의 좌우는 금방 정해졌다. 아우라와 마레는 아인즈의 좌우에 앉았다.

류미엘은 아인즈의 뒤에 섰다. 여러모로 하고 싶은 말은 많지만 지금은 꾹 참기로 했다.

"그러면—— 미안하다만 실은 나도 이곳을 이용하는 것이 처음이라 말이다. 그러니 지금 이 시간대에 이곳을 사용하는 방법을 조금 설명해다오."

류미엘에게 말을 건 것은 동료 메이드들이 이곳을 사용하는 이상 그녀도 당연히 사용하고 있으리라 생각했기 때문이다.

"우선은—— 그래. 음료를 주문하고 싶다만, 메뉴 같은 것이 있느냐?"

"이 시간은 프리 드링크 앤 뷔페 형식이옵니다. 저곳에 있는 음료, 그리고 간단한 찬거리는 스스로 먹을 수 있을 만큼 덜어 오게 되어 있나이다."

류미엘이 가리킨 방향을 보니 음료가 든 것으로 보이는 여러 개의 피처가 있었다. 그 옆에는 커다란 채핑 접시들이 보였다.

"그리고 이쪽에 있는 런치 메뉴에서 한 가지를 선택할 수 있나이다."

"그렇군……."

"주방에는 요리장도 있사오니, 아인즈 님께서 말씀하시면 어떤 음식이든 당연히 대령하리라 사료되옵니다."

"그렇구나. 그러나 그럴 필요는 없다. 런치 메뉴가 정해져 있다면 그중에서 고르도록 하지."

류미엘이 넘긴 용지를 받았다.

그곳에는 일본어로 메뉴가 적혀 있었다. 이래서는 엘프들이 읽지 못할 것이다. 게다가――

"……돈카츠 덮밥이라고 들어본 적 있느냐?"

엘프들이 고개를 가로저었다.

"……아우라, 마레. 보통 엘프들은 무엇을 먹느냐?"

"보통 식사인데요?"

"아, 네. 대, 대개, 저기, 어, 저희하고요, 같은 걸 먹어요."

그렇다면 아우라와 마레도 돈카츠 덮밥 같은 것은 먹어본 적이 없는 걸까? 아니, 그녀들은 배달 서비스로 요리를 받고 있을 테고, 스스로 요리도 가능할 것이다.

"돈카츠 덮밥은 먹어본 적이 없느냐?"

"아뇨, 먹어보긴 했어요. 하지만 이름을 몰랐을 거예요."

"아하, 그런 거였군……."

아무리 그래도 메뉴에 홀로그램 포토그래프가 첨부되거나 하진 않았으므로 화상으로 볼 수는 없었다.

"추천 메뉴……"

라고 말하려다, '전부 추천드려요'라는 말을 들으면 어떡하나 싶어진 아인즈는 그 뒷말을 삼켰다.

"이번에는…… 그래, 고기 요리는 다들 먹을 수 있을까?"

엘프들이 고개를 끄덕인 것을 확인하고, 아인즈는 메뉴 중에서 하나를 골랐다.

"햄버그 정식을 인원수대로 시키지."

"소스는 데미그라스, 일본풍, 크림 머스터드 세 종류 중에서 고르고, 라이스인지 빵인지도 선택할 수 있는데 어떻게 하시겠어요?"

"……빵과 데미그라스면 어떨까?"

데미그라스와 일본풍은 뭔지 알겠지만 크림 머스터드란 건 어떤 맛일까. 맛을 확인할 수 없는 이 몸이 밉다.

"괜찮아요!"

"아, 네. 저기, 저도, 괜찮아요."

아우라와 마레가 씩씩하게 대답하고 엘프들은 열심히 고개를 끄덕였다. 반대 의견은 없는 듯했다.

"그럼 그걸로 주문하지."

아인즈는 휴우 숨을 내쉬었다. 하지만 류미엘이 주문을 전달하러 주방에 가려는 기색은 없었다. 왜 그러는 걸까. 혹시 여기서 일하는 사람이 주문을 받으러 오나?

"아인즈 님. 음료는 어떻게 하시겠습니까?"

"——아아, 그랬지. 각자 저마다 원하는 걸 가져오도록. 그러면 되겠지?"

"네. 그러면 아인즈 님의 음료는 제가 가져오겠습니다. 무엇으로 하시겠나이까?"

"적당히—— 음, 아니다. 뜨거운 커피로 하지."

"분부에 따르겠나이다."

아우라를 선두로, 일동은 음료가 놓인 테이블 쪽으로 걸어갔다.

한편 류미엘은 주방으로 가서 무언가 이야기를 하고 있었는데, 안쪽이 갑자기 소란스러워졌다.

그쪽을 보니, 주방 옆에서 나오는 자가 있었다.

거대한 푸줏간 부엌칼을 허리에 차고 거대한 중화 냄비를 짊어졌으며, 살이 축 늘어진 상반신은 알몸이었다. 거기에는 커다랗게 '신선한 고기!!' 라는 문신이 새겨져 있었다. 목에는 금으로 만든 체인을 걸고 있다.

얼굴은 오크와 비슷하지만 더욱 야수적인 근친종 오크스다.

머리에는 순백의 주방장 모자. 허리에는 순백의 에이프런.

이 사내가 바로 이 식당의 영역수호자이자 주방장.

시호우츠 토키츠다.

시호우츠 토키츠는 기민한 동작으로 아인즈의 곁까지 달려오더니 한쪽 무릎을 꿇었다. 그것을 본 아인즈는 요리복이 더러워지지 않을까 생각했다.

"아인즈 님! 이 누추한 곳에 어인 일이신지요!"

"오랜만이구나, 시호우츠 토키츠여. 변함없는 것 같아 기쁘다."

"네이!"

변함없다고는 말했지만 그와 만난 것은 전이해서 거의 모든 NPC들과 면회한 이후 처음이었다. 너무 오랜만이라 뭐가 달라졌는지 알아차릴 자신도 없었다.

"아니지, 조금 말랐나?"

"아인즈 님께서 그렇게 생각하신다면 틀림없이 그럴 것이옵니다!"

그런 의미로 한 말이 아닌데.

아인즈는 그런 마음을 꾹 억눌렀다.

"하온데, 아까 류미엘로부터 주문을 들었사오나 아인즈 님의 몫은 없는 듯했나이다. ……다 알고 있나이다!"

시호우츠 토키츠가 씨익 사나이다운 웃음——오크 계통의 표정은 잘 모르겠지만 아마 그럴 것이다——을 지었다. 그런 그를 앞에 두고 아인즈는 '분명 모르고 있구만' 하고 생각했다. 이럴 때에 상대가 자신을 이해해준 적이 한 번이라도 있었던가. 슬프게도 아마 없을 것이다.

"소인이 아인즈 님—— 이 나자릭의 절대적인 지배자, 지고의 존재께 어울리는 요리를 대령하겠나이다!"

아인즈가 마음속에서 '거봐' 하고 중얼거리는 사이에 시호우츠 토키츠는 힘차게 일어났다. 그리고 주방을 향해 목소리를 높였다.

"이제부터 우리는 사지로 돌입한다! 아인즈 님께 어울리는 요리! 일주일이 걸려도 끝나지 않는 음식의 연회를 시작한다!"

이쪽의 눈치를 살피던 메이드들에게서 오오 하는 감탄성이 솟았다.

"아니, 잠깐만."

"네이!"

시호우츠 토키츠는 다시 아인즈를 돌아보며 한쪽 무릎을 꿇었다.

나는 해낸다! 나는 해낸다! 하는 기백이 불꽃이 되어 솟아나는 환영마저 보일 것 같은 상대에게 이런 말을 하기란 조금 괴로웠다. NPC가 그렇게 하고 싶다면 동참해주어야 한다고 늘 생각하지만, 아무리 그래도 이것만은 아인즈도 받아들일 수가 없었다.

"……무언가 착각하고 있는지도 모르니 혹시나 몰라 말해두겠다만, 나는 언데드이며 식사를 하는 것이 불가능하니까."

"네이! 다시 말해 눈과 코로 즐기실 수 있는 요리를 하라! 는 말씀이시군요! 분부에 따르겠나이다!"

일어나려 하는 시호우츠 토키츠에게 아인즈가 말했다.

"야, 잠깐."

"네이!"

"서두르지 마라. 나는 식사를 할 수 없다, 다시 말해 식재료를 낭비하지 말라는, 그런 의미다."

"무슨 말씀이시옵니까, 아인즈 님! 아인즈 님을 위해 사용하는 식재료에 어찌 낭비가 있겠나이까! 그렇지?!"

일어난 시호우츠 토키츠가 돌아보며 식당에 있는 전원에게 들리도록 말했다. 그러자 박수가 들려왔다. 식당에 있던 메이드만이 아니라 아우라와 마레까지도 박수를 치고 있었다. 엘프들도 황급히 따라 했다.

그런 눈치는 안 봐도 된다고, 아인즈는 속으로 딴죽을 걸었다.

"그럼 당장!"

"야, 잠깐."

"네이!"

다시 한쪽 무릎을 꿇은 시호우츠 토키츠에게 아인즈가 말했다.

"솔직하게 말한다? 난 여기 식사를 하러 온 게 아니다. 여기서—— 그래, 이야기를 즐기고자 하고 온 것이다. 너의 환영과 열의는 뼈저리게 이해한다만, 그렇게까지 해주었으면 하는 것은 아니다. 그…… 차분하게 이야기를 나누고 싶다는, 그런 마음을, 이해해줄 수 있을까?"

시호우츠 토키츠가 이상하게 의욕이 넘치는 것도 무리는 아니라고 생각한다. 여기 올 일은 없으리라 생각했던 지배자가 갑자기 찾아온 것이다. 자신이 할 수 있는 최선을 다해 환영하고 싶다는 마음이겠지. 다만 아인즈는 그것을 바라고 여기 온 것이 아니다.

"네이! 그렇다면 즉시 이곳을 대절시키도록 하겠나이다!"

"야, 잠깐."

"네이!"

"그렇게 서두르지 말고. 반복하지만, 약간의 수다를 즐기려고 온 것뿐이니까. 그렇게까지 할 필요는 전혀 없으니까, 응?"

아인즈가 흘끔 다른 멤버들——특히 엘프들——의 눈치를 살피니, 모두 이쪽을 진지하게 바라보고 있었다.

메이드들은 언제든 이곳에서 퇴거할 수 있도록 엉거주춤 몸을 일으키고, 아우라와 마레는 태연함 그 자체였으며, 엘프들은 무언가 엄청난 사태가 벌어졌구나 하는 생각에 겁을 먹었다. 엘프들이 저런 표정을 짓지 않도록 이곳을 선택했는데——.

"——사양하는 것이 아니라, 진심으로 그렇게 생각해서 온 거다. 너희는 평소의 모습을 우리에게 보여주면 된다. 깊이 생각할 필요도 없다."

"네이! 하오나! 지고의 존재이신 아인즈 님을 다른 이들과 똑같이 대할 수는!"

조금 비겁하지만 어쩔 수가 없을 것 같았다. 아인즈는 어흠 헛기침을 한 차례 하고는, 어조를 무겁게 바꾸었다.

"——시호우츠 토키츠."

"네이!"

"나는 평소의 이 장소를 보고 싶다는 거다. 네가 평소 충실하게 직무에 임하고 있다면 특별한 일을 할 필요는 없겠지? 아니면 무언가를 숨기기에 평소와는 다른 자신을—— 이 장소를 보이려 하는 게냐?"

시호우츠 토키츠가 흠칫 숨을 멈추고, 각오를 다지는 듯한 표정을 ——아마도—— 지었다.

"외람된 말씀이오나 아인즈 님! 소인, 시호우츠 토키츠에게 이 장소를 맡겨주신 지고의 존재이신—— 아마노마히토츠 님께 부끄러울 만한 행위는 이제까지 한 번도 한 적이 없나이다!"

"그렇겠지."

아인즈가 지체 없이 대답하자 시호우츠 토키츠가 의아하다는 표정을 지었다.

"짧은 시간이었다만, 네가 직무에 충실하며, 너희가 지고라 부르는 존재에게 충성을 다한다는 사실은 충분히 알았다. 조금 전의 말은 폭언이었다. 아까의 말을 모두 취소하고 사과하겠다."

아인즈는 고개를 숙였다.

"오오, 아인즈 님! 이러지 마십시오! 지고의 존재이신 아인즈 님께서 제게 고개를 숙이시다니! 어서 존안을 들어 주십시오!"

아인즈는 천천히 고개를 들고 시호우츠 토키츠를 똑바로 보았다.

"——시호우츠 토키츠여. 나의 사죄를 받아들여주어 고맙다. 그러나 나는 네가 알아주었으면, 이해해주었으면 한다. 너희의, 그리고 이곳의 평소 모습을 바라보며 느긋하게 대화를 즐기고 싶은 것이다. 단순한 한 명의 손님으로서, 평범하게 대해다오."

시호우츠 토키츠는 끙끙 소리를 내며 잠시 갈등했으나, 이윽고 마음속으로 절충을 했는지 크게 고개를 끄덕였다.

"분부에 따르겠나이다."

"그렇구나. 나는 기쁘다. 언젠가 이곳 나자릭에 많은 빈객——지위가 높은 이들을 초대할 날이 올 것이다. 그때 너의 최선을 보여다오. 부탁한다."

"네이! ——하, 하오나 굳이 저 따위에게 고개를 숙이실 필요는."

"너를 우롱한 데 대한 사죄가 가장 크다만, 너를 신뢰하여 이곳에 배치해준 아마노마히토츠님에게 대한 사죄도 있다고 생각하거라."

시호우츠 토키츠는 난처한 듯 쓴웃음을 지었다. 그렇게 말하면 어쩔 수 없다는 표정이었으나, 그것도 한순간. 즉시 프로페셔널의 표정으로 돌아왔다. ——그럴 것이라고 아인즈는 추측했다.

"——그러면 아인즈 님. 저는 주문받은 요리에 착수하겠나이다."

등을 돌리고 떠나가는 시호우츠 토키츠를 지켜보며, 아인즈는 식당에 있는 모두에게 들리도록 조금 목소리를 높였다.

"다들, 소란을 피워 미안했다. 자, 신경 쓰지 말고 식사를 계속해다오."

시호우츠 토키츠와 자리를 바꾼 것처럼 아우라와 다른 이들이 돌아왔다. 여기저기 테이블에 있던 메이드들도 식사를 재개했지만, 조금 전보다도 긴장이 풀린 것처럼 느껴졌다. 시호우츠 토키츠의 등장이 좋은 의미에서 분위기를 누그러뜨려준 것 같았다.

돌아온 아우라와 마레, 엘프들은 저마다 음료를 들고 있었으며, 류미엘은 아인즈 앞에 커피를 놓았다.

커피의 향긋한 냄새가 아인즈에게도 전해졌다. 뭐라 말할 수 없는 신비한 느낌으로 베리 같은 과일 비슷한 향이 섞여 있었다.

위그드라실에는 유명 매장과의 제휴 기획 같은 것은 없었지만, 이 게임은 이상할 정도로 데이터가 풍부했다. 식재료도 그 중 하나다. 평범한 게임 같으면 간단하게 '커피콩' 이라는 명칭으로 끝났겠지만 위그드라실에는 몇 종류나 되는 커피콩이 있었다. 그리고 각각 그레이드가 있고, 그레이드가 높은 콩을 사용할수록 요리 효과가 잘 나온다.

그러므로, 나자릭 내에 보관된 커피콩은 그레이드가 높은 것이었으니, 이 커피는 분명 맛있을 것이다.

'아마도 비싼 커피란 이런 냄새가 나겠지. 그러면 맛도 베리 같은 맛이 날까?'

평소처럼, 마시지 못하는 자신의 몸을 원망스럽게 생각하며 아인즈는 모두가 자리에 앉기를 기다려 말을 걸었다.

"자, 마시면서 이야기를 해볼까."

엘프들은 두 명이 멜론소다, 또 한 명은 얼음이 뜬 녹차였다. 아인즈의 말에 따라 그런 것들을 입에 머금고, 멜론소다 팀은 눈을 깜빡거리면서 입가를 손으로 가렸다. 입에서 흘러나오는 것을 막으려는 듯한 몸짓은 결코 나쁜 반응이 아니었다.

"따끔따끔, 맛있어."

"달아."

그렇게 중얼거린 두 사람의 잔은 순식간에 비었다. 그 타이밍에 아인즈가 부드럽게 말했다.

"——한 잔 더 마시는 게 어떻겠나?"

"아, 네. 그렇게 하겠습니다."

두 엘프는 즉시 고개를 끄덕이고 일어나더니 음료 있는 곳으로 갔다. 발걸음이 가볍다.

"——마음에 든 것 같아 다행이다."

"아, 네."

자리에 남은 한 엘프에게 아인즈가 말했다. 그녀도 두 사람의 음료가 궁금했을 것이다. 힘차게 녹차를 들이켜고 자리에서 일어났다. 참고로 아우라와 마레는 둘 다 콜라였으며, 이쪽은 익숙했는지 특별한 반응은 보이지 않았다.

여러모로 예상하지 못했던 일도 있었지만, 그럭저럭 엘프들의 긴장감을 덜어낸 듯했으므로, 언데드라고 해서 다짜고짜 의심하고 드는 일은 없을 것 같았다.

'역시 단 것이 효과적이었나? '단 것을 싫어하는 여성은 없다. 그리고 단 것을 참을 수 있는 여성은 더 없다.' ……팥고물떡님이 했던 말이 진짜로 진실이었구나. 자기의 폭식을 정당화하려는 말인 줄 알았는데…….'

길드 아인즈 울 고운의 여성 멤버 중 나머지 두 사람은 고개를 갸웃――슬라임은 고개가 없지만――했지만, 그렇다고 부정하지도 않았다. 그리고 엘프들의 마음을 풀어준 모습. 이 두 가지 사실을 생각해보면 그녀의 말은 딱히 거짓말만은 아니었을 것이다. 뭐, 아직도 의심하는 마음은 남아 있지만.

'각설하고, 슬슬 시작해볼까. 몇 가지 시뮬레이션은 했지만 엘프 나라의 이야기로 잘 이어나갈 수 있을지…….'

그녀들과 처음 만났을 때 들었던 이야기를 떠올렸다.

남방의 대삼림 속에 있다는 엘프 나라에는 국명(國名)이 없다. 이것은 다른 종족과 국교를 열 필요가 없으며, 또한 다른 나라가 인접하지 않았기 때문, 이란 것은 알베도의 고찰이었다. 자타를 구별할 필요가 없기에 '나라' 라는 호칭만으로도 불편함이 없었으리라는 뜻이다.

어쨌든 오랜 기간에 걸쳐 왕이 통치했으므로 왕국의 체제를 갖추고는 있으며, 그 왕은 굉장히 강하다고 한다. 어떻게 강한지, 어떤 클래스인지 하는 정보는 얻을 수 없었다. 다만 이때 엘프들이 아우라와 마레에게 시선을 보냈던 것은, 두 사람은 모르는 건가 하는 의문 때문이었으리라.

그런 엘프 나라는 현재 법국과 적대관계이며, 그녀들은 법국에 사로잡혀 팔려왔다고 했다. 무슨 원인으로 전쟁을 하게 되었는지, 언제부터 그랬는지에 대해서는 알지 못했다.

이것은 엘프 나라에 정식 교육제도가 없기 때문이리라. 그녀들에게도 그것을 알려 하는 의지는 없는 듯했다. 물론 엘프의 생활을 들어보면 달리 더 중요한 기술이나 지식——거의 몬스터에 대한 것——은 전수하고 있었으므로, 그러한 역사 등을 가르치거나 배울 필요성을 느끼지 못했다는 것이 큰 이유이리라.

엘프 나라에서 다크엘프를 본 적이 없느냐는 질문에는, 본 적은 없지만 있긴 하다고 했다. 그녀들이 실제로 다크엘프를 본 것은 아우라와 마레가 처음이었다. 엘프 나라에서 다크엘프는 소수민족인 모양이었다. 다만 학대를 받는다는 말은 듣지 못했다고 한다. 그렇다고는 하나 그녀들의 지식량을 고려하면 단순히 몰랐을 가능성도 충분히 있다.

그리고—— 이것뿐이었다.

아인즈가 얻은 지식은 이것뿐이었다.

당시에는 엘프들이 수상쩍게 여기는 것을 막기 위해서라도 그 정도에서 그칠 수밖에 없었다. 하지만 지금은 깊은 이야기를 듣기 위한 대의명분을 장비하고 있다. 때가 무르익었다.

'자, 슬슬 결정하자. 국가로서 국교를 열고 싶다는 방침으로 이야기를 꺼내볼까? 아니면── 아우라와 마레의 친구를 만들어주기 위해 다크엘프 마을에 가고 싶다는 이야기를 하는 건 어떨까?'

국가로서, 라고 하면 스케일이 너무 커 긴장하고 말 것이다. 그보다는 평범한 일반인도 이해할 만한 이유를 대는 편이 그녀들의 입도 가벼워지지 않을까? 게다가 아인즈도 원래 후자 쪽이 목적이었으므로, 거짓말을 하지 않는 만큼 마음도 편하다. 아인즈는 얼마든지 거짓말을 할 수 있는 사람이지만, 거짓말을 하는 것을 좋아하지는 않는다. 이익이 있다면 거짓말도 불사할 뿐.

게다가 무슨 일이 생겨서 그들이 진실을 알았을 때까지도 고려하면, 거짓말을 하지 않는 편이 메리트가 크다.

'그쪽이 더 간단하겠지만…… 아우라와 마레 앞에서 그런 말을 하면 어떻게 될지 상상이 안 가니까 말이지.'

아우라와 마레가 '친구를 만들어야만 한다'는 사명감에 사로잡힐 우려가 있다. 솔직히 말해, 친구란 것은 취미 같은 것을 공유하는 과정에서 생겨나는 것이지, 명령을 받아 만든 것을 친구라고 생각하고 싶지는 않다.

아인즈는 위그드라실의 친구── 옛 길드 멤버를 떠올렸다. 우연한 만남이나 자연스러운 인연으로 맺어진 동료들을.

다만 어린이에게 친구가 필요한지 어떤지는 알 수 없었다. 아인즈── 스즈키 사토루에게는 없었으며, 그래서 문제가 있었다는 생각은 들지 않았다.

그런 아인즈가 왜 친구를 만들어줘야 한다고 생각하는가 하면, 야마이코가 그런 식의 말을 했기 때문이다. 하지만 그 말을 듣던 우르베르트가 '살아가는 세계가 다른 사람의 몽상' 이라고 비아냥거리며 웃었던 것도 동시에 떠올랐다.

어느 쪽이 옳은지는 아인즈도 모른다. 그래도 친구가 있어서 손해가 되지는 않을 것이다.

'그렇다면 친구를 만들려 한다는 말은 관두고, 이 아이들이 다크엘프와 낯을 익혀두었으면 해서라고 말해보면 어떨까? 친구가 생기고 안 생기고는 애들에게 맡기면 돼. 물론 친구가 생기면 그보다 좋은 일은 없겠지.'

다만, 지나치게 강하고 입장이 다르면 친구 관계를 맺는 데에 걸림돌이 되지는 않을지.

위그드라실에서는 모두가 대등했다.

――문득 뇌리에 몇몇 친구가 떠올라, 아인즈의 표정이 잠시 흐려졌다. 그러나 이내 가볍게 고개를 가로저어, 떠올랐던 기억과 감정을 털어냈다.

대등하지 않은 현실세계에서 처음 만났다면 친구는 될 수 없었으리라. 그렇게 생각하면 첫걸음은 될 수 있는 대로 엘프 나라에 사는 다크엘프와 대등한 위치에서 디디고 다가서야 한다. 결코 마도국의 간부인 다크엘프와, 엘프 나라의 소수민족인 다크엘프로서 만나서는 안 된다.

'신분은 최대한 숨기기로 하고…… 으음. 세상의 아버지란 존재들은 이렇게까지 깊이 생각하나? 터치 미님은 어땠을까? 더

자세히 들어둘 걸 그랬나?'

아인즈가 이야기를 어떻게 꺼낼지 몰라 고민하고 있으려니, 엘프들이 같은 음료를 가지고 돌아왔다.

모두 콜라였다.

'아차, 아직 생각이 다 정리되지 않았는데……. 역시 임기응변은 안 돼. 하지만 이젠 어쩔 수 없지. 두 사람이 자리에 있는 이상, 여기서는 단순히 관심이 있다, 국교를 열고 싶다는 방향으로 이야기를 시작해보자. 만약 유도가 잘 안 되면 '사실은…….' 하는 식으로 그런 이야기를 꺼내보고. 아니, '미시적인 관점에서 우선 다크엘프와 우호를 다지고 싶다' 는 것도 괜찮을지 모르겠군.'

엘프들이 자리에 앉자, 아인즈는 최대한 자연스럽게 말을 건넸다.

"그러면—— 슬슬 본론으로 들어가볼까."

필사즉생이라는 말이 어울리는 분위기에, 음료를 마시던 엘프들의 손이 ——아니면 목이었을까—— 멈추었다.

"우리는 현재 마도국이라는 나라를 만들고 있다. 그 안에서 다양한 종족과 함께 살아가는 것을 생각하고 있지. 이미 인간과 드워프, 고블린, 오크와 리저드맨 등이 이에 찬동해 우리 나라의 백성이 되어주었다. 엘프가 여기에 찬동할지 어떨지는 둘째치고, 엘프의 나라와 국교를 열거나 무역을 하고 싶다. 그래서 너희의 나라에 가볼까 한다. 여기에 협조해줄 수 없겠느냐?"

명분이 아니라, 실제로 엘프 나라와 국교를 열고 무역을 하는 것도 딱히 나쁘지는 않다. 하지만 치명적인 문제가 있다.

사절이 아인즈일 경우 반드시 문제가 생긴다.

타국의 외무장관과 회담하고 국교를 열도록 협정을 맺는다니, 아인즈의 능력으로는 무리다. 그야 드워프 때는 잘됐지만, 또 마찬가지로 성공하리라는 생각은 도저히 들지 않았다. 반대로 완전히 정반대의 결과로 끝날 가능성도 많다.

그러므로, 만약 실제로 국교를 연다 해도, 나름 지혜가 있는 사람을 보내고 싶다. 알베도가 적임자지만 그녀는 왕국의 점령통치 때문에 매우 바쁜 듯했으므로 한동안은 더 이상 새로운 일을 던져주고 싶지 않았다.

알베도에게 명령하면 그녀는 괜찮다고 할 것이며, 실제로 가능하리라. 다만 무리를 하지 않는다고는 말할 수 없다. 그렇기에 일을 과도하게 떠맡지 않도록 아인즈는 부하의 컨디션이나 멘탈을 꼼꼼히 파악할 필요가 있다.

따라서 그렇게까지 큰 안건으로는 만들지 않고, 다크엘프들과 개인적인 인연을 맺는 정도에서 그칠 수 있다면 아인즈로서는 매우 기쁠 것이다.

"에, 어, 저기, 아인즈 울 고운 님. 혀, 협조라고 하시면 그건, 무슨 일을 하면 될까요?"

경계심이 엿보이는 질문에 아인즈는 어깨를 가볍게 으쓱했다.

"우선은── 이야기를 듣고 싶구나. 그리고 그냥 아인즈라고 불러도 된다."

"저희가 아는 것이라면──."

각오를 한 것처럼 엘프가 말했다.

"——말씀드리고 싶습니다. 하, 하오나 호칭에 관해서는, 그, 그러니까, 죄송하지만 사양하겠습니다……."

아우라와 마레, 그리고 주위에서 ——거리는 있지만—— 아무래도 엿듣고 있었던 듯한 메이드들이 복잡한 표정을 지었다.

만약 엘프들이 아인즈라고 불렀다면 '어디서 친한 척이야' 라든가 '분수를 알아야지', 부르지 않았다면 '아인즈 님의 말씀을 거부하다니' 하는 식으로 받아들였으리라. 그녀들 스스로도 그런 확신이 있기에, 어느 쪽이 엘프들에게 올바른 태도인지 생각하며 이러지도 저러지도 못하고 있을 것이다.

엿듣는 메이드들을 질타할 마음은 없었다. 딱히 악의나 호기심으로 듣는 것은 아니라는 분위기가 전해졌기 때문이다. 그녀들에게서는 무슨 일이 생기면 도움이 되고자 하는 '저요' '저요' '저요' 하는 의문의 기백이 느껴졌다.

"……그렇구나. 아쉽군. 그래서 이야기라고 하는 건 말이다. 엘프의 나라는 어떤 분위기냐? 숲속에 있다고 하면, 몬스터 같은 것들로부터 어떻게 자신을 지키지?"

엘프들은 이상한 것을 묻는다는 표정을 지었다.

"저희는 숲속에서 살기는 하지만, 생활의 터전은 나무 위로 옮겨놓았어요. 지면은 위험하니까요."

"드루이드의 마법으로 나무를 변화시켜 집을 만들죠."

"그런 마법에 적합한 나무를, 이것도 마법으로 기르고요. 저희는 그 나무를 엘프 트리라고 불러요."

입을 모아 설명해주는 그녀들의 말을 들어보니, 엘프는 드루이드의 마법을 써서 나무들을 변형시킬 수 있는 모양이었다. 예를 들면 나무 내부에 구멍을 만들거나, 나무와 나무 사이의 공간에 간소한 흔들다리를 만드는 등. 그렇게 해서 수십 그루나 되는 엘프 트리로 이루어진 집합체를 숲속에 만들어낸다.

그것이 바로 엘프의 마을이다.

이 엘프 트리를 변화시켜 물건을 만들어내는 기술은 엘프 문화의 중심으로, 집이나 가구만이 아니라 무기나 방어구까지도 만들어낸다고 한다. 사냥 등에 쓰이는 화살마저도 철에 필적할 정도로 경질화시키는 것이 가능하다.

아인즈가 아는 한 이것은 위그드라실에는 없는 마법이었으므로, 그녀들에게 그것을 써달라고 부탁했더니 다들 놀랐다. 아우라와 마레가 생활하는 나무가 바로 그것이 아니냐면서. 그녀들은 그것이 엘프 트리의 변종——외견은 전혀 다르니까——이며, 두 사람이 아니면 형태를 바꿀 수 없는 특별제라고 생각했던 모양이었다.

또한 엘프의 그 마법은 엘프 트리 전용이기 때문에 그 이외의 나무에는 전혀 효과가 없다고 한다.

그런 환경에서 생활하다 보니 뱀이나 거미처럼 등반능력이 매우 뛰어난 몬스터는 엘프에게 천적이 된다고 한다. 일단은 야경을 돌기는 하지만, 그런 생물은 은밀능력도 높다 보니 피해자가 나올 때도 있다나. 반면 그렇게까지 등반능력이 좋지 않은 몬스터는 가림막을 설치하면 습격을 받는 일이 별로 없다는 이야기였다.

엘프의 왕도——엘프 자체가 별로 인구가 많지 않은지 대도

시라 부를 만한 규모의 도시는 하나뿐이라고 한다——만은 숲이 끊어진 평지, 초승달 형태를 한 호수의 기슭에 지어졌다고 한다. '~라고 한다'는 표현이 계속 나오는 이유는, 왕도에서 멀리 떨어진 마을에서 살던 그녀들은 전해 듣는 형태로만 알고 있기 때문이었다.

왜 왕도만 평지에 있는가 하면, 호수에는 거대한 수생 몬스터가 존재해, 대형 몬스터는 포식당할 것을 두려워해 다가오지 않는 것이 요인 중 하나라고 한다.

그렇군.

아인즈는 생각했다.

드루이드의 마법으로 물 같은 것도 만들어낼 수 있을 테니, 나무 위에서 사는 것은 꽤 좋은 환경이라는 생각이 들었다. 비행하는 몬스터에게는 엘프 트리에 우거진 나뭇가지가 방패가 될 테고, 몸을 숨겨줄 수도 있을 것이다.

그런 환경에서 생활한다면 엘프 대부분이 레인저나 드루이드의 실력을 갖추고 있는 것도 당연한 일이다. 반대로 그렇지 않으면 살아가지 못할 것이다.

'이 세계의 기술습득—— 클래스를 취득한다는 것이 어떻게 돼 있는지 모르는 점이 많지만, 농민 같은 직업이 적은 엘프는 인간보다도 싸울 수 있는 자의 비율이 높겠군.'

이어서 수명이나 인구 등에 대해 물어보았다.

수명은 별로 신경을 쓰지 않는 듯, 자신들이 어느 정도 살 수 있는지에는 관심이 없다고 했다. 다만 그녀들의 마을에 살던 최연장자는 추측으로 300살이 넘었으리라는 이야기였다. 참고로 그녀들은 자신의 나이조차 잘 모르는 모양이었다. 생일이라는 개념도 없는 듯했다.

다만 긴 수명을 가진 것은 확실해서인지, 인구는 그리 많지 않고, 인간처럼 그렇게 아이를 펑펑 만들지도 않는다나. 하지만 이야기를 듣던 아인즈는 꽤 많은 아이가 태어나는 것 아닐까 추측했다.

'위그드라실의 엘프 설정으로는 분명 수명이 천 년…… 처음 10년 동안은 성장속도가 꽤 빠르고, 그 후 마지막 10년은 늙는 속도가 빠른? 기억나지는 않지만 그런 식이었던가? 아니었나? 게다가 10년에 1명 정도 낳는다고 했으니…… 200살 정도를 성인으로 잡고…… 400살 정도까지 낳는다고 가정했을 때…… 20명? 나중에는 그런 부분을 잘 아는 사람에게 물어보고 싶군.'

"그러면── 너희를 원래 마을로 돌려보낸다고 할 경우, 어디로 가면 될까?"

엘프들이 얼굴을 마주 보았다.

'흐음, 역시 거기까지는 가르쳐주지 않는군. 중요한 정보니까.'

잠시 시간이 경과한 후, 엘프 하나가 쭈뼛쭈뼛 질문했다.

"저, 저기…… 저희, 집에 돌아가게 되나요?"

"……응?"

질문이 이상하다는 생각에, 아인즈는 자신의 실수를 깨달았다.

"……그렇구나. 마을이 법국의 인간들에게 습격당했다고 했지."

그녀들은 딱히 병사는 아니고, 마을에서 살던 중 법국에게 습격당해 사로잡혔다고 했다. 그렇다면 마을에 돌아간다 해도 그녀들의 입장에서는 괴롭기만 할 테고, 안전성도 전혀 없을 것이다.

"좋아. 출신 마을이 아니라 안전한 장소로 데려다주지. 짚이는 곳은 있느냐? 친척 같은 이가 있는 마을도 좋고, 없다면 왕도는 어떠냐?"

"왕도……라."

"죄송합니다. 저희는 마을 주변밖에 몰라서……."

"어디가 안전한 곳일까……."

그녀들은 마을 밖에 관한 정보에는 어두웠다. 다만 이것은 그녀들에 한한 이야기가 아니었다. 왕국이나 제국도 그렇다.

이 세계의 사람은 대개 태어난 장소에서 평생을 마친다. 특별히 교육을 받지 않은 사람은, 근처의 도시 정도까지는 간신히 알고 있어도, 먼 도시 같은 곳은 같은 나라에 속했더라도 다른 나라나 마찬가지였다.

"흐음."

생각에 잠겼던 아인즈에게 엘프들이 말했다.

"저…… 역시 저희는 여기서 밖으로 나가게 되나요?"

"그렇게 할까 생각 중이다. 엘프 나라와 국교를 맺는다면, 너희를 이곳에 두는 것이 상대의 심기를 거스를 수도 있지. 너희도 이해할 거다. 이제까지는 긴급조치로 놔두었다만, 앞으로는 그런 일은 하기 어렵다. 그렇다고 볼일은 다 보았다고 법국의 지배영역에 내팽개치는 짓을 할 만큼 비정하지는 않다. 그러니 안전한 장소를 물어본 것이다만——."

아인즈가 주도해 국교를 열 마음은 없지만, 이 세 사람을 무사히 귀환시키는 것은 장래에 도움이 될지도 모른다.

엘프들이 무언가 말하고 싶어 하는 것을 느낀 아인즈가 물었다.

"——왜 그러느냐?"

"저희를 이대로 여기 살게 해주실 수는 없나요?"

"…………흐음."

아인즈는 그녀들 앞의 음료로 눈을 떨구었다. 설마 이것 때문에—— 아니, 그럴 리는 없겠지.

"……어째서지? ……말하고 싶지 않다면 상관없다만, 가능하다면 가르쳐다오."

"저기—."

대표격인 엘프가 흘끔흘끔 아우라와 마레에게 시선을 보냈다.

"……아우라, 마레. 음료가 부족해진 것 같구나. 뭔가 좀 가져와주겠느냐?"

"네?"

"네! 알겠습니다, 아인즈 님. ——가자, 마레."

훌륭하다.

아인즈는 눈치 빠른 아우라에게 경의를 품었다.

자신이 반대 입장이었다면, 자리를 비켜주었으면 한다고 에둘러 말했음을 이렇게까지 빠르게 이해하지는 못했을지도 모른다. 아니면 사회경험을 살려 즉시 깨달았을까?

어쩌면 아우라는 알베도나 데미우르고스보다도 분위기를 파악하는 능력이 뛰어난 것이 아닐까? '그런 뜻이셨군요, 아인즈 님.' 하고 차갑게 웃는 데미우르고스의 얼굴이 머릿속에 떠올랐다.

'그 둘은 내 진의를 완전히 잘못 읽고 있으니까 말이지이……. 일부러 그러는 거 아닐까 싶을 정도로. 아니면 진짜 일부러 그러나?'

"어, 어?"

자리에서 일어난 아우라는 아무것도 모르는 마레의 팔을 홱 잡아당겨 끌고 갔다. 두 사람과의 거리가 충분히 멀어졌을 때 아인즈가 물었다.

"이제 말할 수 있을까?"

"네, 네에."

흘끔흘끔 두 사람과의 거리를 잰 후, 엘프가 목소리를 낮추어 말했다. 다크엘프인 두 사람의 청각은 인간보다 좋고, 아우라처럼 레인저 클래스를 가진 사람은 더 뛰어나다. 눈앞의 엘프도 이를 이해하기에 목소리를 낮추는 것이겠지만, 그래도 아우라라면 들을 가능성이 높다.

"여기서 지내는 데 익숙해져버리면, 그런 생활로는 돌아갈 수 없어요……. 여기…… 아우라 님과 마레 님의 집은 최고예요."

"엥?"

아인즈도 엘프와 마찬가지로 목소리를 낮추려 했지만 너무 놀란 나머지 보통 때처럼 말해버렸다.

한순간 농담인가 생각했지만, 다른 두 엘프도 무겁게 고개를 끄덕여 동의하는 모습을 보면, 본심에서 나온 말임을 알 수 있었다.

우선 식사의 수준이 다르다고 한다. 엘프들은 과일, 고기, 야채 등을 굽거나 삶아서 먹는다. 요리 전반에 대한 열의가 다르다는 것이다.

나자릭의 식사에 익숙해진 지금, 돌아가서 생활할 자신이 없다고 잘라 말했다. 참고로 그녀들은 피자를 좋아한다고 했다.

'그렇구나……. 음식 외교라는 것도 나쁘지 않겠어. '이렇게 맛있는 걸 먹을 수 있습니다' 라는 건 큰 어필 포인트지. ……드워프냐고!'

그녀들의 이야기는 그것만이 아니었다.

안전성이 다르다고 한다. 나름대로 안전성을 높인 장소——마법으로 만든 마을——에서 생활한다고는 해도, 몬스터에 의한 사망자가 1년에 한 명도 나오지 않는 일은 있을 수 없었다. 반면에 나자릭은 밤에도 보초를 세우지 않고 잘 수 있다.

이것저것 하고 싶은 말은 있지만, 그런 이야기라면 딱히 아우라와 마레 앞에서 해도 상관없을 것이다. 아직도 뭔가 하고 싶은 말이 있을 거란 생각에 아인즈가 기다리고 있으려니,

"게다가 그 두 분을 섬기는 건 행복하거든요."

"——아하."

이해가 간다며 아인즈는 깊이 고개를 끄덕였다.

그 둘은 엘프의 근친종이고, 귀여운 아이들이다. 아이를 섬기는 데 대한 당혹감도 있을지 모르지만, 아우라와 마레의 인덕이 이를 웃돌았을 것이다.

아인즈도 계층수호자 중에서 누구를 가장 섬기고 싶으냐는 질

문을 받는다면 아우라와 마레를 고를 것이다. 아니, 물론 정말로 누가 물어본다면 '다들 훌륭한 수호자라 고를 수 없다' 고 빈말을 하겠지. 하지만 본심으로는 그 둘이다. 그 다음이 코퀴토스 정도일 것이다. 그 외에는 별로 섬기고 싶지 않다.

하지만 그 둘이 없어야만 말할 만한 내용이라는 생각은 들지 않았다. 무슨 일이 있었나 생각했지만, 엘프들이 하고 싶은 말은 그것으로 끝난 모양이었다.

'솔직히 잘 모르겠는걸. 그 애들이 있어도 괜찮지 않았을까? 조금 전의 이야기 속에서 뭔가 두 사람에게 혼이 날 만한 내용이라도 있었나? ……뭐, 아무렴 어때.'

"좋다. 그러면 나자릭에서 이대로 일해다오."

그녀들의 희망을 거절할 필요는 없을 것이다.

아인즈가 그렇게 말하자 엘프들이 기뻐하는 표정을 지었다. 결코 빈말로 연기를 하는 것처럼 보이지는 않았다.

"정식으로 고용하게 되면 급여 지불과 대우에 대해 자세한 의논이 필요하겠지. 그 부분은 나중에 누군가에게 시키도록 하겠다."

세 엘프는 아인즈가 한 말을 잘 이해하지 못한 듯했지만, 이것은 매우 중요한 일이다.

만약 엘프 나라의 다크엘프들과 우호를 맺는다면, 이 세 엘프의 대우는 중요하다. 노예였던 그녀들을 해방하고 뒤를 봐준 만큼의 대가를 노동으로 지불하게 했다고 변명할 수도 있을 것이다. 하지만 매사에는 한계가 있다. 급여도 지불하지 않는 지금의 상황은 블랙 중의 블랙이다. 앞으로 이곳에 올지도 모르는 다크엘프들에게 그렇게 여겨지고 싶지는 않았다.

그렇다면 역시 이 세 사람을 통해, 나자릭의 대우는 화이트하고 멋지다는 사례를 만들어둬야 한다.

아인즈는 주위의 메이드들을 흘끔 보았다.

아인즈와 엘프들이 목소리를 낮추는 바람에 들리지 않아서인지, 팔로 턱을 괴는 척하면서 귀 뒤에 손을 가져다대고 열심히 엿들으려 한다.

앞뒤 안 가리네.

충성심의 발로라고 생각하면 꾸짖을 마음은 들지 않는다. 하지만 조금 더 잘 숨겨줬으면 싶었다.

'당장 엘프들과 계약서를 써둬야겠어. 하는 김에 엘프들에게 예정해놓은 화이트 대우를 일반 메이드들에게도 적용할 수는 없을까?'

가능할 것 같지만, 실행한 경우, 무조건 일하고 싶어 하는 메이드들이, 휴식이 늘어나게 된 원인인 엘프들에게 원한을 품지는 않을까? 아무리 그래도 엘프들이 린치를 당하는 일은 없겠지만, 만약 진짜로 메이드들에게도 적용한다면 경계해두는 편이 좋을지도 모른다.

"……그러면 그건 그렇다 치고, 엘프 나라로 가는 데에 너희의 힘을 빌리고자 한다. 가능하다면── 안내 같은 걸 부탁하고 싶다. 물론 아우라와 마레도 동행할 예정이지. 다만 엘프들의 매너 같은 것은 모르기 때문에 중재 같은 것을 부탁할 수 있다면 좋겠다는 생각이다."

엘프들은 얼굴을 마주 보고는 고개를 가로저었다.

"죄송합니다. 역시 안내해드릴 자신은 없어요. 중재도…… 옆 마을 정도라면 가본 적이 있지만, 매너 같은 건……."

"그렇구나……."

"죄송합니다!"

"아아, 고개를 숙일 필요는 없다."

미지의 장소에 안내 없이 가는 것은 상당히 성가신 일이지만, 그녀들이 정말로 도움이 될지 어떨지도 모르는 일이다. 어차피 상황이 닥친 후에야 대응할 수밖에 없다면 억지로 동행시킬 필요도 없지 않을까? 반대로 데려가면 걸림돌이 될 수도 있을 것이다.

몸을 돌린 아인즈는 뒤에 서 있던 류미엘에게 손짓했다. 고개를 가까이 가져온 그녀의 귓가에 '조금만 더' 라고만 말하고 컵을 들었다. 물론 내용물은 조금도 줄지 않았다. 혹시 몰라 시선만을 아우라와 마레 쪽으로 돌렸다.

조금 이해하기 힘들지 않았을까 생각했지만, 그녀는 이내 알아차린 듯 "실례합니다."라고만 말하고 그 자리를 떴다.

"그래서—— 다크엘프란 너희 엘프에게는 어떤 존재냐?"

"훌륭한 분들입니다."

말이 끝나기 무섭게, 아니, 채 끝나기도 전에 들려온 대답에 아인즈는 눈살을 찌푸렸다.

다크엘프가 그런 평가를 받는다는 것은 기쁘지만, 그녀들의 대답에는 다른 이유가 있는 것 같았다.

아인즈는 그 이유를 금방 알아차렸다.

아우라와 마레다.

“——아니, 그게 아니다. 나는 다크엘프라는 종족이 너희 엘프라는 종족과 어떤 관계인지를 듣고 싶은 거다.”

“훌륭한 분들입니다.”

“아니…….”

자꾸만 의미를 깊이 헤아리려 한다. 이건 어떻게도 안 될 것이다. 아우라와 마레의 종자 같은 존재로서 이것저것 우대를 받고 있는데 ‘다크엘프는 하등종족이죠’ 라고 말할 수는 없을 것이다. 아니, 말할 수 있다면 그게 더 무섭다.

“나는 조금 전에 말했듯, 엘프 나라와 국교를 맺고 싶다. 그 일을 그 아이들에게 맡기고 싶다는 생각도 있다. 그렇기에 엘프라는 종족 전체가 다크엘프를 어떻게 보는지를 알고 싶은 거다. 엘프 사회가 다크엘프에게 별로 좋은 감정을 가지고 있지 않다면, 그 아이들을 전면에 내세우는 것은 별로 안 좋을 테니까. 어떠냐? 솔직한 마음을 알고 싶은 거다.”

세 사람은 얼굴을 마주 보았다.

“솔직하게 말씀드려서, 저희 마을에는 다크엘프가 없었기 때문에, 이곳에서 처음 뵌 정도예요. 그러므로 딱히 생각하는 바는 없습니다. 옛날에 다크엘프라는 근친종이 북쪽에서 흘러들어왔다는 말을 들은 적이 있는 정도예요.”

“전해 듣기는 했지만, 피부가 검다는 게 사실이구나, 생각했어요.”

“마을 사람들이 다크엘프에 대해 험담을 하는 것도 들어보지 못했고요. 다만 저희 마을에서는 그렇다는 것만 기억해 주시면 좋겠어요.”

아무리 그래도 이제는 공연히 깊이 헤아리거나 거짓말을 하고 있지는 않을 것이다. 그렇다면 젊은 ——이 표현이 맞는지는 모르겠지만—— 엘프는 다크엘프에 대해 무언가 부정적인 생각은 없다는 뜻이 되리라.

그렇다면 소수민족이라 해도 박해를 받는 것은 아닐 가능성이 높다. 이것은 엘프 나라가 외적——법국이라는——을 가졌기 때문에 안에서 싸울 여유가 없기 때문이 아닐까? 아니면 숲이라는, 살아가기에는 척박한 환경 때문일까.

"……참고로 언데드는?"

"숲을 더럽히는 적이에요."

"끔찍한 존재죠."

"그렇다고는 해도 별로 본 적은 없지만요."

"아, 네."

즉답이었다.

이 녀석들 왜 아우라랑 마레의 주인인 나한테는 솔직한데?

그런 생각이 들었지만 역시 입 밖으로는 내지 않았다. 분명 조금 전에는 '솔직한 마음을 알고 싶다' 고 했다. 하지만 좀 지나치게 솔직했다. 그녀들은 솔직한 의견을 듣고 싶다는 사장의 말을 믿었다가 한직으로 밀려날 타입이다.

다만, 이로써 아인즈가 국교를 여는 대사가 될 수 없다는 것은 확실해졌다. 아니, 반대로 이건 좋은 일일지도 모른다. 이런 상황이니까 역시 국교를 여는 것은 무리겠지? 하는 핑계로 써먹을 수 있다. 결코 아인즈의 능력이 부족해서 국교를 열지 못했던 게 아니라고.

그렇다 해도 엘프 나라에 보낼 사람은 순서에 따라── 외교관을 파견하고, 국교를 여는 데서부터 천천히 스타트해나가야 할 것이다.

'그런 외교관이 없단 말이지. ……인간 내정관 중에 신뢰할 수 있는 자가 없는 게 약점이군……. 내가 모를 뿐일 수도 있지만. 그럼 모험자를 보내는 걸 알베도에게 제안해보는 건 어떨까? 아니야…… 모험자를 국가의 대표로 삼는 건 아직 불안하겠지……. 내 추측이니 틀렸을 수도 있지만……'

알베도에게 말해보면 "모험자도 괜찮사옵니다."라고 말할지도 모른다. 하지만──

'──근본적으로 시간 여유는 있나?'

엘프 나라는 법국과 적대 중이며 침공이 꽤 이루어진 듯했다. 그녀들이 사로잡히기 전부터 그랬다. 잘못하면 지금쯤 붕괴 중일 가능성도 없다고는 못한다.

엘프 나라의 함락은 아인즈에게 딱히 나쁜 일이 아니다. 구원의 손길을 내밀었을 때 효과가 커지기 때문이다. 그렇다면 기다려야 하는가 하면, 그렇지는 않다.

눈치를 살필 시간은 없다. 아우라와 마레의 친구가 될 수도 있는 자들이 그 속에서 목숨을 잃을지도 모르니까. 특히 소수민족인 다크엘프는 목숨의 희소성이 높다.

'아니면 두 사람만 먼저 보내는── 아니, 그럴 수는 없지. 미지의 장소에 둘만 보내는 건 너무 불안해. 저 아이들은 100레벨 NPC이고 어린애가 아니란 것도 알지만……. 국교를 열 생각은 하지 말고 친구 만들기에 전념하면 돼. 그리고 역시 내가 같이

가야겠지.'

엘프 나라와 법국의 전쟁에 개입해 엘프 나라를 구할 마음은 아직 없다. 아인즈 한 사람의 생각만으로 법국과 마도국의 사이가 완전한 적대관계가 되는 것은 아직 피하고 싶기 때문이다.

알베도나 데미우르고스가 어떻게 생각하는지를 알고 싶지만, 그런 부분을 파고들면 아인즈의 뇌에 아무것도 들어있지 않다는 사실이 탄로 나고 말 우려도 있다. 무엇보다, 이야기를 잘 풀어나가지 않으면 아인즈의 말도 안 되는 의견이 우선시되는 바람에, 장래 나자릭에 손해를 가져올지도 모른다.

'엘프 나라에 가서, 다크엘프만 피난하도록 권고하는 게 좋을지도 모르겠어. 그렇게 하면…… 저 두 아이 이외에는 데려갈 필요가 없지 않나?'

만약 데려간다 해도, 군대를 끌고 가는 것보다는 한조처럼 잠복능력이 뛰어난 호위병이 제일 좋을 것이다.

드워프 나라에 갔을 때와 마찬가지다.

"그렇군……."

아인즈는 세 엘프를 바라보았다. 이들 셋은 말하자면 그 리저드맨 대신이다.

"왜, 왜 그러시나요?"

"아니, 아무것도 아니다. 혼잣말이다."

예를 들면 이들 셋 중 하나를 데리고 간다. 물론 나머지 둘은 이곳에 남긴다. 이렇게 하면 인질을 잡힌 이상 아인즈의 불이익이 될 만한 행위는 피할 것이다.

나쁘지 않다.

그녀들이 인질이라고 느꼈다 해도, 이쪽에선 그럴 의도는 없었다고 우기면 그만이다.

아인즈는 아우라와 마레 쪽을 보았다. 돌아와도 된다는 뜻이 전해졌는지, 두 사람과 류미엘이 돌아왔다.

"그러고 보니 너희 엘프는 어떤 선물을 가져가면 좋아하지? 금은이나 보석 등일까?"

"마을에서는 금속 동전 같은 건 쓰지 않기 때문에 금은을 좋아할지는……."

"저희 마을 같으면 식량을 제일 좋아할 거예요. 아니면 평소에 캐기 힘든 약초라든가. 약간의 부상이라면 마법으로 간단히 치유할 수 있지만, 독이나 병은 좀 실력이 좋은 드루이드만 낫게 할 수 있거든요. 그러니까 들고 다닐 수 있는 약초를 중요시해요."

"옷도 마법으로 엘프 트리에서 만들 수 있고요."

"주거에 실탄…… 옷까지도 말이지……. 엘프 드루이드가 사용하는 마법은 만능이구나. 마레는 거기까지는 못하지?"

"네? 아, 네, 네에. 그런 마법은 못 써요."

그렇게 희한한 드루이드 마법이야말로 엘프가 진화한 형태일 것이다. 가능하다면 그 기술은 배우고 싶지만, 아마 나자릭 사람은 쓰지 못할 것이다. 그렇게 생각하면 역시 이 세계의 주민을 지배하고, 모든 이가 나자릭에 무릎을 꿇는 형태를 만드는 것은 다른 길드를 상대할 때 승패를 가르는 한 수가 될 수 있다.

아니지——.

'이미 그렇게 했던—— 과거에 전이했던 길드가 있다고 상정

해야겠지. 이 정보는 알베도에게 전달해서, 국가전략을 재구상하는 것도 검토해달라고 해야겠다.'

아인즈가 생각할 수 있는 정도의 일은 다른 플레이어도 알아차렸으리라고 생각해야 한다. 자신만이 특별하다고 생각하는 자는 어리석은 자다.

우호적으로 마도국의 좋은 점을 알리기 위해, 엘프 마을에 도착하면 〈전이문〉을 써서 요리를 피스톤 수송하는 것도 상황에 따라서는 나쁘지 않을지 모른다. 드워프 때도 효과적이었던 기억이 있다.

그때 경험했던 것을 떠올리고, 이를 답습하면 좋을 것 같았다.

'그때도 도망치고 싶은 기분이었지…….'

"……우선 초승달 호수라는 장소를 찾고, 그곳에 있다는 엘프 왕도에서 정보를 수집한 다음 다크엘프 마을로 가는 것이 제일 좋은 방법이겠군."

"다크엘프 마을에 가시게요?"

아우라가 무언가 하고 싶은 말이 있는 분위기를 보였다. 엘프들 앞이므로 아마 더 자세히 질문할 수 없는 것이겠지.

아인즈도 '다크엘프 마을에 가는 것은 두 사람에게 친구를 만들어주기 위해서' 라고는 말할 수 없다. 명령 때문에 친구를 만들지는 않았으면 하니까.

"그래, 그럴 생각이다. 그곳에서 너희에게도 약간 힘을 빌리마."

아우라의 생각은 일부러 알아차리지 못한 척했지만, 두 사람에게서는 씩씩한 긍정의 대답이 돌아왔다.

'다음에는 어떻게 하면 좋을까……. 설득인가……? 드워프 때처럼은 안 될 텐데…….'

다음의 난관을 돌파할 수 있으리란 자신감이 없었다. 하지만 어떻게든 할 수밖에 없다. 이것을 포석으로 삼아 나자릭에 유급 휴가를 도입하기 위해서라도.

타이밍 좋게 ——어쩌면 이야기가 끝날 때를 잰 것일지도 모르지만—— 요리가 나왔다.

"자, 다들 먹거라."

아인즈가 권하자, 눈을 빛내던 엘프들은 맛있게 음식을 먹기 시작했다.

3

난관에 도전할 때, 사람은 어떻게 할까.

몇 가지 방식—— 그 난관에 적합한 방식이라는 것이 있겠지만, 그중에서 아인즈가 이번에 선택한 것은 숫자와 지리의 이점.

아우라와 마레를 자신의 좌우에 세우고, 수호자들이 마련한 알현실의 옥좌에 앉았다. 왼손에는 오랜만에 진짜 스태프 오브 아인즈 울 고운을 들었다.

말하자면 나자릭의 절대지배자로서, 길드의 수장인 아인즈 울 고운의 차림이 된 것이다.

하지만 그러나, 이만한 준비를 해도 곧 나타날 상대에게 이기

리란 법은 없다. 상대는 그야말로 끝판왕이다. 그것도 구요세계식 따위는 비교도 되지 않는 끝판왕이다.

아인즈는 나오지 않는 침을 꼴깍 삼켰다.

머릿속에서는 몇 번씩이나 시뮬레이션을 돌리고 있었다. 상대의 다양한 반응을 상정하고, 자신이 취해야 할 완벽한 답을 모색했다. 하지만—— 그래봤자 아인즈는 범부. 상대의 사고에는 발끝에도 미치지 못할 것이다.

다시 말해——

'운에 맡긴다—— 그 수밖에 없다!!'

애드리브 능력에 기대하자. 아마 미래의 아인즈가 어떻게든 해줄 것이다.

문 앞에서 대기하던 류미엘이 상대가 왔음을 알렸다.

"——좋다. 들라 하라."

"분부에 따르겠나이다, 아인즈 님."

상대란 말할 것도 없이.

계층수호자 총괄책임자(끝판왕) 알베도다.

그녀는 아인즈를 본 순간 평소의 미소를 지우고 진지한 표정으로 바꾸었다.

"오래 기다리게 해드려 송구스럽나이다."

입구에서 깊이 고개를 숙인 알베도에게 아인즈는 고개를 들도록 명했다.

"마음에 두지 말거라, 알베도. 늦어진다는 보고는 들었다. 그렇다면 시간에 맞추어 왔다고 할 수 있지."

알베도에게 〈전언〉으로 연락을 취하자, 빙결뇌옥에서 이런

저런 일들을 하고 있기 때문에 아인즈를 만날 만한 차림이 아니라는 답이 돌아왔다. 몸단장을 할 시간을 주었으면 한다는 것이었다.

이를 거부할 이유 따위 전혀 없었던 아인즈는 알베도가 청한 시간보다도 30분 뒤를 지정하고 이곳에 오도록 지시했다. 그 시간보다도 10분이나 일찍 온 것은 알베도의 성격 때문일까. 사회인으로서의 철칙일까.

알베도는 고개를 들고 옥좌 앞까지 다가와 한쪽 무릎을 꿇고 앉았다.

아인즈는 단도직입적으로 말했다.

"알베도여. 나는 이제부터 유급휴가를 낼 것이다."

이런저런 변명거리는 준비했다. 하지만 이제까지 그렇게 했을 때는 무조건 이야기가 이상한 방향으로 가고 말았다. 그렇다면 여기서는 목적을 솔직하게 말하는 편이 좋을 것이다. 이번에는 데미우르고스도 없다. 뜬금없는 일은 일어나지 않을 것이다.

아인즈를 올려다보던 알베도의 눈썹이 아주 살짝 움직이고, 시선도 좌로, 우로 움직였다. 아우라와 마레의 반응을 확인한 것이리라.

알베도는 어떤 반응을 보일까.

아인즈가 지켜보고 있으려니, 알베도가 진지한 표정으로 말했다.

"이 나자릭을 포함한 마도국의 모든 것이 아인즈 님의 것이옵니다."

'——응?'

무슨 말을 하는지 알 수 없었다.

전혀 알 수 없었다.

왜 이런 반응이 나왔는지.

어떻게 비약했기에, 어떤 생각을 거쳤기에 그런 결론이 언어가 되어 입에서 나왔는지.

아인즈는 여기에 어떤 반응을 보여야 할지.

당장 떠오른 답은 두 가지.

뭐라는겨? 하고 묻는 것이 첫째. 그리고 두 번째가 바로 그거라고 대답하는 것이다. 물론 더욱 지배자다운 느낌으로 코팅해 말할 생각이기는 하다.

아인즈는 공상 속의 뇌가 타들어가는 것만 같았다. 하지만 시간이 없다. 알베도가 공을 던진 것이다. 이것을 최대한 빠르게 받아 던져줘야 한다.

"……무언가 착각을 하고 있는 듯하구나, 알베도. 내가 하고 싶은 말은 그런 것이 아니다."

솔직하게 말했다. 이제까지 아는 척해서 좋았던 적이 한 번이라도 있었던가.

——아니, 있었다.

아무튼 나자릭의 절대지배자 아인즈 울 고운은 존경받는 존재로서 지켜져왔다.

스즈키 사토루의 마음을 희생해서.

알베도가 무언가를 깨달은 듯한 표정을 지었다.

"며, 면목 없나이다, 아인즈 님."

그리고 황급히 고개를 숙인다.

"아니, 화를 내는 것이 아니다. 그렇게 고개를 숙일 필요는 없다."

아무 잘못도 없는 상대에게 고개를 숙이게 해놓고 기뻐하는 인간은 쓰레기다.

"아니지, 유급휴가라는 말을 하는 바람에 착각하게 만든 모양이구나."

나자릭에는 제대로 된 급료 시스템도 휴가 시스템도 없다. 블랙 중의 블랙이다. 그렇다면 유급휴가라는 말을 듣고 무언가의 은유라 착각했을 가능성은 얼마든지 있다. 이것은 이제까지 그런 화이트한 시스템을 만들지 못했던 아인즈의 잘못이라고 할 수 있다. 물론 아인즈는 'NPC들 스스로 이를 방해하고, 무조건 일하고 싶다는 요망을 가지고 있었기에 그렇게 해왔을 뿐' 이라고 말하고 싶은 마음은 있다.

덧붙여 이것은 스즈키 사토루의 경험이지만, 대우 같은 것이 아무리 최악이라도 인간관계가 좋으면 꽤 참을 수 있는 법이다. 반대로 대우가 훌륭해도 인간관계가 최악이면 상당히 빠른 속도로 마음이 병든다.

그런 의미에서, 이곳 나자릭은 인간관계가 최고이기에 제대로 굴러가고 있는지도 모른다.

"——나의 실수였다. 용서해다오."

아인즈는 고개를 숙였다.

"아, 아인즈 님! 고개를 드시옵소서!"

다급한 알베도의 말에 아인즈는 고개를 들었다.

"……아무튼 이것으로 서로가 고개를 숙였으니 용서할 수 있겠느냐?"

"용서하고 말고가――."

"――너희에게 고개를 숙이지 못하게 되면 끝이다. 그것은 내가 아니다."

흠칫 숨을 삼킨 알베도가 눈을 크게 뜨고, 다음으로는 깊이 고개를 조아렸다.

좌우에 선 두 사람이 몸을 꼼지락거렸던 것은 알베도의 갑작스러운 반응에 놀랐기 때문이리라.

"왜 그래?!" 하고 아인즈가 묻기도 전에 알베도가 먼저 고개를 들었다.

"그러면 유급휴가라고 하셨사온데, 그 둘을 데리고 어디로 가실 예정이시온지요?"

과연 알베도.

유급휴가라는 말을 듣고 즉시 어딘가로 떠날 거란 사실을 깨닫다니, 가공할 노릇이다. 아인즈가 지금의 알베도 같은 입장이었다면 "두 사람이 있는 걸 보니 제6계층에서 편히 쉴 생각이냐?" 하고 질문을 던졌을 것이다.

"이 두 사람을 데리고, 남쪽에 있다고 전해지는 엘프의 나라까지 갈 예정이다."

"엘프의 나라 말씀이십니까……."

알베도가 조금 생각에 잠기더니, 다시 입을 열었다.

"과연 그렇군요."

뭐가 과연인데.

혹시 엘프 나라와 외교를 할 생각이 있는 걸까? 확인을 구해야만 한다.

"……넘겨짚지 말거라. 외교를 하려는 것이 아니다. 어떤지 살펴보러 가고자 하는 것이다."

"알겠사옵니다."

고분고분하다. 무언가 다른 말이 있을 거라 생각했는데――.

반대로 그것이 무서웠다. 뭐랄까 그, 치명적인 오해가 이미 발생하고 있다는 예감이 들었다.

"……그렇게 되어, 나는 유급휴가를 내서, 이 둘을 데리고 엘프 나라까지 여행을 다녀오겠다. 따라서, 급한 용무가 있다면 〈전언〉 같은 수단으로 내게 연락을 해다오. 즉시 돌아올 테니. ……그 이상의 일은 아무것도 없다. 알았지? 하지 않을 생각이다. 알았지? 정말로. 정말이다?"

"알겠사옵니다. 그러면 지금 곧 출타하시려는지요?"

"으, 음. 그렇다."

거기까지는 생각하지 않았지만 법국 건도 고려하면 당장 가는 것이 좋을지도 모른다.

"그럴 생각이다만, 아우라와 마레의 준비도 있겠지."

"두 사람 모두 문제없을 것이라 사료되옵니다. 아인즈 님께서 당장 출발하고자 희망하신다면 준비를 즉시 마치는 것은 당연하나이다."

그런 소리 하지 마.

아인즈는 생각했지만 알베도의 발언에 두 사람까지 동의했다.

"흐음――."

두 사람이 문제없다고 한다면, 아인즈가 무언가 말할 필요는 없을지도 모른다. 하지만.

"——나는 확인을 하고 싶은 것이다. 알베도만이 아니라 아우라와 마레, 너희들에게도 묻노라. 나자릭 지하대분묘는 마도국을 건국하고, 제국을 속국으로 삼고, 황야에 있는 아인들을 지배하고, 바로 얼마 전에는 왕국을 궤멸시켰다. 지배영역의 확대는 이어져 조직으로서 커졌다고 할 수 있겠지. 그리고—— 나는 조금 불안해하고 있다. 조직은 커졌다만, 그에 걸맞은 인재는 육성하고 있는가, 하고."

한두 명이 쉬는 정도로 조직이 돌아가지 않게 될까.

분명 아우라와 마레는 조직의 간부다. 회사로 치면 중역이다. 평사원이라면 대신할 사람이 있을지도 모르지만, 중역쯤 되면 그렇게는 안 된다. 그러나 그렇다고 해서 두 사람이 쉬는 것만으로 조직의 움직임이 멈춰버리는 일이 있어서는 안 된다.

만약 그렇다면 계획을 중지하거나 변경할 필요가 있다.

"——나는 그런 것을 우려하고 있다. 만약 그렇게 되었다면 근본적인 조치를 취할 필요가 있을 것이다."

"문제없다고 소녀는 생각하옵니다. 그리고 여차하면 저나 데미우르고스가 있나이다. 게다가 판도라즈 액터에게도 협조를 청한다면 무엇 하나 문제는 없나이다."

"그렇군. 과연 알베도다. 내가 우려했던 정도는 이미 해결해 놓았구나. 이 나자릭 최고의 현자—— 중 한 사람이자 수호자 총괄책임자. 그 이름에 부끄럽지 않은 활약. 그야말로 훌륭하다. 감복했노라."

온 힘을 다해 알베도를 칭송했다.

아인즈와 달리 조직을 제대로 관리하고 있다. 그런 그녀를 칭찬하지 않고 뭘 한단 말인가.

"——진심으로 감사드리옵니다."

깊이 고개를 숙인 알베도가 원래의 자세로 돌아왔다. 다만 알베도의 표정은 조금 딱딱했다.

그 사이에 추가로 한 가지 문제가 떠올랐던 아인즈는 거듭 물었다.

"이번에는 아우라와 마레다만…… 알베도와 데미우르고스가 휴가를 낸다 해도 조직적으로 문제없이 움직이는 것이겠지?"

알베도는 한순간 말문이 막혔다가 이내 대답했다.

"저희가 없다 해도, 분명 다른 이들이 아인즈 님께서 원하시는 수준의 업무를 수행하고 뚫린 구멍을 메워주리라 믿사옵니다."

"으음…… 알베도……. '믿는다' 가 아니다. 내가 원하는 것은 '문제없이 할 수 있겠는가' 다. ……그야 너도 각 계층수호자—— 동료들의 능력을 의심하는 발언을 하기는 어려울 테고, 괴롭기도 하겠지. 그러나 실제로 가능한지 어떤지의 판단을, 감정을 섞지 않고, 정확히 대답해주지 않겠느냐? 만약 불가능하다면 여유가 있을 때 그런 훈련을 해서 조직개편에 착수해야만 할 것이다. 아니…… 뭐, 알베도라면 내가 생각한 정도는 이미 옛날에 고려했겠지."

"저, 저기, 아인즈 님…… 말씀 도중에…… 죄송하지만요."

"왜 그러느냐, 마레."

"아에, 어, 죄, 죄송해요. 저, 저는 알베도 씨처럼 굉장한 일을 해낼 자신이 없어요…….”

잠시 정적의 시간이 흐르고, 알베도의 쌀쌀맞은 목소리가 들렸다.

“——그걸로, 끝이야?”

뭘까.

조금 전 마레의 발언에 알베도의 분노를 자극할 만한 내용이 담겨 있는 것 같지는 않았다. 아니, 아인즈의 입장에서 보자면 ‘그러게 말야’ 하고 수긍할 만한 것이었다.

“에, 어, 어, 네…….”

“마레!”

알베도의 노성에 마레의 어깨가 크게 떨렸다. 알베도의 낯빛이 험악하게 바뀌어, 진심으로 격노했음이 전해졌다.

아인즈가 말릴 틈도 없이 알베도가 말했다.

“영광스러운 계층수호자가 지고의 존재께서 바라시는 일을 하지 못하겠다는 거냐!”

“알베도! ——목소리를 높이지 마라. 못하는 것을 못한다고 말하는 것이 무슨 문제냐. 못하는 것을 할 수 있다고 말하는 쪽이 문제다.”

“——외람되오나 한 말씀 아뢰겠나이다!”

아인즈가 제지했음에도 불구하고 알베도의 목소리는 평소보다 컸다. 다만, 조금 전과는 달리 마레에게 향했던 것이 아니었으므로 아인즈는 이를 묵인했다.

“못하는 것을 못한다는 것이 문제가 아니옵니다! 못하는 것을 어떻게 하면 할 수 있을지를 제안하지 않는 것이 문제이옵니다!

지고의 존재께서 원하시는 일을 못하겠다고 말하고, 그것으로 끝이라니, 계층수호자로서 용서받을 일이 아니옵니다!"

으윽.

아인즈는 마음속으로 신음했다.

알베도의 말을 틀렸다고 할 수는 없다. 실제로 그런 관점에서 보자면 마레의 발언은 좋지 않았다.

"……아인즈 님. 알베도의 말이 옳다고 생각해요. 마레는 발언을 취소해야 해요."

아우라가 차갑게 말했다. 자신의 누나에게서도 야단을 맞은 마레가 아우, 아우 처량한 목소리를 냈다.

"계층수호자로서——."

"그만두어라!"

더욱 몰아붙이려 하는 알베도의 말을 아인즈의 노성이 가로막았다. 물론 연기였으며, 진심으로 화를 낸 것은 아니다. 그 증거로 감정이 억제되는 일도 없었다.

아인즈는 목소리와 함께 오라를 발동했다. 시각효과를 연출해 주도권을 강제로 끌어오기 위해서였으며 결코 디버프를 걸기 위해서가 아니었다. 오히려 알베도와 아우라, 마레는 물론이고 류미엘까지도 정신작용 무효 아이템을 착용하고 있으므로, 영향을 입지 않으리란 것까지 감안하고 취한 행동이었다.

알베도가 계속해서 무슨 말을 할 생각이었는지까지는 알 수 없다. 어쩌면 알베도가 마레를 다정하게 타이를 가능성도 있었다. 다만 두 사람의 사이가 결정적으로 틀어질 가능성도 있었던 이상, 아인즈는 끼어들지 않을 수 없었다.

"……마레. 알베도의 말은 분명 수긍이 가는 것이다. 못한다고 생각한다면 대책을 말해야 했다."

"죄, 죄송합니다……."

"……그렇다고는 하나 알베도. 못하겠다고 생각하는 사람에게 억지로 일을 시키는 상사에게도 문제가 있지 않겠느냐?"

"……없다고는 단언할 수 없나이다."

"이번 건에 관해서는 양측 모두 부족한 점이 있었다. 나는 그렇게 생각한다. 알베도, 너의 충성심에는 늘 감사한다. 그러나 누구나 실수를 할 수 있는 법이다. 그 실수가 다시 일어나지 않도록, 실수를 감추려 하지 않도록, 처음에는 부드럽게 타이르거라."

실제로 알베도는 충성심도 능력도 지나치게 높기에 모두에게 엄하게 대응하려는 경향이 강하다. 다만 그런 것을 아인즈가 대체로 기각시키고 있으므로 어떻게든 큰 문제로 발전하지 않았던 것 같다. 알베도에게 완전히 전권을 위임하는 날엔 숙청의 폭풍이 몰아치진 않을까?

'아니…… 아무리 그래도 기우일 거라고는 생각하지만…….'

"예. 말씀대로 조금 냉정함을 잃었던 것 같사옵니다. 용서해 줘, 마레."

"에, 에, 어, 아뇨, 아니에요. 알베도 씨 말이 맞았어요. ……제가 잘못 생각했어요. 죄송합니다."

두 사람이 고개를 숙이고 ――마레는 90도 가까이 허리를 굽혔다―― 이것으로 일단은 정리가 된 거겠지.

“……그래서 어디까지 이야기했더라. 아아, 그래. 유급휴가로 두 사람을 데리고 엘프 나라로 갈 테니, 둘은 그 사이의 업무 인수인계를 잘 해두라는 이야기였다. 아무튼…… 3일 정도 안으로 인수인계를 마쳐놓도록. 가능하다면…… 계층수호자가 아니라 너희의 부하들에게 맡기거라. 불가능할 것 같다면――.”

왕국을 함락시킨 직후이므로 알베도는 힘들 거라고 아인즈는 생각했다.

“――판도라즈 액터와 상담하도록. 알았느냐, 둘 다.”

두 사람이 “네.” 하고 기운차게 대답했다.

“하오면 아인즈 님의 수행원은 어떻게 하시겠나이까? 한조로 하실 생각이신지요?”

그것도 나쁘지 않다. 나쁘지 않은 정도가 아니라, 한조는 놀라울 정도로 활용성이 좋다. 솔직히 말해 금전과 데이터에 여유가 있다면 더 부르고 싶을 정도였다.

한조의 데이터는 다 써버렸어도 도서관에는 아직 다른 닌자 계통 몬스터의 데이터가 있다. 그들을 쓰면 되겠지만――

‘――보물전에 있는 재산에는 별로 손을 대고 싶지 않고, 내 돈이 모일 때까지는 참아야만 하겠지. 음, 아니면 나자릭의 강화를 우선시하는 게 좋을까? 엘프 나라에 가는 도중에라도 조금 생각해볼까. 아아, 돈이 필요해……. 내가 마음대로 쓸 수 있는 돈이……. 어디 보물 쌓아놓은 놈 없나? 빼앗아도 뭐라 하지 않을 만한 상대…….’

“……아인즈 님?”

“음? ……아아, 미안하구나. 잠시 생각에 잠겨버린 모양이다. 그래——.”

한조가 좋겠다, 하고 말하려던 아인즈는 입을 다물었다. 우수한 사회인에게는 분위기를 파악하는 능력이 필요하다는데, 일반적인 사회인인 아인즈도 이 순간만큼은 굴린 주사위가 잘 나오기라도 했는지, 그 의견에 찬동하는 것은 잠시 타임! 이라고 직감이 속삭였다.

알베도의 목소리에 담겨 있던, 평소와는 다른, 미미한 감정을 읽어냈던 것이다.

“——아니, 한조를 데려갈 예정은 없었다만, 한조에게 무언가 시켰으면 하는 일이라도 있었느냐?”

“아, 아니옵니다. 이번엔 데려가실 예정이 없었다고 하시니……. 아인즈 님의 판단에 이의를 제기하려는 것은 아니오나…….”

잠시 말을 흐리던 알베도가 낯빛을 살피듯 말했다.

“한조만 중용하신다는 이야기가 들려와서…… 아인즈 님을 위해 일하고 싶어하는 자는 많이 있사오니, 그들에게 일할 기회를 주시면 어떨는지, 하고.”

생각에 잠긴 아인즈에게 알베도가 갈팡질팡하며 말했다.

“기회가 있다면 자신을 써주십사 하는 의견이 있다는 것을 알아주셨으면 하는 생각에…….”

음, 하고 대답하며 아인즈는 마음속으로 머리를 감싸쥐었다.

아인즈—— 스즈키 사토루는 그래봤자 범부다. 그러므로 이런 문제가 있을 줄은 생각도 못했다.

분명 한조를 중용하고 있다. 하지만 다른 자들이 그렇게 여기고 있다는 지금의 상황은 상당히 위험할 것이다.

회사조직에 편애는 확실히 존재한다. 다소 능력이 떨어지더라도 윗사람이 마음에 들어 하는 사람이 승진하기 쉬운 것은 당연하다. 다만 사내의 인간관계가 악화되는 것은 피할 수 없다.

그래서는 안 된다. 블랙 기업 나자릭은 인간관계가 좋기에 어떻게든 성립되는 거라고, 바로 조금 전에도 생각하지 않았던가.

이런 상황에서 "역시 한조를 데려갈래."라고 어떻게 말하겠는가.

"뭐, 수행을 누구에게 시킬지는 나중에── 아니다, 당장이라도 연락하도록 하지. 누가 선발될지, 누가 선발되어도 상관없도록 준비를 해두는 것도 재미있다고 생각하지 않느냐?"

아인즈는 씨익 웃었다. 마음속과는 전혀 다른 태도였다.

알베도는 "그렇군요. 역시 아인즈 님이시옵니다." 하는 표정으로 고개를 숙였다.

"분부에 따르겠나이다. 속히 나자릭 지하대분묘에 속한 모든 이들에게 연락하겠사옵니다."

"음, 잘 부탁한다."

아인즈는 자리에서 일어나 류미엘만을 데리고 방을 나갔다. 그리고 일을 한바탕 마친 샐러리맨처럼 "휴우." 하는 큰 한숨을 내쉬었다.

*

문이 닫히는 소리를 듣고, 알베도는 깊이 숙였던 고개를 들었다. 그러자 같은 타이밍에 머리를 들었는지 두 사람과 눈이 마주쳤다.

“저기 말야, 알베도. 좀 물어보고 싶은 게 있는데.”

“뭔데?”

자리에서 일어나며 아우라에게 되물었다.

“아인즈 님은 유급휴가를 내서 엘프 나라에 간다고 하셨는데…… 목적이 뭐라고 생각해? 설마 정말로 단지 여가를 즐기시기 위해서는 아니겠지?”

“——그렇겠지.”

“네? 그, 그런가요?”

아인즈 울 고운이라는 나자릭의 최고지배자는 한 수에 여러 가지 의미를 담는 지모의 주인.

최소 세 가지 정도는 목적이 있다고 생각해야 하리라.

애초에 왕이란 지위는 가벼운 것이 아니다. 마치 코트를 벗듯 기분에 따라 입고 벗을 수 있는 그런 자리가 아닌 것이다. 자신이 휴가라고 말하더라도 ——가령 다른 나라에 그 내용을 통달했더라도—— 타국에서 보기에는 엄연한 마도국의 왕이다. 그의 일거수일투족 뒤에는 마도국의 의지가 있으리라고 보는 것이다. 그것은 어떤 바보여도 뻔히 아는 일.

그러므로 휴가를 내서 엘프 나라에 간다는 말에 무언가 다른 의미, 다른 의도가 있다는 것은 틀림없다.

“그러면 아인즈 님의 진짜 목적은 뭘까?”

“말씀하신 것처럼 조직을 꾸미시려는 것도 있겠지만, 그보다도 중요한 목적은 정보수집이겠지.”

알베도는 생각하며 말을 이었다.

"이런 건 나보다도 데미우르고스가 정확하게 대답해주겠지만…… 예측하기로는, 아마 지금 법국이 엘프 나라에 대공세를 펼치고 있을 거야."

"버, 법국, 말인가요?"

법국에 관한 지식은 나자릭 내에서 어느 정도 공유되고 있다. 그러므로 최소한의 설명은 생략해도 문제가 없다.

"응. 가상적국인 마도국이 왕국과 전쟁을 시작했다는 걸 알면, 자기네도 지금 전쟁 중인 엘프와의 문제를 서둘러 해결하려 할 거야."

"두 개의 전선을 가지고 있으면 좋지 않아서, 라고 했지?"

"맞아. 법국은 아직 마도국과 전쟁을 하는 상태는 아니지만, 장래를 생각했을 때 북쪽과 남쪽으로 군대를 나누고 싶진 않을 테니까. 그렇게 되면 엘프 나라와의 문제를 끝내기 위해 대공세를 펼치고 있을 가능성이 아주 높아. 아무리 그래도 여기서 강화를 맺으려 한다는 건 생각하기 힘들지만, 절대 아니라고 단언할 수도 없어."

알베도의 입장에서는 엘프 나라가 법국에 멸망당해도 문제가 없었다. 오히려, 법국이 엘프를 노예로 삼기라도 한다면, 엘프 해방이라는 대의명분을 얻을 수 있으므로 장래 법국에 취할 수 있는 수단이 하나 늘어나 편리하다고 생각했다. 하지만 주인의 생각은 조금 다른 듯하다. 아니면 그 부분을 알아보기 위해 정보를 얻으러 가는 걸까?

데미우르고스라면 확신을 가지고 단언했을지도 모른다.

알베도는 내정에서는 데미우르고스를 능가하지만 군사 관련에서는 한 발 미치지 못한다. 그러므로 알아차렸어도 될 만한 일을 알아차리지 못했던 자신을 부끄러워하는 한편, 데미우르고스가 움직이지 않았던 이유에 고개를 갸웃거렸다.

'데미우르고스가 우리에게는 비밀로 뭔가를 하고 있나? 엘프 나라의 정보를 극비리에 모으면서, 그걸 이쪽에까지는 올리지 않고 뭔가를 꾸미고 있다? 있을 수 없는 일이라고 생각하지만…….'

데미우르고스는 나자릭을 떠나 여러 가지 일을 하는 관계상, 그의 자주재량권은 다른 수호자들보다도 크다. 그렇다기보다 다른 수호자는 그러한 권한을 별로 행사하지 않는다고 말하는 편이 정확할지도 모른다. 그렇다고는 하나 그가 얻은 정보, 그가 취한 행동은 나중에 주인에게 보고되는 관계상 서면으로 ——대부분의 경우 매우 상세하게 작성되므로 분량이 많아 읽는 것도 힘들 정도다—— 이루어지기 때문에, 이를 통해 알베도에게도 전해지고 있다. 따라서 데미우르고스의 행동 중 모르는 것이 있다고는 생각할 수 없지만, 엘프 나라에 관해서는 아무 이야기도 없었다.

그러나 데미우르고스의 성격으로 보건대 숨기는 일은 별로 없을 것 같았다. 어쩌다 거기까지는 손이 미치지 않았을 가능성이 가장 농후했다.

다만, 스스로를 돌이켜보면 '아니다' 라고는 단언할 수 없는 것 또한 사실이었다.

이곳을 나가면 곧바로 데미우르고스를 만나러 가야 하리라. 아니—— 불러내야 한다. 상대의 영역에서 그런 이야기를 해서는 안 된다. 하지만 자신의 부하를 곁에 놓아두고 대화를 한다면 데미우르고스가 이쪽의 속내를 알아차릴 가능성도 있다.

'하지만 데미우르고스가 악마들을 데리고 온다면…… 아니지, 그렇게 뻔한 행동을 할까? 나를 의심하고? 아직 움직이지 않았으니까 문제는——'

"버, 법국하고 싸우게 될까요?"

"——어? 어, 어어, 그래, 그런 일이 생길지, 그것까지는 아직 알 수 없어. 어쩌면 아인즈 님도 단언하실 수 없어서 휴가라는 말로 표현하신 걸지도 모르지."

알베도는 마레의 질문에 제정신을 차리고 황급히 대답했다. 숙고에 빠지기는 했지만 두 사람의 눈에 의아해하는 기색은 없었다. 데미우르고스에 대한 일은 일단 머릿속에서 지우기로 했다.

이번에 주인은 나자릭의 지배자로서가 아니라 휴가 중인 한 명의 언데드로서 행동한다는 생각일지도 모른다. 그렇게 해 최악의 경우에도 나자릭에까지 피해가 미치는 일이 없도록 하려는 것은 아닐까.

"……이번만은 아인즈 님께도 불확실한 요소가 있을지 모르니까, 나자릭에서 분리된 행동을 하려는 판단이셨는지도 몰라."

"거짓말!"

"네에에? 아, 아인즈 님이, 말인가요?!"

두 사람이 큰 목소리로 놀라움을 터뜨리고 알베도를 의혹의 눈빛으로 보았다.

주인의 지모는 이제까지 모든 것을 읽어내고 흐름을 완전히 지배했다. 아무것도 아닌 것 같은 한 수가 결정적인 일격으로 바뀌는 것을 몇 번이나 보았다. 천 년 앞을 거의 내다보며 행동한다는 이야기도 들었다.

그런 주인이 판단을 그르칠지도 모른다고 한다면, 그렇게 생각했던 알베도야말로 착각하고 있다고 생각하는 것도 당연하다.

"……역시 알베도라고 해도 아인즈 님의 생각을 간파할 수는 없구나~."

머리 뒤에 깍지를 낀 아우라에게 알베도는 쓴웃음을 지었다.

"나라고 해도 아인즈 님의 심모원려를 완전히 간파하기란 절대 불가능해. 그건 이제까지 겪어오면서 잘 알게 됐어. ……솔직히 아인즈 님이 어떤 판단으로 유급휴가라는 말씀을 하셨는지는 모르겠어. 다만, 엘프 나라에 가시는 이상은 법국과 맞붙을 가능성이 높다고 알아둬."

두 수호자가 진지한 표정으로 고개를 끄덕였다.

"저, 저기, 개인적인 부하를 데리고 가는 건 안 될까요……?"

"아인즈 님이 고르신 것 이외에, 말이지……?"

마레의 제안에 알베도는 생각했다. 주인이 선택한 부하 이외의 인원을 데리고 가는 것은 불경이라고도 할 수 있는 반면, 자주적으로 준비한 것을 기뻐하실 가능성도 없지 않다.

"아인즈 님께서 소수정예를 바라신다면…… 아니지, 잠깐만."

알베도는 더 깊이 생각했다.

"일단, 소수일 경우와 다수일 경우로 각각 경호병을 선별해둬. ……나도 아인즈 님의 목적에 대해 데미우르고스와 상담해보고 나중에 연락할게."

'아인즈 님은 나자릭 내의 조직력 저하를 매우 걱정하시는 것 같았어. 그것도 무언가 이번의 이유와 이어지지 않을까?'

주인의 우려에 대해 문제없다고 말했을 때, 주인에게서 돌아온 것은 비아냥거리는 듯한 칭찬이었다. 아마도 그녀는 주인의 불안을 간파하지 못했다, 완벽하게 신뢰에 부응하지는 못했다는, 그런 뜻이었으리라.

'그 점을 굉장히 걱정하시는 듯했어…….'

일단은 알베도나 데미우르고스에 필적하는 현자가 슬하에 하나 들어오긴 했다. 그걸로도 부족하다는 걸까. 아니면――.

두 사람의 대답을 듣고, 알베도는 마지막으로 말했다.

"아우라, 마레. 아인즈 님께서 어떤 인선을 하시느냐에 따라 생각도 조금은 읽을 수 있을 거라 생각하지만…… 이번에는 아주 높은 수준의 일이 될 거라고 생각해. 모든 요소를 고려하고, 방심하는 일 없이, 항상 생각하면서 행동해."

두 수호자는 알베도에게 기합이 담긴 목소리로 대답했다.

두 사람의 전투능력으로 보면 주인을 지켜내지 못하는 일은 없겠지만, 그래도 방심해서는 안 될 것이다.

데미우르고스와도 의논하고, 경우에 따라서는 나자릭이 총출동할 가능성도 생각해 준비를 해두어야 할지도 모른다.

'왕국의 잔당을 처리하는 일을 다소 늦추더라도, 만약을 위한 준비는 해둬야겠지.'

앞으로 할 일의 순서를 머릿속으로 생각하며, 알베도는 두 사람과 함께 방을 나왔다.

2장 나자릭 식 여행풍경

Chapter 2 | The Travelling Scenery in Nazarick

1

엘프 나라가 있는 에이버셔 대삼림에 난관이라 불릴 만한 곳은 없다. 실제로 다수의 위험한 몬스터가 있는 장소나, 아인 등의 종족이 세운 소규모 국가, 방향조차 알 수 없게 되는 지형 자체가 난관이라고 말하지 못할 것은 없지만, 요새라고 할 만한 건축물도, 사람이 답파하지 못할 만큼 험준한 지형도 없다. 하지만 돌파하기 곤란하다고 할 만한 장소는 존재한다.

그것은 한 개인이 만들어낸 것이었다.

화멸성전(火滅聖典)의 서브리더 슈엔은 숲속에 드문드문 자라난 나무 뒤에 숨은 채 그 너머로 시선을 보냈다.

외견 연령으로는 8세가 될까 말까 한 정도의 엘프 소녀가 그곳에 혼자 있었다. 엘프는 인간보다도 몸집이 작기 때문에 더 어려 보인다.

소녀는 소복하게 솟아난 흙무더기 위에 조그만 의자를 놓고 그곳에 앉아 있었다. 조그만 몸에는 어울리지 않을 정도로 커다란 활을 가졌으며, 의자 옆에 놓아둔 화살통에서는 몇 대의 화살이 고개를 내밀고 있었다.

화살통은 크지는 않았으며, 드러난 화살의 수는 열 손가락으로 꼽을 수 있을 정도였다. 하지만 화살통 안의 화살 수는 아무리 쏴도 변함이 없다는 보고를 받았다. 틀림없이 매직 아이템이다.

주위에 소녀 이외의 그림자는 없다.

단 한 사람이다.

어린아이 하나.

——그것이 무섭다.

영웅은 혼자서도 전황을 뒤집을 수 있다. 그야말로 1만 장병에 필적한다고 말할 수 있으리라. 실제로 이 소녀는 이미 법국 병사의 목숨을 천 명 가까이 앗아갔다.

결과적으로, 조그만 의자에 오도카니 앉은 소녀를 앞에 두고, 법국 침공군 4만 명의 발이 묶여버렸다.

전술의 상식을 따르자면, 돌파할 수 없는 적의 전력은 회피하는 것이 바람직하다. 꼭 그곳을 지나가야만 하는 것도 아니고, 대삼림은 그 자체가 자연의 요충지이기는 하지만 우회가 불가능한 장소도 거의 없다.

그러나 상대는 군대가 아니라 단신이다. 적이 다수라면 그들의 움직임을 눈치챌 수는 있다. 하지만 이 소녀는 전투능력만이 아니라 기동력도 비범해서, 한번 놓쳤다간 다시 포착하기란 지극히 어려울 것이다. 1개 군단에 필적하는, 포착조차 힘든 적의 전력이 대삼림의 어둠 속에 몸을 숨기고 있다—— 그것은 길고 긴 게릴라전의 시작을 의미하며, 전선 병사들의 사기가 현저히 꺾일 것은 의심의 여지가 없다.

병력을 나눠 소녀와 대치시키고, 지연전투를 하는 사이에 본진이 진격하는 방법도 있다. 나쁜 방법은 아닐 것이다. 적지에서 전력을 분산시킨다는 치명적인 문제에 눈을 감는다면 말이지만.

그렇다면 상대가 당당하게 포진——그저 의자에 앉아있는 것을 포진이라고 할 수 있다면——하고 있는 지금이 절호의 기회라 할 수 있다. 위치를 파악하고 있는 동안 아군의 희생을 각오하고서라도 제거해야 한다고, 상부는 그렇게 판단했다.

'영웅에게는 영웅을' 이다. 어중이떠중이를 아무리 보낸들 어떻게 해결될 문제는 아니었다.

이번 법국 침공군에 영웅이라 할 만한 인물은 종군하지 않았다. 그렇기에 화멸성전의 차례가 온 것이다.

그렇다고는 하나, 화멸성전 내에도 영웅은 없다. 과거에는 재적했으나 그는 칠흑성전으로 옮겨가버렸다. 라기보다는 법국에서 영웅의 영역에 발을 들인 사람은 거의 모두 칠흑성전에 스카우트된다.

슈엔 또한, 유감스럽게도 영웅의 영역에는 이르지 못했다.

그래도 화멸성전이 한데 뭉쳐 덤비면 영웅이라도 없앨 수 있다고 해서 이 전장에 파견된 것이다.

그리고 그것은 사실이다.

슈엔을 비롯한 화멸성전은 영웅살해가 가능하다.

하지만 영웅의 영역에 막 발을 들인 자와 일탈자에 육박하는 자 사이에는 큰 차이가 있다. 전자를 상대한다면 승산이 있어도, 후자를 상대한다면 없다. 그렇기에 슈엔은 진지하게 소녀를 관찰했다.

일개 병졸, 강병, 정병, 영웅, 그리고 일탈자……. 다양한 존재를 보며 살아온 슈엔에게는 지식과 경험이 있다. 표적인 엘프 소녀의 능력을 조금이라도 정확하게 재고, 부대에는 손해가 가지 않도록 해야만 한다. 칠흑성전만큼은 아니지만 화멸성전의 구성원 또한 엄선된 정예——육색성전에 속한 전원이 그렇기는 하지만——임은 틀림없고, 쓸데없이 잃어서는 안 될 테니까.

그렇기에 분석 결과에 따라서는, 사병(死兵)을 투입해 발을 묶어놓은 사이에 본국에서 칠흑성전을 부른다는 판단을 내리는 것도 있을 수 있다.

슈엔은 숨을 작게, 길게, 천천히 토했다.

나무 뒤에 숨어 〈불가시화Invisibility〉와 〈정적Silence〉 ——원래 마력계 마법에는 〈정적〉이 없지만 마력계 매직 캐스터라도 쓸 수 있도록 개발된 것—— 두 가지 마법을 사용하고도, 숨 하나 내쉬는 것에까지 신경을 곤두세웠다.

이마에 맺힌 식은땀을 닦고 싶어도 모든 동작 하나하나에 죽음의 위험이 따르는 이상 쓸데없는 짓은 할 수 없다. 슈엔은 마력계 매직 캐스터로서 높은 능력을 가졌지만, 마법에 의존하지 않는 잠복능력은 어디까지나 일반인보다 조금 나은 정도이기에 노력이 필요했다.

엘프 소녀가 취득한 클래스는 아마도 궁병이나 레인저 계통일 것이다. 후자라면 감각을 예민하게 하는 클래스이므로, 슈엔이 두 가지 마법으로 보호를 받고 있더라도 간파당할 우려가 있다. 물론 정확한 장소의 특정까지는 무리일지 몰라도 범위공격——보유했다는 것은 이미 확인했다——으로 색출하려 들지도 모른다.

만약, 가령, 표적이 영웅이라 해도, 슈엔이 일격에 치명상을 입는 일은 없을 것이다. 하지만 부상을 입은 상태에서 잘 도망칠 자신은 없다.

슈엔은 죽음에 대한 두려움 이상으로, 지금까지 얻은 정보를 가지고 돌아갈 수 없다는 것을—— 개죽음이 될 것을 두려워했다.

'——그건 그렇다 쳐도 정말 기분 나쁜 꼬맹이야.'

표적의 표정은 관찰을 시작한 후로 한 번도 움직이지 않았다. 퀭한 표정은 마치 인공물 같았다.

다만 그것이 인공물이 아닌, 분명 살아있는 생물임을 슈엔은 알고 있다.

관찰한 지 몇 분이나 됐을까.

표적이 움직였다.

슈엔의 심장이 크게 뛰었다. 표적이 노릴 사냥감이 자신은 아닐까 하는 걱정이 들었다.

표적의 시선 너머에 슈엔은 없었다. 하지만 그렇다고 해서 안심할 수는 없다. 진짜로 뛰어난 달인은 시선을 사용해 페인트를 거는 정도는 아무렇지도 않게 해내기 때문이다. 실제로 그런 무투기가 있다는 것을 슈엔도 지식으로 알고 있다.

그때 제2위계 마법 〈코끼리 귀Elephant Ear〉로 강화한 청력이 후방에서 접근하는 여러 명의 발소리를 포착했다. 표적은 이를 감지했던 것이리라.

틀림없이 동포—— 법국의 병사들이다.

죄책감이 슈엔의 마음을 가로질렀다. 그들이 파견된 이유는 충분히 알 수 있었다.

병사들에게 경고를 발할 수는 없다. 그것은 슈엔이 해야 할 일이 아니다.

일거수일투족을 놓치지 않는다. 그저 그것뿐이다.

표적의 능력—— 강함을 가장 잘 알 수 있는 것은, 역시 전투 능력을 실제로 봤을 때다. 그러기 위해 필요한 희생양을, 상부가 약속대로 보내준 것이다.

동포의 존엄한 생명을 희생하는 것이다. 기척이 움직이지 않도록 주의하면서, 돌아보았다. 제2위계 〈매의 눈Hawk Eye〉으로 강화된 시력이 화살의 움직임을 포착했다.

발사된 한 대의 화살이 나무들 틈을 구불구불 빠져나가는 것이 보였다. 그리고 공중에서 수십 발로 확산. 화살비가 되었다.

그리고 대지에 쏟아져 내렸다.

정확하게 노린 한 방은 아닐 것이다. 가령 소리에 의지해 목표의 위치를 정확하게 탐지했다 쳐도 이곳은 숲속이다. 나무들이 방해가 되어 제대로 저격하기란 불가능하다. 하지만 이것이 〈화염구Fireball〉와 같은 마법이라면 불길이 엄폐물 너머까지 태워버릴 것이다. 그와 비슷한 일을, 나무 사이를 누비듯 화살을 전진시키는 능력과 화살을 확산시키는 기술을 조합해서 해낸 것이다.

슈엔의 강화된 청각이 병사들의 비명을 포착했다. 무사한 사람은 없는 듯했다.

'——비명? 살아 있어?'

시야 밖에서 날아든 공격을 받은 병사들에게 있던 것은 혼란과 공포였다. 그들 중에는 화살이 발사된 방향을 정확하게 판단할 수 있는 사람은 없었는지 모두가 저마다 다른 방향으로 도주하기 시작했다. 전의 따위 이제는 남아있지 않았다.

틀린 생각은 아니다. 아니, 최적해라고도 할 수 있다. 모두가 뿔뿔이 흩어져 도망치면 살상범위를 벗어날 수 있는 자도 나올 것이다.

소녀가 다시 화살을 쏘았다.

나무를 피해 날리는 능력을 발동시킨 화살은 적확한 위치로 이동해, 다시 방사하는 화살로 변했다.

쏟아지는 빗발 같은 소리 속에서 병사들의 비명은 사라지고, 지면을 밟는 소리도 끊어졌다.

병사들의 죽음 덕에 중요한 정보를 하나 얻을 수 있었다.

일반적인 병사를 일격에 죽이지는 못한다. 실제로 공격을 확산시키는 능력——무투기 등——을 발동할 경우, 입힐 수 있는 손상도 명중도도 떨어지는 것이 일반적이다. 하지만 영웅이라면 평범한 병사 따위 한 방에 몰살시켰을 것이다. 그렇다면 답은 하나.

'——영웅이 아니다. 저 꼬맹이는 영웅의 영역에는 이르지 못

했어.'

슈엔은 그렇게 판단했다.

칠흑성전 제3석차 '사대정령'의 라이벌로서 스스로를 단련시켜 왔던 그이기에 잘 알 수 있었다.

표적의 강함은 슈엔 이하다. 하지만 그것은 여유를 가지고 대할 수 있다거나, 안심해도 좋다는 의미는 아니었다.

궁병의 전투방식과 매직 캐스터의 전투방식은 각각 차이가 있다. 종합적인 능력에서 웃돈다 해도 상황에 따라서는 얼마든지 뒤집힌다. 게다가 감시당한다는 것을 감지하고 궁세를 늦추었을 가능성도 없지는 않다.

다만, 감시를 계속하던 슈엔은 확신을 가지고 말할 수 있었다.

아직 눈치채진 못했다고.

그렇다면 해야 할 일은 단 하나다. 법국에게 방해가 되는 돌을 제거하는 것뿐.

〈마법무영창화Silent Magic: 화살로부터의 방어 장벽Wall of Protection from Arrows〉를 발동한다.

준비가 만전이라고는 할 수 없다. 하지만 이 이상 이 거리에서 마법을 발동하고 있으면 위화감을 느끼고 도주할 것이다.

각오를 다져야만 한다.

"——〈마법무영창 최강화Silent Maximize Magic: 마법화살Magic Arrow〉."

나무 뒤에서 몸을 날리고, 그와 동시에 능력을 사용했다. 화멸성전에 속한 매직 캐스터들이 필수적으로 습득하는 클래스,

아케인 데버티(Arcane Devotee)가 하루 한 번 사용할 수 있는 히든카드. 이것으로 습득하지 않은 마법강화를 행한다. 선택한 것은 당연히 마법삼중화Triplet Magic.

합계 12개의 마법화살이 일제히 날아갔다.

필중의 화살을 회피할 수는 없다. 다만 유감스럽게도 대미지는 그렇게 높지 않은 것이 현실이다. 설령 마법최강화Maximize Magic를 썼더라도 피아간의 전투능력에 차이가 없다면 그것만으로 죽이기란 불가능하다.

다만—— 그것이 한 사람뿐이었다면.

부하들은 모두 〈불가시화 시인See Invisibility〉을 쓴 채 슈엔의 움직임을 보고 있다.

표적의 표정이 확 일그러졌다.

슈엔에게서 대미지를 받고 아픔을 견디지 못해서, 였을까. 아니면—— 슈엔의 후방에서 날아오는 합계 100개 이상의 마법화살을 목격해서였을까.

화멸성전의 일은 암살이나 카운터 테러 등 임기응변의 대응이 요구되는 것들이므로, 다양한 클래스를 습득한 최소 4명 이상으로 구성된 팀을 짠다. 이것은 왕국이나 제국 등에서 모험자라 부르는 집단에 가깝다. 그렇다기보다도 모험자 조합이라는 조직 자체가 법국이 각국에 숨어들어 만들어낸 것이므로 형제라 해도 좋을 것이다. 그런 가운데 이번 작전에는 하나의 직종, 그 중에서도 특정 마법을 쓸 수 있는 자들만이 모였다.

그것은 〈불가시화〉를 쓸 수 있는 마력계 매직 캐스터다.

착탄——.

착탄——.

착탄——.

착탄——.

마치 빛의 날개가 하늘을 달려가는 것만 같았다.

엎드린 채 쓰러진 표적은 꼼짝도 하지 않았다. 그래도 다가오는 것은 슈엔뿐이었다.

궁병인 표적은 쓸 수 없겠지만 죽은 척을 하는 환술도 있다. 아직 방심할 수는 없다.

몸 밑에 발을 넣어 뒤집는다.

온몸에 쏟아진 마법의 화살에 구타당해, 어린 몸에는 상처가 없는 곳이 없었다. 슈엔은 얼굴을 들여다보았다. 부어오른 눈두덩이 탓에 반쯤 벌어진 눈에는 빛이 없었다.

확실하게 죽었다.

"흥. ——이번엔 네가 당했구나, 망할 꼬맹이."

〈마법화살〉을 선택한 것은 보복을 위해서가 아니었다. 범위 마법 같은 경우 레인저처럼 민첩성이 뛰어난 상대에게는 확실한 대미지로 이어지지 않을 때가 있다. 정신작용에 영향을 미치는 마법은 때로는 일격필살이 될 수 있지만 저항해 무효화될 우려도 있다. 따라서 동료가 있을 경우 확실하게 대미지를 입힐 만한 마법을 선택한 것이다.

하지만 생각해보면 화살에 맞아 죽어갔던 법국 동료들의 원수를 갚는 데에는 최적의 마법이었다고도 할 수 있으리라.

어린 엘프의 얼굴을 보며 슈엔은 눈살을 찡그렸다.

그녀의 표정에 안도의 빛이 떠 있는 것 같았다.

잘못 본 걸까. 그건 알 수 없다. 하지만 그렇다면 매우 불쾌했다. 이 엘프 하나에게 법국을 섬기는 동료들이 천 명 가까이 목숨을 잃었다. 좀 더 아픔에 고통스러워하며, 자신이 해왔던 일을 후회한 끝에 죽었으면 했다.

소녀의 시체에 침을 뱉으려던 슈엔은 이를 멈추었다. 표적이 가진 장비품을 노획해야 한다. 주위에 적의 모습이 없었으므로 이 자리에서 가진 것을 벗겨낼 생각이었는데, 자신의 침이 손에 묻거나 하면 좀 찜찜할지도 모른다. 벗겨낸 다음에 뱉으면 된다.

우선은 활이다.

법국 군대를 단신으로 못 박아놓았던 자가 가진 무기다. 그만한 가치가 있는 명품이리라.

"나 원."

태평한 남자의 목소리가 들려 슈엔은 활에 손을 뻗으려던 자세 그대로 몸을 굳혔다. 재빨리 반응해야 하는 상황임에도 완전히 허를 찔려버렸기에 움직일 수 없었다. 슈엔이 시선을 돌리자, 그곳에는 한 엘프가 있었다.

아무도 없었을 텐데. 틀림없이 그랬다. 표적 이외의 엘프는 없었다. 표적에게 접근할 때는 〈불가시화 시인〉도 썼다.

"그거 알아, 인간? 목숨이 걸린 극한상황에서 강자와 싸우는 거야말로 가장 빠르게 강해질 수 있는 수단이란 걸? 혹시나 성공사례 아닐까 하고 모체한테서 냉큼 떼어내 보냈던 건데……."

목소리의 톤이 한 단 낮아졌다. 경멸의 눈빛으로 소녀의 시체를 보고 있다.

"무능한 것. 내가 손을 쓰게 만든 만큼 다른 실패작보다 못해. 역시 왕의 상이 나오지 않은 자는 쓰레기밖에 안 되는 건가."

이제 엘프의 정체는 확실했다.

좌우의 색이 다른 눈동자가 웅변해주고 있었다.

법국의 최종표적.

가증스러운 대범죄자.

엘프 왕이다.

다시 말해—— 슈엔 정도가 아니라 영웅이라도 이길 수 없는, 일탈자조차 초월한 존재.

승산은 전무.

〈마법무영창화: 불가시화〉

슈엔은 다급히 마법을 발동시켜 약간 움직였다.

그러나 엘프 왕의 시선이 움직였다. 그 너머에 있는 것은 슈엔. 불가시화한 장소에서 약간이라고는 하지만 움직이고 있음에도, 엘프 왕의 시선은 완전히 슈엔을 포착하고 있었다.

슈엔은 이를 감지한 것과 동시에 엘프 왕에게 등을 돌리고 달려갔다. 〈불가시화〉와 〈정적〉이 걸렸어도 발밑의 풀이 꺾이는 것은 숨길 수 없다. 그래도 발을 멈추지 않았다.

엘프 왕의 시선 자체는 조금씩 흔들리기는 했다. 슈엔의 위치를 〈불가시화 시인〉 등의 마법을 써서 완벽히 포착한 것은 아니다. 하지만 그렇기에 괴물 같은 지각력으로 〈불가시화〉나 〈정적〉에 보호받는 슈엔을 간파하고 있다. 그렇기에 슈엔은 거리를 벌린 것이다. 간파 계통의 능력으로 꿰뚫어 보는 것이 아니라면, 거리는 곧 슈엔의 편이며 상대의 탐지를 어렵게 만든다.

〈비행Fly〉을 서용하면 좋았을 거라는 후회의 마음이 뇌리를 가로지른다. 하지만 그것은 불가능했다.

슈엔이 습득한 클래스.

어뎁트 오브 스루샤나의 특수능력 중, 1일 사용횟수 제한은 있지만, 유효시간이 정해진 마법이라도 마력을 계속 소비해서 지속시키는 것이 있다. 그것으로 다른 마법을 유지하고 있는 만큼 마력이 계속 줄어들어 〈비행〉에 쓸 마력을 쥐어짜낼 수 없었다.

게다가 엘프 왕의 일족일도(一足一刀) 간격에서 발을 멈추고 무방비한 상태로 〈비행〉을 발동시키려면 광기에 가까운 각오가 필요하다. 아무리 슈엔이라도 그렇게까지는 할 수 없었다. 거리를 벌리고, 수목 뒤에 몸을 숨긴 후 쓰는 편이 그나마 현실적일 것이다.

"——하."

뒤에서 엘프 왕이 조롱하는 웃음소리가 들렸다.

"너희를 죽일 의미 따위 조금도 없다만—— 내가 일부러 이렇게 왔으니, 맨손으로 돌아가는 것도 재미없지."

슈엔은 마력계 매직 캐스터이므로 몸을 쓰는 것은 결코 특기 분야가 아니다. 하지만 영웅의 영역 근처까지 도달한 슈엔의 각력이라면 약간의 질주로도 상당한 거리를 벌릴 수 있다. 눈 깜빡할 사이에 간격을 확보한 슈엔의 귀에 〈코끼리 귀〉로 포착한 엘프 왕의 목소리가 또렷하게 울렸다.

"자아—— 몰살시켜라, 베히모스."

대지가 흔들렸다. 돌아보지 않아도 거대한 무언가가 출현했다는 정도는 알 수 있었다.

"흩어져!"

부하들에게 명령이 전해지도록 〈정적〉을 해제하고 고함을 질렀다.

평생을 통틀어 이만큼 큰 목소리를 낸 적은 없었다. 덕분에 엘프 왕이 언짢은 표정을 지었다면 만족이다.

부하들은 필사적인 노력을 기울여주어야 할 것이다. 누군가를 희생하고 누군가를 저버릴지라도. 확보한 정보를 조금이라도 더 가지고 귀환하는 것이야말로, 잃어버린 존엄한 인명에 보답하는 유일한 방법이니까.

엘프 왕에게 가까운 슈엔은 도망치지 못하고 확실하게 죽는다. 그렇기에—— 슈엔은 돌아보았다. 부하들보다도 먼저 죽는다면, 그것은 그리 나쁜 일은 아니다.

슈엔은 흙의 정령을 본 적이 있다. 인간보다도 작은 정도의 크기로, 팔이 묘하게 굵고 땅딸막한 외견은 약간 기묘하게 여겨졌다. 하지만 자신의 등 뒤에 서 있던 존재는 그런 어중간하게 귀여운 것이 아니었다.

바위나 광석 등이 켜켜이 쌓여 만들어진 것처럼 못난 거구는 주위의 나무 못지않게 커서, 그야말로 흙의 정령을 지배하는 왕이라 부르기에 어울리는 위용.

굵고 긴 팔과 굵고 짧은 다리. 더 스케일이 작았더라면 유머러

스하다고 여겼을 팔다리에서는 다른 어느 몬스터에게서도 느껴본 적이 없는, 수준이 다른 힘이 넘쳐나고 있었다. 그 뒤에서 엘프 왕은 느물거리는 비웃음을 가져다 붙인 얼굴로 팔짱을 낀 채 슈엔의 발악을 바라보고 있었다.

그 모습은 그저 불쾌하기만 했다.

목숨을 걸지 않고 목숨을 빼앗으려 하는 그 오만한 자세.

그러나 그런 슈엔의 분노 따위 아랑곳 않고, 마치 얼음 위를 미끄러지듯 발을 움직이지 않은 채 순식간에 간격을 좁힌 흙의 정령—— 베히모스는 기묘하게 굵은 두 팔을 높이 들어올렸다.

"——덤벼봐! 빌어먹을! 〈석벽Wall of Stone〉."

마법의 영창에 맞춰 엘프 왕과의 사이에 돌로 된 벽이 세워졌다.

다음 순간, 돌벽은 일격에, 너무나도 간단히 부서졌다. 박살이 난 돌의 벽은 허공에 녹아들며 사라졌다.

벽 계통의 마법은 매직 캐스터의 역량에 따라 ——종류에 따라 다르기도 하지만—— 강도와 내구성이 달라진다. 그래도—— 아니, 그런 만큼 엘프 왕이 부리는 정령이 강하다는 뜻이리라.

베히모스는 멈추지 않고 왼쪽 주먹을 들었다.

슈엔은 엘프 왕이 씨익 비웃는 것을 시야 한구석으로 보면서 그의 생각을 읽어냈다. 알고 있다. 다음 공격으로 슈엔을 죽일 수 있다고, 그렇게 생각하겠지.

그 상상은 틀림없다.

슈엔이 다음 마법을 발동시키기도 전에, 베히모스의 공격은 슈엔에게 닿고, 슈엔은 죽는다.

그래도——

'——잠깐은 시간을 끌었어.'

겨우 몇 초, 상대가 손을 쓰게 만들었을 뿐이다. 하지만 그걸로도 충분하다.

그렇다.

충분하고도 남을 정도다.

이로써 한 사람도 본국으로 귀환하지 못하는 일은 절대 일어나지 않을 것이다. 그렇다면 그것은 슈엔의 패배일 뿐, 법국의 패배는 아니다.

"하하!"

그리고 베히모스의 왼쪽 주먹 일격에, 슈엔은 웃음을 머금은 채 으깨져 지면과 하나가 되었다.

*

엘프 왕—— 데켐 호우간은 성문을 지나며, 불쾌감으로 숨을 토해냈다.

성에 돌아오는 데 꽤 긴 시간이 걸렸던 것이 불쾌했다.

그야 피로를 느끼는 일이 없는 베히모스에 타고 귀환했으므로 어떤 수단보다도 빠르게 돌아올 수는 있었을 것이다. 그래도 쓸데없는 시간을 쓰고 있다는 정신적 고통이 견딜 수 없이 싫었다.

실패작에게 빌려주었던 무구를 회수한 것 자체는 결코 쓸데없는 짓이 아니다. 그뿐 아니라 명예로운 일일 것이다. 빌려주었던 것은 자신의 부모에게서 물려받은, 아무도 만들 수 없을 것 같은 무구였다. 가치를 모르는 인간들에게 넘어가도 되는 물건이 결코 아니다.

하지만 그딴—— 작업을 자신밖에 할 수 없다는 점이 매우 큰 문제다.

이 문제는 무구의 회수만이 아니라, 온갖 작업을 신뢰하고 맡길 부하가 없다는 데 기인한다. 이것도 약자밖에 없는 탓이다.

이놈이고 저놈이고 다 못난 것들뿐이다.

엘프는 훌륭한 종족이다. 그것은 데켐의 아버지가 증명하고 있다. 어떤 생물보다도 강해질 수 있는 종족이라는 것을. 만약 데켐이 특별한 엘프——가칭으로 하이엘프라든가 엘프 로드라든가——라면 그 외의 엘프를 열등하다고 깔보고 넘어갔을 것이다. 그러나 그렇지가 않다. 데켐도 그의 아버지도 단순한 엘프다. 그렇다면 어느 엘프나 훌륭한 강자가 될 수 있을 것이다. 그럼에도 왜, 다른 자들은 약하단 말인가.

어떻게 하면 엘프가 최고의 종족임을 증명할 수 있을까.

그러려면 누가 봐도 알 수 있는 결과를 내면 된다.

세계를 엘프의—— 고귀한 피를 이은 자신의 것으로 삼으면 된다.

그러기 위해서는 역시 우수한—— 강한 모체가 필요하다.

그러나 어떤 모체가 우수한지는 태어난 아이가 성장하기 전까지는 판단하기가 어렵다. 따라서 자식들을 모조리 전장으로 보내고 있지만, 거의 모든 아이가 돌아오지 못했다.

이만한 시간을 들이고 있는데도 아직까지 결과가 나오지 않는 지금의 상황에 골치가 아팠다.
여러 가지를 생각하며 인상을 일그러뜨린 데켐에게 다가오는 여자가 있었다.
"——왕이시여."
"뭐냐?"
노기의 칼날이 여자에게 향했다. 그리고 데켐은 놀라며 눈을 조금 크게 떴다.
강자인 데켐의 강한 감정——특히나 살기 같은 적의——을 담은 시선은 그것만으로도 약한 자의 심신에 부담을 가져다준다. 물론 지금 향한 것은 살의가 아닌 분노였다. 그래도 약한 자에게는 큰 영향을 미친다. 하지만 여자는 얼굴을 파랗게 물들이기는 했어도 이를 견뎌냈다.
매우 약한—— 못난 모체 중 한 사람이, 말이다.
그렇다면 자신의 노기를 어떻게 견뎌냈단 말인가. 혹시 자신이 피곤한 탓일까?
무시해도 상관없겠지만, 견뎌냈다는 데에는 상을 주어야만 하리라.
그러므로 발을 멈추었다. 데켐은 자비롭기 때문이다.
"그 아이는 어떻게 됐나요?"
그 아이란 누구를 말하는 것일까. 무엇보다, 일을 위해 이곳을 떠났던 왕의 노고를 위로하지는 못할망정, 돌아오자마자 한다는 소리가 그런 뜬금없는 질문이라니 무슨 생각인지. 마음이 급격히 시들었다.
"루기 말씀입니다."

루기.

그런 이름은 역시 기억에 없다.

실제로 데켐은 남의 이름을 기억하지 못한다. 기억할 가치가 있는 자가 거의 없기 때문이다.

데켐의 입장에서 보자면 자신에게 가치가 없는—— 쓸데없는 이름을 기억하는 것은 기억력의 낭비였다. 기억력에 한계가 있다고는 하지 않겠지만, 중요한 일 이외에 기억력을 할애할 의미는 없다. 반대로 의미 없는 것을 기억하는 자가 많다는 것을 이해할 수 없었다.

여자의 시선이 데켐이 든 활로 향했다.

"죽었, 군요."

그제야 이야기가 어느 정도 이어졌다. 그 실패작을 말하는 것이리라. 기껏 존엄한 무구를 빌려주었음에도 불구하고 죽은 어리석은 자. 그런 것이 자신의 피를 절반 물려받았다고 생각하면 부끄러워졌다. 아니—— 절반밖에 못 물려받아서 인간 따위에게 죽었을 것이다.

"그래, 죽었다."

"그, 렇군요."

목소리가 떨리고 있었다.

이 여자도 실패작과 한 핏줄이라는 데에 수치를 느낀 것이리라. 그렇다 해도 이 여자보다 그 실패작이 더 강한 것은 사실이다. 더 부끄러워해야 한다.

그러나 기회를 주는 것이 왕의 책무다.

무능한 자에게도 자비를 베풀어주는 자신은 이 얼마나 다정하단 말인가. 데켐은 감동했다.

“방으로 와라. 기회를 주마.”

데켐은 대답을 기다리지 않고 발을 옮겼다. 일단은 이 무구를 보물전에 돌려놓는 것이 최우선사항이다.

보물전에서 돌아온 데켐은 전장에서 묻은 때를 씻어내고 자신의 방 침대에 누웠다.

그대로 기다리고 있으려니, “실례합니다.”라고 말한 후 들어온 것은 남자였다. 뒤쪽으로 시선을 옮겨봤지만 그 여자의 모습은 없었다.

“……뭐냐?”

“보고드립니다. 왕께서 부르셨던 뮤기가 자살했습니다.”

“자살?”

“예. 이 성에서 뛰어내렸습니다.”

“뭐야? 이 정도 높이에서 뛰어내려서 죽다니…… 아니다, 너희는 그 정도의 힘밖에 없었지.”

데켐은 조금 생각했다. 여자가 죽을 이유가 짐작이 가지 않았다. 무엇보다 조금 전에는 자신이 침대로 부르지 않았던가. 기뻐하며 왔을 텐데. 혹시 자살이 아니라 질투한 다른 자에게 살해당한 것이 아닐까?

“……정말로 자살이냐?”

“예. 틀림없습니다. 뛰어내리는 것을 본 자가 있습니다.”

그놈이 범인 아닐까?

데켐은 그렇게 생각했지만, 정말로 자살이라면 무엇이 원인이었을까. 잠시 생각한 후, 이윽고 유일한 가능성을 떠올렸다.

"그렇군……. 그렇게 된 거였어. 알았다. 불량품 딸을 낳은 것을 내게 사죄하기 위해 자살했다는, 그런 것이겠지?"

"……그녀의 마음은 그녀밖에 알 수 없사오나, 그럴 수도 있겠습니다, 왕이시여."

사내는 무표정하게 대답했다.

"……그런 거라면 그 시체는 정중하게 매장해줘라. 자신의 목숨으로 내게 사죄했으니. 그럼 용서해주는 것이 왕의 의무겠지."

"왕의 관대하신 배려에 감사드립니다."

사내가 깊이 고개를 숙였다. 그 진지한 태도에 데켐은 천천히 고개를 끄덕였다. 역시 왕의 자비란 것은 이처럼 무가치한 자들에게도 내려주어야 하는 것이리라.

지독히도 자선적인 기분이 된 데켐은 일단 눈앞에 있는 충신에게 ——역시 이름은 모르지만—— 온정을 베풀어주기로 했다.

"너한테는 딸이 있나?"

"…………예…… 있습니다."

"그거 다행이구나. 성인이라면 이곳으로 불러라. 아직 아니라면 네 아내라도 상관없다."

사내는 감동해 몸을 떠는 것 같았다. 온몸을 강하게 떤 후, 목 안쪽에서부터 쥐어짜내듯 말했다.

"분부에 따르겠나이다, 왕이시여……."

사내가 방을 떠나자 데켐은 죽은 여자에 대해 잊어버렸다. 쓸모없는 한 사람이 어떻게 되든 데켐의 입장에서는 아무것도 아니었다.

2

마도국의 남쪽——법국의 남서쪽——에 펼쳐진 대삼림의 아득한 상공.

몰아치는 바람을 한 몸에 받으며 아인즈는 지상을 바라보고 있었다.

"이게 무슨 대삼림이야. 이건 완전히 수해(樹海)…… 그래, 대수해지."

야간이기도 했으므로, 한없이 펼쳐진 선명한 녹색의 융단도 지금은 새까맣게 물들어 있다. 바람이 나무의 꼭대기를 쓰다듬을 때마다 삼림 전체가 파도처럼 너울거리는 모습은 그야말로 해원과도 같아, 이 지역이 대수해라 불리기에 어울리는 장소라는 생각이 들었다. 실제로 이곳은 토브 대삼림과 아제를리시아을 합쳐놓은 것보다도 훨씬 광대했다. 아마도 왕국 전체보다도 넓지 않을까.

'마도국에서는 여길 대수해라고 부르기로 하자.'

이처럼 터무니없이 넓은 대수해는 어딜 봐도 나무밖에 없어, 특징이 있는 무언가를 찾기란 거의 불가능했다. 이 숲에는 여러 종족이 독자적인 문명을 갖추고 그에 어울리는 생활권을 펼치고 있을 것이다. 그럼에도 이를 상공에서는 발견할 수 없다는 것은——.

'——숲을 베일로 삼고 있다는 뜻이겠지. 하늘을 나는 몬스터도 있으니까, 하늘에서 보이는 부분에서는 살지 않는 그런 문명으로 발전시켰을 거야.'

하지만 그런 가운데에서도 발견할 수 있었던 것이 두 가지 있었다.

하나는 엘프의 왕도가 있다는 초승달 호수다. 상당히 큰 호수였으므로 상공에서 금방 발견할 수 있었다.

또 하나가—— 법국에서부터 이어진 흙색 길.

그 정체는, 법국이 일부러 진군 루트의 나무를 벌채하며 만든, 침공을 위한 도로였다.

숲이 너무나 거대하기에 실처럼 가늘게 보이지만 실제 폭은 100미터가 넘을 것이다. 그렇지 않다면 고고도에서 발견할 수도 없었다. 상당히 우회적인 방식이라는 생각도 들지만, 이 대수해에서 어느 정도 수준 이상의 안전을 얻으려면 어쩔 수 없었으리라. 그와 동시에, 여기에 들인 시간과 노력을 생각하니 어떻게 해서라도 엘프 나라를 멸망시키고 싶어 하는 법국의 집념이 강하게 느껴졌다.

'하지만 모르겠네. 왜 그것 말고는 눈에 뜨이는 장소가 없지? 법국은 엘프 나라에 쳐들어가는 걸 멈췄나?'

엘프의 마을을 간단히 공략하는 방법은, 주위의 나무를 쓰러뜨리고, 그 후 불을 지르는 것이 아닐까? 건조한 기후는 아니지만 그렇다고 습도가 엄청나게 높은 것도 아니다. 주위 환경에 주의해 불을 지르면 마을 정도는 순식간에 함락될 것이다.

'엘프를 노예로 삼고 싶어서 태워버리진 않는 건가? 그렇다면 상당히 여유가 있다는 뜻이 되는데……. 아니면 그만한 전력 차이가 있다는 걸까?'

상공에서 본 바로는 나무가 심하게 탄 흔적은 발견할 수 없었다. 다만 여기서는 매우 먼 거리였으므로 없다고 단언하기는 어렵다. 만약 이 장소에 아우라가 있었다면 또 다른 의견을 내놓았을지도 모른다.

'그리고 법국의 전초기지는 불빛이 보이는 저 근처겠지…….'

인간의 눈은 어둠 속을 내다볼 수가 없다. 그러므로 야영지가 커지면 커질수록 멀리서도 알아볼 수 있는 불빛이 생겨나게 마련이다. 실제로 아인즈도 그 덕에 법국의 전초기지라고 여겨지는 장소를 발견했던 것이다. 하지만 다양한 요인이 있어서 ―― 특히 상공이라는 위치에서는―― 그곳으로부터 엘프의 왕도까지 정확한 거리가 얼마나 되는지 등을 파악하기는 어려웠으며, 이대로 숲을 벌채하면서 진군할 경우 법국이 언제쯤 도달할지는 전혀 알 수 없었다.

하지만 봐야 할 건 다 봤다.

그렇게 생각한 아인즈는 〈상위전이Greater Teleportation〉를 발동했다.

하늘처럼 아무 엄폐물도 없는 곳에 있으면 아래에서 발각되기 쉽다. 밤이라고는 하나 뛰어난 시력을 가진 자는 많다. 결코 방심할 수 있는 환경이 아니다.

물론 상대가 일부러 아래에서 수천 미터 이상을 상승해서 온다면 그 사이에 여유를 가지고 도망칠 수는 있다. 그러나 아인즈가 오고 있다는 정보를 상대에게 주는 것은 결코 메리트가 있는 행동이라고는 생각할 수 없다. 그렇기에 아인즈는 〈완전불가지화Perfect Unknowable〉을 해제하지 않았다.

그동안 획득한 정보를 분석하자면, 이 세계의 생물은 약한 자가 많다.

하지만 이처럼 정보가 부족한 곳에 아인즈와 맞먹는 강자가 없으리라고 단언하지는 못한다. '어쩌면'을 상정하고, 상대에게 이쪽의 정보를 넘겨주는 일이 없도록 행동해야 하리라. 이쪽의 카드를 한 장 들키면 상대는 대처방법을 모색할 테고, 그만큼 패배로 한 걸음 다가서게 될 테니까.

'……자, 그러면 다음은 엘프의 왕도로군.'

——심야.

숲속은 흘러 떨어진 달빛도 적은 어둠의 세계다. 그렇다고는 하나 아인즈에게는 아무 지장도 없다. 〈비행〉을 구사해 하늘에서 내려온 아인즈는 그대로 땅을 딛지 않는 아슬아슬한 고도를 유지하며 천천히 목적지로 향했다.

법국의 군세가 얼마나 떨어진 곳까지 왔는지는 알았다. 다음은 엘프의 왕도에 대한 정보를 수집할 차례다.

이윽고 전방이 서서히 트이기 시작했다.

엘프의 집이란 극도로 굵고 땅딸막한 나무들——통칭 엘프 트리——로 만든 것이었으며, 그것이 모인 왕도는 커다란 숲처럼 보이기도 했다. 구조 자체는 어느 마을이나 그렇지만, 주민의 수가 적은 엘프 마을과 주민이 많은 엘프 왕도는 차이가 확연했다. 왕도는 밀집해서인지 압박감까지 들었다. 아인즈는 그 모습에서 원래의 회색세계가 떠올라 꺼림칙한 느낌이 들고 말았다.

그런 엘프 왕도의 주위에는 엘프 트리 이외의 나무는 전혀 없었으며, 짧은 풀이 돋아난 초원이 있을 뿐이었다.

이것은 자연현상에 의한 것이 아니라, 방위의 관점에서 엘프가 작위적으로 만들어낸 환경이다. 접근하는 존재를 눈으로 확인하기 쉽도록, 혹은 적의 조용한 접근을 막기 쉽도록 한 것이리라.

'하지만 반대로 이건 엘프 트리의 생존전략일지도 모르겠어.'

처음에는 엘프가 엘프 트리를 마법적으로 만들어냈다는 이야기에 딱히 의심을 품지는 않았으나, 어쩌면 엘프 트리가 종을 번영시키기 위해 엘프를 이용하고 있는지도 모른다.

엘프 트리가 사실은 몬스터일 경우도 생각할 수 있으니, 정신을 가진 생물일지 어떨지 조사해보는 편이 좋을 것이다.

그렇다고는 하지만 어떻게 조사하면 좋을까. 마레에게 맡기면 될까?

그런 생각을 하면서 아인즈는 전방을 노려보았다.

잠복할 장소가 없는 초원뿐인 사방을 경계하기 위해, 틀림없이 감시병이 있을 것이다. 마법을 쓰지 않고 돌파하기란 어렵다.

다만 아우라만한 고위 레인저의 기술이 있다면 가능하다. 고위 레인저는 몸을 숨길 장소가 없어도 잠복이 가능한 능력이 있으며, 레벨 차이가 압도적일 때는 시선이 마주쳤음에도 발각되지 않을 수 있다. 레인저 기술을 마스터한 자의 잠복이란 상대가 이쪽을 돌멩이라고 인식하게 만드는 것과 다름없다는 말을 아우라에게 들었다.

다만 실제로 그런지 어떤지는 조금 의문이 든다. 왜냐하면 이번 여행에서는 아우라에게 잠복을 시켰는데, 아인즈는 별로 힘들이지 않고도 기본 상태의 아우라——매직 아이템이나 특수능력으로 부스트를 하지 않은——를 어찌어찌 발견할 수 있었기 때문이다. 이것은 아우라가 레인저와 비스트 테이머 양쪽의 레벨을 올렸기 때문에 순수한 레인저의 기술은 떨어지는 상태여서이며, 또한 아인즈 자신의 레벨이 높고 기본이 되는 능력치가 높기 때문이기도 하다. 그런고로 아우라의 이야기가 별로 실감나지 않았던 것은 아쉬운 점이었다.

그런 거야 어쨌든, 아인즈의 능력으로는 엘프의 왕도로 은밀하게 접근하기란 불가능했다. 그러므로 〈완전불가지화〉를 사용하고, 추가로 환술까지 써서 엘프로 변했다.

환술까지 사용한 것은, 하늘을 날고 있을 때와 마찬가지로, 이 세계의 일반적인 강함으로 보았을 때 〈완전불가지화〉를 간파하기란 불가능하겠지만 만에 하나, 억에 하나를 기한 것이었다. 이 세계에 있는 모든 기술과 특수능력을 다 안다고 생각한 적은 한 번도 없다. 아인즈의 지식은 어차피 위그드라실 시절의 것이며, 그것도 완벽하지는 않았을 테니까.

아인즈가 불가시 상태를 간파하는 능력을 상시발동하고 있듯, 상대 중에도 그런 자가 있으리라고 생각해야 한다.

매직 아이템인 길리길리 망토를 덧입은 것도 그 일환이다. 이렇게 해서 자신이 발각될 확률을 낮추면서, 들켰을 때도 얼버무릴 수단을 준비해, 주의에 주의를 기울였다.

'그러면, 갈까.'

초원과 숲의 나무가 우거진 아슬아슬한 경계――이 이상 가면 숨을 나무가 없다――까지 접근한 아인즈는 왕도 쪽을 바라보았다.

왕도를 구성하는 나무들의 바깥쪽 가장자리 부분에 걸린 다리를 초계하는 엘프의 모습이 보였다.

저것이 소위 말하는 시벽(市壁)에 해당하는 장소이며, 다리가 보랑(步廊)이다.

〈완전불가지화〉로 사라진 아인즈를 발견할 방법이 없는지, 아니면 원래 그렇게까지 주의를 기울이지 않는지는 모르겠지만, 병사가 이쪽을 알아차린 기색은 없었다. 그야 이 정도로 많은 대책을 세워놓았는데 곧바로 들킨다면 큰일이다.

아인즈는 엘프 초계병의 시선에 닿지 않도록 나무 뒤에 몸을 숨기고 스크롤을 꺼냈다.

그리고 마법을 발동하―― 망설인다.

다시 발동―― 망설인다.

이곳에 오기 전에는 결심을 했다. 하지만 자꾸만 아깝다는 마음이 들었다. 다른 수단이 있지 않을까 하는 생각이 들면서 스크롤로 마법을 발동하는 것을 허락해주질 않았다.

전투와 같이 목숨이 걸린 상황이라면 망설이지 않았겠지만 그렇지 않다는―― 어떤 의미에서는 여유로운 이 상황이야말로 망설임의 근원이었다.

한동안을 망설이던 아인즈는 머리를 텅 비우는 데 성공하고, 스크롤을 소비해 마법을 발동시켰다. 무언가를 생각하고 있으면 망설임이 사라지지 않는 법이다.

발동한 마법은 〈신의 눈God Eye〉이었다.

제9위계에 속하는 마법으로, 불가시화한 비실체형 마법의 눈을 띄운다. 이 마법을 쓰는 것은 리저드맨 때 이후 처음일지도 모른다.

〈원격시Remote Viewing〉와 다른 점은, 더 멀리까지 날릴 수 있고, 평범한 벽이라면 뚫고 지나갈 수 있다는 점일 것이다.

이 마법은 잠입정찰의 수단으로는 상당히 우수하지만 결코 최고라고는 말할 수 없다. 왜냐하면 어디까지나 불가시화일 뿐이므로, 제2위계 정도의 간파 마법으로 간단히 꿰뚫어 볼 수 있다. 게다가 비실체라고는 하지만 대미지를 입고 파괴되면 피드백으로 대미지를 받는다는 디메리트도 존재한다. 그밖에도 정보 계통 마법에 속하기 때문에 대(對) 정보 계통 마법을 사용하는 상대가 이쪽의 위치를 알아내거나, 공성방벽에 걸려 공격마법이 이쪽으로 날아올 가능성도 있다. 심지어 이 감각기 자체의 HP는 없고, 무엇보다 레벨이나 방어능력도 아인즈의 것을 사용하지 않는다는 점이 치명적이다.

그래도 본인이 직접 가는 것보다는 훨씬 안전하므로, 상황에 따라서는 유용하게 쓸 수 있다는 점에는 변함이 없다.

일정한 속도를 유지한 채 ——아인즈가 보기에는 갑갑할 만큼 느린 속도로—— 겨우 시벽에 도달했다.

엘프 초계병은 3인 1조를 이루며, 모두 활을 들고 있었는데, 그들에게 당당하게 접근한 〈신의 눈〉이 발각되는 일은 없었다.

'이놈들한테는 불가시화를 간파하는 힘은 없는 모양이지만…… 엘프 중에 그런 특별한 클래스가 없다고 단언할 수는

없지.'

그들이 봐줄 이유도 없으니 그렇게 생각해도 될 것이다. 하지만 방심하지는 않는다. 지식에 없는 미지의 장소에서 하는 첫 정보수집이므로.

아인즈가 만들어낸 〈신의 눈〉은 다리 밑을 지나 엘프의 왕도로 잠입했다. 일단 들어가기는 했지만, 아인즈는 〈신의 눈〉을 되돌려 즉시 왕도 밖으로 내보냈다. 그리고 조금 전 세 명의 초계병 앞으로 움직였다.

무언가 이야기를 나누는 그들이 그 사실을 알아차린 기색은 없었다.

'휴우, 다행이다…….'

아인즈는 안도의 한숨을 내쉬었다.

나자릭 지하대분묘도 그렇지만, 길드 홈에 있는 함정에는 침입한 단계에서 일부 마법의 효과를 억지하거나 저해하는 것이 있다. 예를 들면 〈불가시화〉를 파해하거나 신성마법의 마법효과를 저하시키는 함정이다. 엘프 왕도에 그런 효과가 없는지 확인해본 것이었다.

왕도의 중요 시설은 다시금 확인해야겠지만, 일반적인 시설에 잠입하기 위해서라면 아무 문제가 없을 듯했다.

〈완전불가지화〉를 유지하고 있으므로 너무 시간을 들이고 싶지는 않았다. 게다가 이 이후의 마력소비량을 생각하면 여유는 없다고 할 수 있다.

아인즈는 〈신의 눈〉을 왕도 안으로 쭉쭉 침입시켰다. 그렇긴 하지만 목적은, 상품이 늘어선 점포로 보이는 나무에 사는 엘프였다.

평범한 시가를 생각해보면, 그런 점포는 한데 모여, 왕도 내에서도 편이성이 좋은 곳에 있을 것이다. 거기에 창고 같은 것도 생각해보면 평균보다도 큰 나무를 사용한다 해도 이상하지 않다.

그리고 아인즈는 잠시 후 마음속으로 외쳤다.

'——못 찾겠다!'

수천 그루의 나무로 이루어진 거리는 인간의 가치관에 비추어 보자면 그저 숲이나 마찬가지였다. 심야라 그런지 간판도 보이지 않고, 나무에 네임 플레이트 같은 것이 걸려 있지도 않았다. 이정표 없는 나무가 하염없이 늘어서 있을 뿐이었다. 눈앞의 나무가 조금 전에 본 나무가 아니라고 확신할 수도 없었다.

인간의 도시라면 대로나 주요 도로의 역할을 하는 것이 있고, 그 좌우에 가게가 늘어선다. 혹은 광장 주변에 가게가 모인다. 하지만 그런 상식이 엘프 왕도에서는 통하지 않았다.

우선, 대로나 광장이라 할 만한 것이 ——대충 본 느낌으로는—— 없는 것이다. 그렇기에 지금까지 얻었던 경험이 아니라 감으로 찾아야만 했다.

여행자에게는 전혀 다정하지 않은 도시다. 이런 곳에서 원하는 가게를 발견하기란 상당히 어려웠다—— 아니, 절대 불가능했다.

다만, 구태여 오늘, 모든 일을 마칠 필요는 없다. 서둘러 일을 진행할 것이 아니라 시간을 들여 안전하게 추진해야 한다.

그래도 아인즈는 그 후로도 한동안 더 찾아보았다. 왜냐하면 기껏 〈신의 눈〉을 사용했기 때문에, 제한시간이 다 될 때까지 다 쓰고자 생각했기 때문이었다.

한동안 찾아 헤매던 아인즈는 한숨을 쉬었다.

'——이건 주민이 잠든 시간대에 몇 번씩 같은 짓을 해봤자 소용이 없겠군.'

무턱대고 찾아서는 절대 안 될 것이다. 위험을 무릅쓰고, 일단 날이 밝은 후에 조사하러 와야 하리라. 그러면 사람들이 드나드는 모습을 통해 감을 잡을 수 있을 테니까. 그렇게라도 하지 않고서는 앞으로 얼마나 시간이 걸릴지 상상도 안 간다.

아인즈는 적당한 집에 〈신의 눈〉을 들여보냈다. 엘프들이 나무에 걸린 다리를 건너며 사는 관계로, 기본적으로 엘프 트리의 출입구는 ——인간의 주거로 치면—— 2층 혹은 3층 부분에 해당한다. 그러므로 잠입할 때는 1층부터 한다. 도둑이 서랍장을 뒤질 때와 마찬가지다. 2층부터 들어가면 동선이 좋지 않다.

벽을 관통해 들어간 아인즈——〈신의 눈〉——가 그대로 위로 날아오르자 3층에 엘프들이 있었다.

보아하니 이 집은 가족이 사는지 아버지, 어머니, 남자아이 둘이 자고 있었다.

'말로는 들었지만…… 무슨 야만족도 아니고…….'

침실인 듯한데, 대량의 나뭇잎 속에서 4명이 함께 기분 좋게 자고 있었다. 아니, 인간 마을 같은 곳에서도 마른 풀을 매트리스 대신 쓴다는 것을 생각해보면 비슷할지도 모르겠다.

나자릭에 있는 엘프들의 말에 따르면 이것이 일반적인 엘프의 침실이라고 한다. 이만한 나뭇잎을 모으려면 힘들지만 한번 모으면 오랫동안 계속 쓰니 문제는 없다고 한다. 벌레는 안 꼬이느냐고 질문하자, 마법을 걸어서 괜찮다고 했다.

아이— 사내아이 둘이 쿨쿨 기분 좋게 숨소리를 내고 있었다.

'잔다…… 잔다는 게 어떤 감각이었더라.'

이 몸이 된 후로 제법 시간이 흘렀다. 3대 욕구가 거의 없으며 아픔 따위도 강하게 느끼지 못하는 이 몸이기에 이제까지 어떻게든 살아올 수 있었지만, 그러한 것들을 잃어버렸다는 데에 조금 아쉬움을 느낄 때도 있다. 이렇게 편안히 잠든 얼굴을 바라보면 그리운 듯 부러운 듯한 마음이 든다. 물론 그런 기분이 가장 크게 느껴지는 것은 맛있어 보이는 요리가 눈앞에 있을 때지만.

아인즈는 행복한 가족을 바라보며 〈신의 눈〉을 해제했다.

'나 원…….'

어깨를 으쓱인 아인즈가 〈상위전이〉를 발동시키자, 시야는 순식간에 바뀌어, 눈앞에는 넝쿨이 얽혀 만들어진 거대한 베일 같은 것이 펼쳐져 있었다.

주위에 잘 녹아든 그것은 분명 숲속에 있어도 이상하지 않은 광경이지만, 자세히 보면 조그만 오두막집을 잘 덮어 숨기고 있음을 알 수 있다.

이것이 바로 매직 아이템—— 그린 시크릿 하우스를 사용해 만들어낸, 아인즈 일행이 며칠 동안 이용할 거점이다.

그린 시크릿 하우스 옆에 앉아있던 펜리르가 천천히 일어나 코를 킁킁 울리며 살짝 으르렁거리는 소리와 함께 아인즈 쪽을 보았다—— 아니, 노려보았다.

다만 시선이 살짝 어긋나 있었다.

그때의 아우라와 마찬가지로, 아무리 펜리르라 해도 〈완전불가지화〉로 보호받는 존재를 완전히 지각하기란 불가능한 것이다. 아니, 〈완전불가지화〉를 썼는데도 아인즈가 왔음을 감지했으니 칭찬해주어야 할까.

아인즈는 〈완전불가지화〉를 해제했다.

아인즈를 눈앞에서 본 펜리르가 황급히 송구스러워하는 모습으로 고개를 숙였다.

말은 못하지만 펜리르는 단순한 동물과 비교가 되지 않을 만큼 머리가 좋다. 고개를 숙이는 것도 괜히 한 행동이 아니라, 정말로 아인즈에게 사죄의 의미를 담은 것이다. 하지만 아인즈는 펜리르가 잘못했다고는 생각하지 않았다.

펜리르의 입장에서 보면 미지의 무언가가 갑자기 출현했던 것이다. 주인을 지키는 몸으로서 경계하는 것은 당연한 일이며, 반대로 조금 전과 같은 반응을 보이지 않는 쪽이 문제가 된다.

이번에 한조를 대신해 호위로 데려왔던 것은 이 펜리르뿐이다. 바깥에 나올 때는 고레벨 서번트를 다수 거느려야 한다는 명령은 아인즈 본인이 내렸지만, 이유가 있어서 그 금제를 스스로 깨뜨렸다. 그것은 두 사람에게 친구를 만들어준다는 계획이 어떻게 진행될지 알 수 없는 상태에서, 타인에게 지나치게 많은 정보를 드러내지 않기 위해서였다.
그리고 또 한 가지.
샤르티아의 세뇌 사건 이후로는 수호자를 혼자 보내지 않게 되었다.
하지만 그 결과는 어땠는가. 아무리 해도 적이 나타날 기미가 없었다. 낚였던 것은 아인즈——판도라즈 액터지만——가 혼자 있을 때 나타난, 리쿠 아가네이아라고 하는 백금 전신갑주를 입은 사내뿐이었으며, 그 외에는—— 샤르티아를 세뇌했던 존재의 기척은 전혀 찾아볼 수 없었다.
그렇기에.
한조를 주위에 배치해놓지 않았던 그때에 리쿠가 낚였으니, 혹시 적은 한조 같은 서번트가 주위에 있다는 사실을 모종의 수단으로 감지하고 있었던 것은 아닐까.
어쩌면 세계급 아이템의 힘으로.
어쩌면 탤런트라 불리는 이 세계 특유의 힘으로.
그러므로, 위험할 수도 있지만 한조를 데리고 오지 않는다는 실험을 해본 것이다.
일단 알베도에게는 후자의 이유를 들려주었으나, 여러모로 지적받을 만한 부분이 있음은 아인즈도 잘 안다. 그녀는 평소의 웃음만을 머금은 채 이해해준 듯했지만 실제로 이해했는지 어떤지는 알 수 없다. 어쩌면 귀환한 다음에 무슨 말을 들을지도 모른다.
"——수고가 많다."
조금 마음이 무거워진 아인즈는 그 말만을 하고는 그런 시크릿 하우스의 문——있는 줄 모르면 판별할 수 없을 정도의 미채다——에 손을 대고 가볍게 힘을 주었다.

문은 열리지 않았다.

유감스럽게도 이 매직 아이템에는 열쇠라는 것이 없으므로——일곱 문의 분쇄자Epigonoi라는 특수한 매직 아이템을 써서 강제로 여는 것은 가능하다—— 문이 잠겼다면 안에서 누군가가 열어주어야만 한다.

아인즈는 노커를 두드렸다. 그린 시크릿 하우스는 안에서라면 문을 반투명하게 해 바깥의 동태를 살필 수 있다. 별로 기다리는 일도 없이 문의 자물쇠가 풀리는 소리가 들렸다.

그리고 문이 열렸다.

"다녀오셨어요!"

"다다, 다녀, 오, 셨……어요……."

씩씩하게 말한 것은 아우라다. 뒤늦게 목소리를 낸 것은 마레였으며, 이쪽은 눈이 거의 감겨 있었다.

두 사람 모두 잠옷으로 갈아입은 상태였으며, 마레는 나이트캡까지 썼다. 아니, 시간을 생각하면 올바른 차림이다.

"둘 다 이런 시간까지 기다리게 해 미안하구나."

아인즈는 안으로 들어가며 말했다.

안에는 따뜻한 빛이 밝혀져 있었으며, 바깥에서 예측할 수 있는 넓이와는 완전히 달랐다.

우선, 문 바로 앞은 거실이다. 그곳에서 주방과 함께 다른 방으로 통하는 문이 네 개 정도 보였다.

"아니에요. 늦어지신다고 하셨으니까 더 늦어지시는 걸까 생각했어요."

"그렇게 될 줄 알았다만…… 여기 서서 이야기하기도 뭣하니, 저쪽으로 가자꾸나."

아우라도 그만 자는 게 좋지 않겠느냐고 말할까 했지만, 아무것도 얻지 못한 거나 마찬가지여도 정보공유는 해두어야 할 것이다. 그것도 될 수 있는 한 빨리. 왜냐하면 아인즈가 자신의 기억력에 별로 자신이 없기 때문이다.

오로지 아인즈의 개인사정 때문에 두 사람을 고생시킨다는 약간의 죄책감을 품으면서, 있었던 일을 말하기 위해 두 사람을 거실로 데려갔다.

그곳에 놓인 의자에 앉기는 했지만, 아우라는 들을 자세가 되어 있었어도 마레는 등받이에 머리를 기댄 자세로 입을 반쯤 벌린 채, 당장이라도 잠들어버릴 것 같았다. 조금 전 새근새근 자던 엘프 아이들 모습이 떠올라 한층 죄책감이 강해졌다.

'혹시 나는 내가 잠을 안 자다 보니 수면이 필요한 사람들에게 배려를 못하게 된 건 아닐까? 곤란한데…….'

"마레는 재우는 게 좋지 않을까? 아우라가 내일이라도 말해주면 나는 상관없다만."

"나 참……."

아우라가 머리를 철썩 때렸다.

"일어나. 아인즈 님 앞에서 실례잖아."

"흐아, 아, 어, 다녀오셨어요."

마레는 고개를 꾸벅 숙였다. 그 말은 아까도 들었다고 딴죽을 걸지는 않았다.

그런 모습에 "얘는 정말." 하고 중얼거리는 아우라는 상당히 화가 난 듯했다.

"딱히 무리해서 깨운다고 좋을 것도 없지. 내일 활동에 영향이 생기는 일은 가급적 피해야——."

문득, 위그드라실을 하던 시절의 자신을 떠올리고 아인즈는 말을 얼버무렸다.

물론, 그래도 회사 일에 영향을 미치는 일은 하지 않았다고 스스로는 생각한다. 하지만 정말로 그랬을까? 게다가 자신의 즐거움 때문에 무리를 하는 것과 남의 사정에 끌어들이는 것은 경우가 다르지 않을까.

아인즈—— 스즈키 사토루도 상사의 사정 때문에 귀가가 늦어졌을 때는 불평을 했다.

무엇보다 아이와 어른을 같이 생각해서는 안 된다. 그렇다고는 해도 100레벨 NPC로서 경이적인 성능의 육체를 자랑하는 아이(마레)와 단순한 일반인(스즈키) 어른(사토루)을 같은 기준으로 비교하는 것도 착각이라고 할 수 있지만.

졸음 탓에 반쯤 눈이 감겨 마치 노려보는 듯한 마레를 둘이서 바라보았다.

마레의 머리가 꾸벅 흔들리고, 황급히 눈을 뜨더니 원래의 위치로 고개를 돌린다.

이건 거의 한계다.

"——좋아. 그래. 그렇게 하자. 마레는 내일 활동에 영향이 없도록 그만 재우자꾸나. 무리해서 깨워봤자 머리 회전은 둔하고 좋을 게 없지. 아까 말했듯 앞으로 할 일은 내일이라도 아우라가 설명해주면 어떻겠느냐?"

아인즈의 명령에는 따라야 하겠지만, 마레가 못난 모습을 보이는 것은 수호자로서 기강이 해이해진 거 아닐까—— 그런 생각을 하는지 아우라가 여러 가지 표정을 보였다. 하지만 그런 망설임은 짧은 한순간뿐이었다. 즉시 마음속으로 무언가 수긍했는지 깊이 고개를 숙였다.

"……분부에 따르겠습니다. 마레는 당장 침실에 데리고 갈게요. ……일어날 수 있어?"

"우, 으우?"

아우라의 물음에 제대로 대답도 못한다. 이건 무리다.

"——흠. 내가 옮기지."

아우라가 뭐라 말하려 했지만, 아인즈는 무시하고 일어나선 마레를 안았다.

잠옷으로 갈아입어 최소한의 무장밖에 하지 않은 것도 있겠지만, 웅웅 소리를 내는 마레는 매우 가볍게 느껴졌다. 아니, 정말로 아이의 체중이란 이 정도일 것이다.

'무장을 해제하지 않았다면 꽤 힘들었을지도 모르겠는걸. 뭐, 들지 못하진 않았겠지만……. 그거 진짜 무거우니 말이지……. 자칫하면 수호자들이 가진 무기 중에서 제일 무겁지 않을까?'

두 손을 ——마음만 먹으면 한 손으로도 들 수 있지만—— 다 쓰고 있기 때문에 아우라에게 먼저 가서 문을 열어달라고 부탁했다. 그리고 침실에 놓인 침대에 마레를 조용히 눕혔다.

옮기는 도중에 잠이 들었는지, 이미 눈을 감은 채 새근새근 숨소리를 내고 있었다.

아인즈는 조용히—— 소리를 내지 않도록 주의하며 방을 나왔다. 역시 레인저인 만큼 아우라는 아인즈 이상으로 소리를 내지 않았다.

둘이서 거실로 돌아와 의자에 앉았다. 그리고 아우라가 즉시 고개를 한 번 숙이고는 입을 열었다.

"일을 하신 아인즈 님을 놔두고, 죄송합니다. 마레를 대신해 사죄드릴게요. 진노하시는 것도 당연하고, 수호자로서 일을 잘 하는지도 불안하실 거라 생각하지만, 밤에 일할 때는 수면불필요 장비를 착용하고 있어서 이런 추태는 절대 없어요. 그런데 오늘은 왜 이러는가 하면, 수면불필요 장비를 하려면 전투용으로 장비한 아이템을 벗어야 하고, 그러면 전투능력이 다소 떨어지거든요. 그래서 아인즈 님의 경호라는 이번 임무를 고려하면, 수면불필요 아이템을 착용하지 않는 게 낫다고 판단해서……"

아우라가 빠르게 설명했다. 평소의 아우라답지 않은 어조와 태도는 그만큼 조바심을 품었기 때문이리라.

"아니, 아니, 마음에 둘 거 없다. 여기 온 것도 이미 말했듯 휴가다. 딱히 먼저 자고 있었어도 전혀 문제될 게 없고말고. 그보다도 아우라는 눈이 말똥말똥한데, 졸리지 않으냐?"

"아, 아뇨, 저는 그런 꼴사나운 모습을 아인즈 님께 보여드릴 수는——."

"——편하게 하자꾸나. 딱히 화를 내는 게 아니야. 그보다는 평소의 마레답지 않은 모습을 보아서 나는 꽤 기쁘다. 역시 너희는 아무래도 내가 앞에 있으면 딱딱한 태도를 보이게 되니 말이지. 평소의—— 다른 자들도, 어떤 태도인지 매우 궁금하던 참이었다. ——코퀴토스라면 어떠냐?"

"……코퀴토스는 별로 다를 게 없네요."

평소의 아우라와 같은 표정으로 돌아왔다.

"그렇구나. 그러면 다음번엔 몰래 〈완전불가지화〉를 써서 평소의—— 혼자 있을 때의 모습을 보러 돌아다녀볼까?"

아인즈가 씨익 웃음을 짓자 ——표정은 움직이지 않지만 목소리의 톤으로 이해했을 것이다—— 아우라가 장난꾸러기 같은 웃음을 보였다.

"그건 그렇고, 아우라는 정말로 졸리지 않으냐?"

"저는 평소에도 이 시간에 일어나 있고 해서, 그렇게 졸리진 않아요."

아우라의 말에 의하면 야행성 마수와 놀거나 하기 때문에 늦게 자는 일도 흔하다고 한다. 이 '논다'는 것도 비스트 테이머에게는 중요해서, 챙겨주지 않으면 마수는 스트레스가 쌓여 능력을 충분히 발휘하지 못하게 된다고 한다. 다만 수면시간을 깎는 것이 아니고, 밤에 늦게 잘 때는 낮까지 잔다나. 다시 말해 야간근무조에 가까운 셈이다.

덧붙여 쌍둥이 중 누군가가 나자릭 밖에 나가 있을 때는, 아까 말했던 아이템을 사용해 자지 않은 채 대기한다고 한다.

'음— 그건 좀 어떨까? 책임자가 대기하고 있는 건 당연하지만, 수면이 필요한 종족은 제대로 자는 게 좋지 않을까? 특히 아이들의 성장에 수면은 빼놓을 수 없는 요소라고 하니까. 알베도하고 상담해볼까…… 자, 그러면!'

아인즈는 한 호흡 정도를 두고, 처음에 대수해에서 보았던 법국 군대의 위치를 전달했다. 다만 그것이 엘프의 왕도에서 어느 정도의 거리인지, 또한 어느 정도의 병력이 동원되었는지 정확한 것은 전혀 알 수 없었다. 물론 법국과 맞붙는 것이 이번의 목적은 아니므로, 침공 중이라는 사실을 알았던 것만으로도 일단은 충분했다.

그보다도 중요한—— 아까 엘프 왕도를 정찰했을 때의 이야기를 시작했다.

있었던 일은 숨기지 않고 전부 말한다. 숨겨봤자 좋을 게 없고, 꾸며낼 필요도 없다. 무리였다는 사실을 솔직하게 무리였다고 말할 뿐이다. 게다가 아우라는 그 두 사람과는 다르다. 있는 그대로 받아들이고 더 좋은 아이디어를 내줄지도 모른다.

"그랬군요……."

한 차례 이야기를 들은 아우라가 깊이 고개를 끄덕였다.

"그럼 아인즈 님께서 말씀하신 대로 낮에 조사해보는 게 제일 좋겠네요."

"그렇지. 나는 그럴 생각이다만, 그동안 아우라와 마레는 어떻게 하겠느냐?"

"글쎄요……. 저도…… 잠입은 하지 않는 게 좋겠죠?"

"그렇지. 아우라가 발견될 가능성은 거의 없다고 본다만, 아직 알 수 없는 것투성이다. 정체가 탄로 날 수도 있는 행동은, 지금 상황에서는 하지 않는 게 좋겠지."

"그럼 마레가 뭘 할지는 내일 이야기해보고 나서가 되겠지만, 저는 아인즈 님을 도와드릴까 해요. 그 도시 주변을 조사해보고 엘프들의 발자취를 수색하는 건 어떨까요?"

호오, 그렇군.

아인즈는 고개를 끄덕였다.

왕도에 무언가가 반입되고 있다면, 희미하다고 해도 흔적이 남아있을 것이다. 흔적이 남으면 남을수록 그것은 '길' 이라 부를 만한 것이 된다.

그것을 발견할 수 있다면—— 그 너머에는 빈번히 오가야 하는 장소, 마을 등의 다른 집락이 존재한다고 추측할 수 있다.

엘프들이 〈숲 건너기〉와 비슷한 효과를 가진 무언가를 사용하지는 않는다는 전제가 따르지만, 아우라의 제안은 매우 훌륭했다. 아인즈가 이를 거부할 이유는 하나도 없었다.

"훌륭한 제안이다. 이 주위를 보고 돌아다니는 데에…… 아우라라면 하루도 걸리지 않겠지. 마레와 힘을 합쳐서 발자취가 없는지 알아봐다오. 잘 부탁한다."

"네! 그렇게 할게요!"

"그러면 나는 내일—— 시각으로는 이미 오늘이다만, 낮에라도 다시 한 번 정보를 수집해보마."

"그럼 저는, 낮에는 눈에 뜨일지도 모르니까, 밤에 해보고 싶어요."

"음, 부탁한다. 자, 그러면 우리도 슬슬 자도록 할까. ……잘 자거라, 아우라."

"네. 푹 쉬세요, 아인즈 님."

아인즈가 일어나자 아우라도 따라서 일어났다.

그리고 아인즈에게 배정된 방 앞에서 아우라와 헤어진 후, 안으로 들어가 침대에 누웠다. 그렇지만 언데드인 아인즈에게 수면은 필요가 없다. 그러므로 아이템 박스에서 책을 꺼냈다.

자주 읽는 비즈니스 서적 중 하나다. 『좋은 리더가 되기 위해』라는 제목이 적혀 있다. 솔직히 말해 이런 책을 읽어도 도움이 되는 것 같지는 않지만, 그래도 읽지 않는 것보다는 낫겠지.

아인즈는 페이지를 넘기기 시작했다.

*

첫날 심야의 잠입, 둘째 날 낮의 잠입. 이렇게 해 소중한 두루마리를 두 개나 잃게 되어 충격을 받기는 했지만, 아인즈는 셋째 날 낮에 운 좋게도 중요한 정보를 입수하는 데 성공했다. 그렇다고는 해도 가게로 보이는 나무를 몇 그루 발견했다는 것과, 어렴풋이 지리감각을 익혔다는 정도였지만.

남이 보기에는 작은 한 걸음이지만 아인즈에게는 큰 한 걸음이었다. 정신이 억압될 만한 기쁨이 솟아났을 정도다. 그렇기에 이 정보를 헛되이 하지 않고자, 상당한 시간을 들여 가게까지 가는 루트를 자세히 기억해두었다.

아인즈는 여기서 일단 철수하기로 했다. 그야 마법의 지속시간은 아직 남았다. 이상할 정도로 굵고 높은 나무에 있는 왕성에 〈신의 눈〉을 보내 안을 살펴보고 싶다는 강한 호기심이 들기는 했지만, 역시 그것은 자제했다.

인간 사회의 왕은 반드시 강자일 필요는 없었지만, 여기에는 두 가지 이유가 있어서일 것이다. 첫째는 강한 자보다도 올바른 판단을 내리는 자를 따라가야만 살아남을 수 있기 때문이다. 다른 종족의 먹이에 불과한, 나약하고 수가 많은 종족 특유의 생존전략이다. 그리고 또 하나는 거주지가 안전하다는 것이다. 성왕국과 왕국, 제국의 차이가 그것이다.

다른 종족과 맞버티는 지역에서 살아가는 종족에게는 가장 강한 자가 왕이 되는 것이 당연하다.

그렇기에 엘프의 왕도 강자일 것이다. 그렇다면 여기까지 와서 쓸데없는 위험은 회피해야 한다.

이제까지 이 세계에서 이런저런 정보를 모았지만, 아인즈에게 필적할 몬스터 이외의 강자는 확인하지 못했다. 그러므로, 만약 그 리쿠라는 수수께끼의 전사를 몰랐더라면 엘프 왕도 별것 아닌 존재라고 방심했을 것이다. 하지만 리쿠와 만난 현재, 아인즈의 경계심은 더욱 높아졌다.

마법을 해제한 아인즈는 〈상위전이〉를 발동했다.

거점으로 돌아간 아인즈는 먼저 돌아와 있었던 두 사람——오늘의 마레는 눈이 초롱초롱했다——과 정보를 교환했다.

그리고 알아낸 것은, 두 사람 모두 몇 군데의 길——빈번히 나무를 써서 이동했는지 2일 차는 헛되이 보내버렸다고 한다——을 발견하는 데 성공했다. 이 길 너머가 어떻게 되어 있는지를 조사하려면 이동거리 등에 따라 필요 시간이 달라질 것이라고 한다.

여기서 아인즈는 낮 동안에 이동하면 엘프가 그 길을 사용할 때 들키지 않을까 하는 불안을 제기했다.

그러자 아우라는, 펜리르에 타고 그 길을 함께 달리는 형태로 이동할 테니 숲속에서라면 그리 쉽게는 발견되지 않을 거라고 자신 있게 대답했다. 그 태도는 아인즈의 걱정이 기우라고 확신을 품게 만들 정도로 확실했다. 그래도 허가를 내리는 것은 일단 보류했다. 정확하게는, 조금만 더 기다리게 했다. 어쩌면 오늘 상당히 좋은 정보를 얻을 수 있을지도 모르기 때문이다.

그리고 3일 차 심야.

〈완전불가지화〉를 사용한 아인즈는 다시 엘프 왕도에 접근했다. 당연하지만 이제까지는 전부 다른 장소에 잠복해서 마법을 사용했다. 어쩌면 엘프의 우수한 레인저가 아인즈의 흔적을 이미 발견했을 가능성도 없다고 단언할 수는 없기 때문이다.

아인즈는 〈비행〉을 써서 지면 등에 흔적을 남기지 않고자 했지만, 그것은 어디까지나 은밀행동이나 탐색의 문외한인 아인즈가 보기에 그렇다는 것이다. 공중을 이동하다 나뭇가지를 부러뜨렸다거나, 나뭇잎을 이상한 형태로 흩어놓았다거나 하는 미미한 흔적조차 남기지 않고 이동할 수 있었다고 단언할 만한 자신은 없었다.

'솔직히 왜 이렇게까지 주의에 주의를 거듭해야 하느냐는 생각이 안 드는 것도 아니지만…… 수수께끼의 존재가 출현했다고 인근 마을에서 경계를 시작하면 귀찮아지니까. 특히 엘프가 법국의 포로가 됐을 때 법국에까지 새나가면 성가셔.'

수수께끼의 존재와 마도국의 연관성이 드러날 가능성은 낮다고 생각하지만, 제3세력이 근처에 있다는 사실이 지금 법국에 알려지는 것은 위험하다. 그럴 때 법국이 어떤 행동에 나설지를 생각하면 두렵다. 예상하지 못한 행동에 나서면 여러 가지 계획이 틀어진다.

'……일단 돌아가서 알베도나 데미우르고스하고 의논해보는 것도 나쁘지 않겠지만, 그렇게 되면 아우라와 마레의 친구 계획이 꼬일 수도 있지.'

그러므로 아인즈가 할 수 있는 일은, 최대한 주의를 기울이는 것뿐이다.

아인즈는 스크롤을 꺼내, 이번에는 곧바로 발동시켰다. 확실한 결과가 나온다는 전제가 있기에 망설임이 없는 것이다.

〈신의 눈〉을 원하는 엘프 트리에 잠입시킨 아인즈는 "좋았어!" 하고 살짝 중얼거렸다.

목표로 삼았던 엘프가 나뭇잎에 묻힌 채 자고 있었다. 남자 엘프다.

기본적으로 엘프란 종족은 몸이 날씬하고, 인간과 비교해 키가 작다. 인간의 8할에서 9할 정도일 것이다. 체모는 가늘고 수염은 나지 않는다. 게다가 청년기가 길기 때문에 연령을 판별하기가 매우 어렵다. 어지간한 이는 젊게 보인다.

그렇기에 아인즈가 알고 싶은 정보를 이 엘프가 가지고 있으리라는 확증은 없다. 하지만 이 엘프를 점찍은 데에는 큰 이유가 있다.

그것은 이 장소에, 이 남자 엘프 이외에 자고 있는 자가 없다는 것이었다.

일가족을 납치한 후의 처리는 성가시지만, 한 명이라면 쉽다.

그리고 또 한 가지 노림수가 있었는데, 그것은 나중에 확인해볼 수밖에 없었다.

이 장소를 기억한 아인즈는 〈상위전이〉로 순식간에 목적한 집에 침입했다.

아인즈가 침입했어도 엘프가 깨어나는 기척은 없었다. 아니, 소리 하나, 기척 하나 없는 아인즈를 알아차리는 것은 어지간히 고레벨이라도 어려울 테니 당연한 반응이라 할 수 있다.

그리고 아인즈는 제4위계의 〈전종족 매료Charm Species〉를 발동시켰다.

레벨 차이 이전에 수면 상태인 것도 있어서 별 어려움 없이 마법이 효과를 발휘했다.

"일어나라."

말을 걸었다.

〈완전불가지화〉는 아인즈가 다른 이에게 악의 있는 마법——더 정확하게, 그리고 게임적으로 말하자면, 저항의 판정이 발생하는 마법——을 건 시점에서 해제되었으므로, 말을 걸면서 아픔을 주지 않을 정도로 부드럽게 엘프의 어깨를 잡고 흔들었다. 적진에서 쓸데없이 시간을 끌고 싶지는 않았다.

"——으아?"

얼빠진 목소리였지만, 이제까지 자고 있었으니 어쩔 수 없다.

"저항하지 마라."

아인즈는 그 말만을 하고는 사내의 손을 잡은 채 〈상위전이〉를 발동시켰다.

이 마법은 타인도 함께 이동할 수 있지만, 이것은 동의한 자에게만 해당되며, 저항할 의지가 있는 자와는 이동할 수 없다. 다만 매료 상태라면 동의했다고 간주되므로 전이가 가능한 것이다. 지배 상태에서도 마찬가지겠지만, 더 고위의—— 저항하기 힘든 마법임에도 불구하고 그것을 쓰지 않았던 것은, 어떤 사실을 경계해서였다.

완벽한 납치의 흐름이었다. 그야말로 일류 범죄자라 할 수 있으리라.

'좋아, 계획대로야!'

이렇게까지 상황이 자신의 예상대로 돌아가면 기뻐지는 법이다. 아인즈가 해골 얼굴에 만면의 웃음을 짓고 있으려니——.

"——으아! 대, 대체, 뭐야? 뭐, 뭐냐고!"

엘프는 땅바닥의 감촉이며 갑자기 변한 시야에 놀라 펄쩍 일어나듯 깼다. 완전히 정신이 들었는지 자신이 아직도 꿈속에 있다고 생각하는 기색은 없었다. 아니면 그런 생각을 하는 문화가 엘프에겐 없는 걸까.

아인즈가 시선을 흘끔 돌리자 어제, 그저께는 있었던 펜리르의 모습은 없었다. 아마 엘프의 시선이 닿지 않는 곳에 숨어 있을 것이다.

"그렇게 큰 소리 내지 마라."

"아, 아니, 하지만……."

"내가 전이마법을 쓴 거다. 조용히 해라. 너를 상처 입힐 이는 아무도 없다."

"——저, 전이마법?"

눈을 깜빡이며 엘프가 입을 다물었다. 매료가 통했기에 이런 태도를 보이는 것이다.

"자, 이쪽으로 와라."

반쯤 열려 있던 문을 밀어 연 아인즈는 그린 시크릿 하우스 안으로 엘프를 안내했다.

아우라와 마레는 자기 방의 약간 열린 문틈으로 이쪽을 엿보고 있을 것이다.

다크엘프인 두 사람의 모습을 보여주고 입을 가볍게 만드는 방법도 있지만, 두 사람과 얼굴을 마주하면 나중에 불상사가 생길지도 모르니 이는 피하기로 했다.

게다가 구해준 엘프 3인조에게 다크엘프는 적이 아니었다. 하지만 지금은 다를 수도 있고, 왕도에서는 다크엘프를 적으로 간주하는지도 모른다.

물론 그렇다 해도 아인즈가 '두 사람은 적이 아니다' 라고 말하면 그것으로 넘어가겠지만.

"여긴 대체……. 설마 신수(神樹)의 세계인가……?"

신수의 세계란 게 대체 무엇인지는 모르겠지만, 그들의 신화나 전설에 등장하는 존재인 듯했다. 아니, 그보다도――.

'위그드라실 플레이어와 관계가 있는 정보인가? 물어볼 필요는 있겠지만…… 너무 시간을 끌고 싶진 않아. 그건 언젠가 다음 기회에.'

아인즈는 남자를 거실의 소파에 앉혔다. 그리고 메모용지를 꺼냈다. 여기에는 남자에게 질문해야 할 사항 몇 가지가 항목별로 적혀 있었다. 쓸데없이 시간을 들일 수는 없다. 만약 실패하면 이 남자를 죽여야만 한다. 하지만 그렇게 하면 엘프 왕도 내에서 갑자기 행방불명자가 생기게 되므로, 확률은 매우 낮겠지만 귀찮은 일이 생길지도 모른다.

"그러면 친구인 내게 네가 아는 걸 이것저것 가르쳐다오. 될 수 있는 한 간결하게 말이다."

사내의 대답을 기다리지 않고 아인즈는 곧바로 말을 이었다.

"모종의 마법이나 다른 수단 때문에, 정보를 누설하면 네가 죽을 가능성이 있나?"

"뭐? 그런 게 어디 있어?"

무슨 소리를 하는 거냐는 표정을 짓지만, 단순히 그가 모르는 것뿐일 가능성이 없다고 잘라 말하기는 힘들다.

'분명, 그때는 질문을 3개 하면 끝나니까…….'

아인즈의 메모용지에는 이 경우까지도 상정해 순서대로 적어놓은 질문이 3개 있었으므로, 위에서부터 순서대로 묻기만 하면 된다.

"다크엘프 마을이 어디 있는지 아나?"

"……정확한 장소까지는 모르지만 대충 어디 있는지는 알아."

그는 왕도에서 남동쪽으로 더 가면 있다고 말했다. 혹시 몰라 자세한 위치를 물어보았지만, 삼수(三樹)라 불리는 큰 나무가 있는 곳에서 어쩌고저쩌고…… 해봤자 이 근방의 지리를 모르는 아인즈에게는 의미가 없었다.

그러므로 이런 건 이야기를 듣고 있을 아우라에게 기대하자.

"그러면 다음으로——."

질문 내용을 메모할 때, 아우라와 마레가 왜 물어보지 않느냐고 의아해했던 질문이다. 생각해보니 정말로 중요한 사항이었으므로 3번째로 적어놓았던 질문을 건넸다.

"――법국에 관해 네가 알고 있는 걸 말해다오."

"법국…… 아아, 그 못된 인간 놈들의 나라 말이지! 그놈들, 우린 아무것도 안 했는데 쳐들어왔어!"

'뭐가 뭔지 모르는 사이에 쳐들어온 악랄한 나라로, 엘프를 수백 명이나 잡아간 악마들'이라는 말로 시작된 법국의 욕은 아인즈가 당황해 말릴 때까지 엄청난 기세로 이어졌다.

다만 법국이 현재 어느 언저리까지 침공했는지, 그런 것은 한낱 일반인인 그는 모르는 일이었다. 엘프가 이기고 있는지 지고 있는지조차 잘 알지 못했다. 다만 전에 비해 순찰하는 자들이 날카로워졌으므로, 일반 엘프들은 상황이 좋지 않은가보다 생각하고 있다고 한다.

이것으로 세 가지 질문이 끝났지만, 사내에게는 아무 이상도 없었다. 역시 그것이 예외였을 것이다. 그렇다면 묻고 싶은 것들을 전부 물어보고 싶지만, 너무 시간을 들일 수도 없었다.

"다크엘프와 엘프의 관계는 어떻지? 서로 사이가 안 좋거나 한가?"

"그렇지는 않을……걸?"

살짝 시간을 둔 대답의 이유를 아인즈가 묻기도 전에 그가 먼저 말했다.

"나도 그렇고, 내 주위 사람들 중에도 다크엘프를 싫어하거나 악감정을 가진 녀석은 없어. 우리가 보기엔 꽤 먼 친척 같은 거야. 다만 이건 우리가 보기에 그렇다는 거고, 그 친구들 쪽에서는 어떤지 몰라. 전혀 만난 적이 없으니까 우릴 어떻게 생각하는지까지는 알 방법이 없지."

"마도국에 대해서는 들어본 적 있나?"

"그게 뭐야?"

즉답이었다. 뭐, 예상했던 대답이었으므로 놀라지는 않았다. 하지만 이로써, 두 사람에게 친구를 만들어준다는 계획에는 아직까지 마이너스 요소가 없다는 것을 알았다.

"묻고 싶은 건 그 정도다. ──고맙다."

"괜찮아. 친구잖아?"

사내의 대답에 자기도 모르게 조소가 떠올랐다. 조금 전에 스스로 말해놓고 이런 소리를 하기는 뭣하지만, 남의 입으로 자신에게 말하게 만든 그 단어에서는 역시 얄팍함밖에는 느껴지지 않았다. 아인즈에게 친구란 길드 멤버들뿐이다.

"그러면 끝이다."

아인즈가 신호를 보내자, 사내의 뒤에 약간 열려 있던 문에서 마레가 고개를 내밀었다. 사내가 그 사실을 알아차리지 못하도록 아인즈는 그에게 말을 건넸다.

"하지만 엘프의 문화라든가 그 외에도 이것저것 알고 싶은 것들이 많은데, 너와의 대화에 너무 시간을──."

사내의 눈이 흐리멍덩해지는가 싶더니 다음 순간 소파에 쓰러졌다. 새근새근 조용한 숨소리가 들려왔다.

이 갑작스러운 잠은 마레가 외운 주문 〈샌드맨의 모래 Sandman's Sand〉가 가져온 것이다.

아인즈는 마레와 함께 나온 아우라에게 확인을 구했다.

"……아우라. 이자의 설명만 가지고 다크엘프 마을까지 갈 수 있겠느냐?"

"아마도 갈 수 있을 거 같아요. 근처에 도착하면 다시 자세히 살펴봐야 하겠지만요."

그 말을 들을 수 있었던 것만으로도 충분했다. 아인즈는 〈기억조작〉을 기동했다.

이것이 혼자 사는 남자를 납치한 ——선택한—— 가장 큰 이유였다.

엘프의 나이는 알아보기 힘들어서, 성인으로 보이는 엘프를 납치했어도 지식이 풍부하리란 법이 없다. 어쩌면 왕도를 벗어난 적이 없는 매우 어린 엘프일 수도 있다.

반면, 자식을 가진 엘프를 잡아오면 일정한 연령대인 것은 확실하겠지만, 그 후 어떻게 하느냐의 문제가 가족의 숫자만큼 늘어나버린다.

귀찮다고 처분해버리면 일가족이 모조리 행방불명되는——그것도 저항한 흔적 하나 없이 기묘하게 행방불명되는 사태가 발생할 경우, 상당히 성가신 소동이 벌어질 것이다. 야반도주라고 생각하는 사람은 없으리라.

이 남자와 마찬가지로 〈기억조작〉을 걸려 해도, 그렇게까지 많은 마력은 없다.

그런 이유 때문에 아인즈는 혼자 사는 이 남자를 선택했던 것이다.

아인즈는 단숨에 사내의 기억을 지워버렸다. 세밀하게, 앞뒤가 맞도록 기억을 조작하는 것은 매우 어렵지만 한꺼번에——깊이 생각하지 않고 지워버리는 것은 그리 어렵지 않다.

게다가 거슬러 올라가야만 하는 기억의 양도 그리 많지 않다.

그렇기에 아인즈는 시간을 끌 수가 없었다. 만약 〈기억조작〉으로 지울 생각을 하지 않았다면 좀 더—— 매료 상태가 풀릴 때까지 마음껏 질문을 했을 것이다. 어쩌면 풀린 다음에 다시 한 번 〈전종족 매료〉를 걸어서라도 더 많은 질문을 했을 것이다.

질문의 양을 줄이고 시간을 들이지 않은 덕에, 그가 잠든 순간까지의 기억을 문제없이 지울 수 있었다. 아니, 다소 지나치게 많이 지우는 바람에 잠자리에 든 순간까지 지워버렸다.

단숨에 지우는 바람에 발생한 실수다. 천천히 지웠다간 아인즈의 마력이 부족할 수도 있었다. 남아있는 마력을 고려해보면 사실 여유가 없진 않았지만, 그것은 끝난 후이기에 할 수 있는 말이다.

이제 와서는 어쩔 수 없는 일이므로, 엘프는 다소 의문으로 생각할 수도 있지만, 그 부분은 스스로 앞뒤를 맞춰주리라 기대할 수밖에 없다.

마력은 꽤 소비했어도 면밀하게 준비해 실수 없이 여기까지 온 덕에, 이후의 계획에 지장이 없을 정도의 양은 남았다.

"그러면 다녀오마. 아우라, 마레. 계획대로 거들어주겠느냐?"

"네! 맡겨만 주세요!"

"아, 네, 넷. 열심히 할게요."

아인즈를 선두로, 아우라와 마레는 각각 사내의 팔다리를 잡고 흔들리지 않도록 옮겼다. 두 사람의 완력을 생각해보면 혼자서도 들 수 있겠지만, 어딘가 부딪쳐 대미지 판정으로 간주되면 마법이 풀려 잠에서 깨고 만다. 그랬다간 또 〈기억조작〉을 써야만 하며, 아인즈의 마력이 부족해질 우려가 있다.

물론――

'――그때는 그때대로 다른 계획을 생각해 놓았으니 문제는 없지만.'

아인즈는 우선 혼자서 그린 시크릿 하우스를 나와 〈완전불가지화〉를 발동했다. 그 후 〈전이문〉을 썼다.

당연히 이동할 곳은 엘프의 침실이다.

아인즈는 우선 혼자 문을 지나 남자의 침실로 나왔다. 그리고 얼른 주위를 둘러보고 귀를 기울였다.

'……휴우. 안심했다.'

〈전이문〉이 나타난 것을 경계하거나 이곳으로부터 달아나려는 자는 없는 듯했다. 혹시 몰라 그대로 귀를 기울이며 동태를 살폈다.

'……문제, 없는 것 같군.'

아우라처럼 뛰어난 레인저라면 아인즈에게 들리지 않을 정도로 소리를 줄일 수도 있겠지만, 아무리 아우라라 해도 일상적으로 그러지는 않는다. 그 짧은 시간 동안 이 사내의 집에 이상이 발생한 것을 알아차리고, 다시 무슨 일이 있을지도 모른다고 판단해 잠복할 베테랑 레인저가 있다니, 그렇게 모종의 악의로 점철된 것 같은, 지독히도 불운한 이벤트가 일어날 리는 없다. 그렇다면 실제로 없다고 판단해도 될 것이다.

아인즈는 〈완전불가지화〉를 해제했다. 그리고 다시 문을 지나, 머리만 내민 채 기다리던 두 사람에게 신호를 보냈다. 그러자 쌍둥이가 남자를 덜렁덜렁 흔들며 문을 빠져나왔다.

세 사람 모두 말없이 계획대로 행동했다.

우선 아우라와 마레가 남자를 풀잎 잠자리에 신중히 내려놓았다. 여기서 대미지를 입혀 눈을 뜨게 만드는 것은 너무나도 멍청한 실수다.

〈샌드맨의 모래〉는 〈수면Sleep〉보다도 강한 잠을 유발한다. 〈수면〉은 강하게 흔들면 눈을 뜨지만, 〈샌드맨의 모래〉는 대미지를 입기 전까진 눈을 뜨지 않는다.

이대로 방치했다가, 이 남자를 발견한 자가 대미지를 입혀 눈을 뜨게 만들지 못하면 그는 쇠약사한다. 그것은 이제까지 소동이 일어나지 않도록 주의 깊게 행동해왔던 아인즈가 바라는 일이 아니었다.

남자를 침대에 눕히고, 겨우 이자를 깨울 준비를 했다. 아인즈는 실내를 둘러보고 조금 전에 들어왔을 때 눈여겨보았던 장식품을 찾았다.

배가 볼록한, 두더지인지 개구리인지 모를 기묘한 ——아마도—— 생물의 나무 조각상이었으며, 지난 며칠 동안 숲에서 생활하면서는 본 적이 없는 외견이었다. 어쩌면 엘프의 신화나 전승에 나오는 공상의 생물일지도 모른다. 그런 장식품을 아인즈가 손에 들었다.

'역시 목제로군. 다만…… 생각보다 꽤 무거운걸. 나쁘진 않지만…… 혹시나 치명상을 입히기라도 하면…… 뭐, 그때는 어쩔 수 없지.'

살인사건으로 조사가 이루어진다 해도 아인즈와의 관계를 의심받을 가능성은 낮을 것이다.

아인즈가 그것을 드는 모습을 본 두 사람은 장식물이 있었던 선반 아래로 엘프를 옮겼다.

그 후 아우라와 마레에게 고개를 한 번 끄덕이자, 두 사람은 먼저 〈전이문〉 너머로 사라졌다. 이어서 아인즈도 〈전이문〉 앞에 섰다.

그리고 그 괴상한 조각상을 천장으로 던졌다.

이것이, 엘프를 의문사로 만들면 곤란한 아인즈가 취할 수 있는 최선의 방법 중 하나였다.

던져진 장식물이 어떻게 될지 지켜보지 않은 채 아인즈는 〈전이문〉으로 뛰어들었다. 그리고 즉시 〈전이문〉을 없앴다.

"좋아. 마지막으로 확인하고 오겠다. 둘 다 잠시만 기다려다오."

"네! 알았어요! 이제 얼마 안 남았네요! 힘내세요, 아인즈 님!"

"저, 저기, 어, 아인즈 님이라면 괜찮으실, 거라고, 생각하지만…… 마, 마력이 얼마 남지 않으셨을 테니까, 주의하세요."

두 사람의 응원을 받은 아인즈는 다시 〈완전불가지화〉를 쓰고 〈상위전이〉를 발동시켰다. 그리고 조금 전까지 있었던 사내의 방으로 날아갔다.

"젠장! 아프잖아! 왜 저절로 떨어지고 난리야! 게다가 왜 이런 데서 자고 있는 거야?! 술은…… 안 마셨는데……. 젠장, 진짜 아파……."

엘프가 눈을 뜨고 장식물에게 화풀이를 하는 모습이 보였다. 점점 눈물이 맺혀가는 사내를 보며 아인즈는 씨익 웃었다.

'좋아! 완전범죄 성공이다.'

사내의 태도에 연기를 하는 기색은 없었으며, 무언가 이상하다고 생각하는 분위기도 아니었다. ——아니, 자신의 위에 떨어진 장식물에 관해서는 의문이 있는 듯했지만, 아무리 그래도 누군가가 실내에 침입해 장식물을 던졌다고는 생각하지 않는 듯했다.

"……잠깐만."

사내의 의아해하는 목소리에 〈상위전이〉를 발동하려던 아인즈의 움직임이 멈추었다.

'뭔가 알아차렸나? 우리인 것까진 모르더라도 침입자가 있었다는 걸? 가게를 가진 자니까 모종의 감시장치…… 매직 아이템이라도 있었던 걸까? 나는 감지하지 못했는데…….'

"……츤고가 님이 나한테 뭔가 전하시려고 했던 게 아닐까?"

'츤고가 님? 위그드라실에는 그런 몬스터는 없었는데…….'

"츤고가 님, 츤고가 님. 뭔가 있다면 말씀을 내려주세요."

바닥에 무릎을 꿇고 고개를 조아리며 손에 든 나무 조각상을 받쳐든다. 그것은 신앙이 깊은 자가 보이는 숭배의 자세였다.

'……그냥 토착신앙인가? 그 전에 이 녀석은 왜 이렇게 혼잣말이 많아? 누가 있다고 생각하고 일부러 들려주는 건가? 츤고가인지 하는 신에게 바치는 기도?'

조금 전까지는 이용하기만 했던 사내가 뭔가 정체 모를 인물로 바뀌고 있었다. 다시 한 번 잡아다가 죽여야 할까 망설이다가, 관두기로 했다. 지금은 단순한 신자일 가능성이 높기 때문이다. 그러나 경계는 해두는 편이 좋을 것이다. 가능하다면 감시를 위해 무언가를 남겨두고 싶지만, 아인즈라 해도 그것은 어려웠다. 유용한 마법이 없기 때문이다. 이따금 마법으로 감시하는 정도가 아닐까.

아인즈는 혀를 한 번 차고 ——혀는 없지만—— 〈상위전이〉를 발동해 그린 시크릿 하우스 앞까지 돌아갔다.

〈완전불가지화〉를 해제한 아인즈가 엄지만 세운 포즈를 잡자, 그곳에서 기다리던 두 사람이 웃음을 보였다. 솔직히 말하자면 가장 큰 우려사항이 남았지만, 대응이 어려우므로 쓸데없는 불안을 품게 할 만한 말은 하지 않았다.

"네, 여러분. 많은 협조에 진심으로 감사드립니다. 오늘의 업무는 이것으로 종료되었습니다."

아인즈의 연극적인 말에 두 사람은 한순간 놀란 표정을 지었으나, 이내 다시 얼굴에 웃음을 되찾았다.

"시간이 늦었사오니 일찍 잠자리에 들어 아침에 피로가 남지 않도록 해 주시기 바랍니다."

"네!"

두 사람은 씩씩하게 대답했다.

"그러면 이미 오늘이 됐지만, 아침 기상시간을 정하겠습니다. 네—— 원하는 시간에 일어나도 좋지만, 점심시간까지 자는 건 안 됩니다. 어디보자, 9시까지 일어나면 아침은 제가 나자릭까지 돌아가 가져오도록 하겠습니다."

"네!"

다시 두 사람이 힘차게 대답하고, 아우라가 마레의 옆구리를 팔꿈치로 가볍게 쿡 찔렀다.

마레를 놀릴 의도는 전혀 없었는데.

"자, 그러면── 수고하셨습니다!"

아인즈의 인사에 이어 두 사람도 "수고하셨습니다!" 하고 말했다.

"그러면 해산!"

3

다크엘프 마을을 향해 출발했다.

엘프의 이야기를 힌트로 삼아, 펜리르를 타고 지상을 달렸다. 하늘에서 목적지를 찾을 수 있었다면 곧장 갈 수 있었겠지만, 유감스럽게도 아우라라 해도 발견하지는 못했다.

숲속을 달려가니, 마치 녹색이 스며든 듯한 공기가 아인즈의 얼굴을 두드렸다. 깊은 숲 특유의, 그것도 매우 진한 향이 코를 간질였다. 이것은 아인즈의 기분 탓일지도 모르지만 토브 대삼림의 공기와도 다른 것 같았다. 만약 이것이 아인즈의 기분 탓이 아니라면, 세계는 비슷하더라도 크게 다른, 다양한 변화로 넘쳐나고 있다는 뜻이리라.

멍하니 그런 생각을 하고 있으려니, 이 광대한 세계를 둘러보고 싶다는 욕구가 마음을 살짝 자극했다.

일반인이 대수해의 길 없는 길을 나아가면 축축 늘어진 넝쿨이나 우뚝 솟은 나무들이 방해가 되어 일직선으로 나아가기란 당연히 어렵고, 어느 샌가 완전히 다른 방향으로 나아가고 있을 것이다.

사내에게 들었던 말로는 다크엘프 마을은 일주일쯤 걸리는 거리에 있다고 했다.

숲에 적응한 엘프라고는 하지만, 이 수해는 하루 15킬로미터만 나아갈 수 있어도 양호한 편일 것이다. 그렇게 따지면 약 100킬로미터 떨어진 곳이라는 뜻이 된다. 아인즈 일행은 그런 거리를 1시간 조금 넘게 걸려 답파했다. 주위의 확인이 필요하지 않았다면 더 빨리 도착했을 것이다.

그만큼 펜리르가 우수하다는 뜻이다. 특히 〈숲 건너기〉라는 펜리르의 능력이 도움이 됐다. 나무나 깊은 덤불 같은 것이 마치 펜리르를 피하듯 움직여주므로 거의 일직선으로 나아갈 수 있었던 것이다. 아무리 펜리르라 해도 〈숲 건너기〉 능력이 없었다면 이렇게까지 짧은 시간 사이에 답파할 수는 없었으리라.

다만——

"이 근처일 것 같은데 말이죠……."

아인즈의 앞에 타고 있던 아우라가 고개를 갸웃거렸다.

엘프 마을은 나무를 사용해 짓기 때문에, 숲속에서 발견하기란 상당히 어렵다. 물론 그렇기에 나무를 써서 마을을 만드는 문명이 발달했을 것이다. 주위의 나무를 베어낸 엘프의 왕도 쪽이 예외다.

그렇다 해도 레인저로서 나름 높은 능력을 가진 아우라가 발견하지 못할 정도로 교묘히 숨기기란 불가능할 터. 오면서 발견하지 못했으리라고는 생각하기 어려우니, 목적지인 마을에는 아직 도착하지 못했을 것이다.

"목적지까지 가는 길이 잘못되지 않았다면 아무 문제도 없다.

무엇보다 지나치게 접근하면 그건 그거대로 곤란하지."

아인즈는 장착 중인 가면을 손으로 쓰다듬었다.

"우리가 먼저 마을을 발견하는 편이 바람직하고, 가능하면 주위의 다크엘프에게서 들키지 않을 만한 곳에 잠복해 상대의 정보를 얻고 싶으니 말이다."

가장 무서운 것은 전혀 뜬금없는 곳에 와버렸을 때다. 하지만 그럴 걱정은 별로 하지 않았다.

물론 이런 수해의, 이정표랄 것도 없는 장소를 헤매지 않고 가라고 한다면 아인즈 혼자서는 절대 불가능하다. 엘프에게 들은 경로는 대략 2500 걸음 나아간 곳에 큰 바위가 있고, 그곳에서 세 그루의 나무가 나란히 서 있는 방향으로 3천 걸음 정도 나아간다는 식이었다. 전혀 이해가 안 가는 설명이었다.

다만 아우라는 달랐다.

물론 아우라도 이따금 곤혹스러워하며 주위를 탐색하는 경우가 있었지만, 그래도 거의 자신 있게 이곳까지 안내해준 것이다.

'레인저란 게 이렇게 대단한 건가, 아니면 아우라가 대단한 건가…….'

드워프 나라로 이동할 때는 그렇게까지 느끼지 못했는데, 이번 여행은 레인저 없이는 불가능했을 것이다. 아인즈는 속으로 그런 결론을 내렸다.

위그드라실에도 이런 밀림은 있었지만, 지금 생각해보면 그건 그나마 점잖은 편에 속했다고 할 수 있다. 진짜 정글이란 것이 이렇게나 무시무시할 줄은 몰랐다.

다만 그런 반면 가슴 한구석이 설레는 것도 사실이었다.

'이런 오지에서…… 만약 무슨 일이 생긴다면, 하는 미지를 추구하는 기분이 이해가 가……. *월드 서처즈였던가…….'

탐험자란 이들은 이 설렘을 추구하는 것이리라. 아인즈가 추구하는 진짜 모험자의 모습이다.

'……모든 것을 버리고 이 세계를 탐색하며 걷는다면…….'

다시 멀거니 그런 생각을 하던 아인즈는 고개를 가로저었다. 그런 일이 가능할 리가 없다. 나자릭 지하대분묘의 절대지배자 아인즈 울 고운에게는 결코 용납되지 않을 행위다.

그러나—— 조금이라면 괜찮지 않을까. 나자릭을 버리지는 않고, 지금처럼 유급휴가를 낸다면.

'하지만 몇 번이나 똑같은 일을 생각하고 있구나. 솔직히 무거운 짐을 내팽개치고 도망치고 싶다는 마음 때문에 온 게 아니라고는 못할 테니까……. 결국 나는 성장하지 않은 채 제자리걸음만 하고 있는 것뿐인지도 모르지. 언데드니까 성장할 수 없는 건가? 아니면 나라서 성장할 수 없는 건가? 그런 생각을 하면 한숨밖에 안 나오는데……. 하아. 슬픈 생각이나 해봤자 소용없지. 일단은…… 이번에는 아우라와 마레지만, 다음 기회가 오면 코퀴토스와 데미우르고스 둘을 데리고 오는 건 어떨까? ……그때 이후 처음이군.'

아인즈는 카체 평야에서 육상선을 손에 넣었던 때를 떠올렸다.

'좋아! 부정적인 생각은 일단 버리고 긍정적으로 생각하자.

---

* 월드 서처즈 : 위그드라실 시절의 플레이어 길드. 세계 랭킹 2위. 게임 내에서 밝혀지지 않는 비경을 탐험하는 데 중점을 둔 길드로, 아인즈가 에 란텔에서 지원하고자 하는 모험자 길드의 모험자상은 이들에게서 받은 힌트를 얻었다고 한다.

만약 비슷한 여행을 하게 된다면, 레인저 없이는 상당히 힘들겠지만, 지혜와 영감으로 넘어서기 위해 노력하는 것도 꽤 재미있을지 몰라.'

이번에는 아우라 덕에 여기까지 순조롭게 올 수 있었다. 하지만 그만큼 아인즈가 아무것도 하지 않는다는 점이 조금 심심했다.

물론 주제넘게 나서서 자신에게 시켜달라고 할 수도 있고, 그랬다면 아우라도 신경을 써서 한 발 물러나줬을 것이다. 아인즈가 틀린 점은 분명 언짢아하지 않도록 배려해주며 무언가 가르쳐줬을지도 모른다. 그러나——.

'——그런 건 사양하겠어. 안 그래도 마도국의 운영에 방해가 되는 건 아닐까 싶을 정도니까!'

그러므로 역시 아우라가 없을 때에 다 같이 왁자지껄 떠들며 머리를 쥐어짜내 모험을 하고 싶었다. 하지만 이렇게 생각할 수 있는 것은, 모험에서는 아인즈가 자신의 힘에 대해 자신감이 있기 때문일 것이다.

설령 미지의 장소에서 앞길을 알 수 없더라도 전이를 쓰면 어디로든 돌아올 수 있다.

설령 덤불 속에서 미지의 마수가 나타나더라도 어떻게든 대처할 수 있을 테고, 최악의 경우에도 나자릭으로 도망치면 된다.

'모험자를 미지의 세계로 보낸다. 그 자체는 잘못된 게 아니야. 아인잭도 찬성했잖아. 하지만 나를 기준으로 생각하면 안 되겠지. 정말, 이런 장소에서 아우라의 활약을 보고 있으면 모험자들을 확실하게 단련시킬 필요성이 느껴진다니까.'

딱히 아인즈는 모험자가 죽기를 바라는 것은 아니다.

'토브 대삼림에서 훈련을 시키거나 하고는 있지만…….'

완전히 나자릭이 지배하게 된 토브 대삼림과 이곳은 위험도도 크게 다를 것이다. 토브 대삼림에서 경험을 쌓고, 이곳에서 최종시험을 보는 것도 나쁘지 않을지 모른다. 다만 그 부분은 마레와 상담이 필요할 것이다.

"저, 저기, 아인즈 님?"

"응? 아, 미안하다, 아우라. 잠시 생각에 몰두해버렸구나. 그래, 무슨 일이냐?"

"어, 아뇨, 이제 어떻게 할까요?"

아인즈는 하늘을 올려다보았다. 녹색 잎이 무성히 우거진 나뭇가지 때문에 하늘은 보이지 않는다. 하지만 불그레한 태양이 지상에 빛을 드리우는 것은 충분하고도 남을 만큼 잘 알 수 있었다.

"흐음. 지난번과 마찬가지로 다크엘프 같은 지적생물의 행동 에어리어에서 떨어진── 발견되기 어려운 장소를 확보하고, 거길 체류 장소로 삼자꾸나."

"알겠습니다! 그러면 잠깐만 시간을 내주시겠어요?"

"물론이다."

아인즈가 대답하자 아우라가 펜리르에서 훌쩍 뛰어내렸다. 그러나 달려가려 하는 아우라를 아인즈가 황급히 불러 세웠다.

"잠깐만, 아우라. 펜리르도 데려가거라. 우리는 이곳에서 기다리겠지만 걱정할 필요는 없다. 펜리르 대신 몬스터를 소환해 놓을 테니. 그렇지, 마레?"

"네, 네에, 아인즈 님."

아인즈의 뒤——다시 말해 펜리르의 머리 쪽부터 시작해 아우라, 아인즈, 마레 순서대로 타고 있었다——에서 마레가 대답했다.

펜리르의 지각능력이 있으면 누군가가 접근하는 것을 금방 감지할 수 있으므로, 그런 능력이 떨어지는 아인즈와 마레에게는 매우 고마운 존재다. 하지만 그렇게 되면 아우라가 단독행동을 하게 된다.

아인즈처럼 몬스터를 소환하는 능력이 있다면 몰라도, 아우라에게는 그런 능력이 없다. 이 미지의 지역에서 방패도 없이 보내는 것은 걱정이 되었다. 매직 아이템으로 대체하는 방법도 있지만 소환을 위해서는 한 동작이 더 필요하고, 제한시간 같은 것도 고려하면 별로 좋은 방법은 아니었다.

'지나친 걱정이긴 하겠지만, 펜리르를 데리고 있는 편이 아우라의 일도 빨리 끝날 테니까.'

아우라는 뭔가 말하고 싶어 하는 기색을 보였으나, 이내 알았다고 대답했다. 그러므로 아인즈와 마레가 내리자 그대로 펜리르를 타고 달려갔다. 1명과 1마리의 모습은 금방 숲 저편으로 사라져서 보이지 않았다.

"그러면 마레. 우리는 이 근처에서 조용히, 최대한 들키지 않도록 숨어 있자꾸나. 우리가 누군가에게 들키면 아우라의 노력을 헛되이 하는 셈이니까."

"네, 네에. 어, 저기, 그럼, 그린 시크릿 하우스를 쓰실 건가요?"

"그것도 좋겠다만, 그 전에 한 가지 해둬야 할 것이 있지."

아인즈 혼자라면 〈완전불가지화〉가 가장 효과적이겠지만 그 마법은 남에게 걸어줄 수가 없다. 게다가 마레는 쓸 수 없으므로 다른 수단을 택해야 한다. 그것이 조금 전 말했던 몬스터 소환이다.

아인즈는 아이템 박스에서 조그만 우상—— 매직 아이템을 꺼냈다.

케르베로스 마수상Statue of Magical Beast: Cerberus.

과거에 쓴 적이 있었던 군마동물상Statue of Animal: Warhorse과 같은 제작자가 만든 매직 아이템이다. 근육의 융기까지도 세밀하게 조각된, 약동감이 넘치는 멋진 만듦새를 자랑하는 것이 하나의 예술품 같았다.

아인즈가 그것을 사용하자 단숨에 커지더니 마수의 모습이 되었다.

모습을 나타낸 것은 물론 케르베로스.

개 같기도 하고 사자 같기도 한 세 개의 머리로 물고, 날카로운 발톱으로 할퀴고, 꼬리의 독사로 물고, 모든 공격에 화염 대미지를 추가할 수도 있으며, 불꽃과 독에는 완전내성을 가진, 상당한 전투능력을 가진 대형 고위 마수다.

〈제10위계 괴물 소환Summon Monster 10th〉으로 소환할 수 있는 몬스터라고 한다면 왜 이렇게 강한지도 이해가 갈 것이다.

그렇다고는 하나, 아인즈 수준의 플레이어라면 별로 어렵지 않게 해치울 수 있는 몬스터다. 하지만 이것은 어쩔 수 없다.

소환 몬스터의 역할은 적의 약점을 찌르거나, 함정에 대신 걸려주거나, 공격수단을 늘리거나, 혹은 방패의 역할 정도지 다른 플레이어를 단독으로 쓰러뜨리는 것이 아니다.

물론 특수기술로 케르베로스를 마구 강화하면 좀 더 싸울 수 있을 것이다. 예를 들면 아인즈가 소환한 언데드는 다소 강해진다. 그래도 같은 레벨대의 전투 클래스 플레이어와 비교하면 아무래도 전투력이 딸려, 어지간히 상성이 나쁘거나 불합리한 빌드가 아니고서는 일대일로 싸워 플레이어가 지는 일은 거의 없다.

아인즈가 백안시체Eyeball Corpse가 아니라 케르베로스를 선택한 것은, 우선 첫 번째로 짐승 계통 몬스터라면 탐지능력이 뛰어날 거라 내다보았기 때문이다.

그리고 또 한 가지 이유는, 시각보다도 후각이나 청각이 뛰어난 편이 수해에서 탐지에 뛰어나리라고 생각해서다.

케르베로스는 레벨로는 펜리르보다 낮지만, 뭐니 뭐니 해도 머리가 3개나 된다. 후각도 틀림없이 3배일 것이다―― 아마도.

"우와아."

처음 보는 마수가 나타나서인지 마레가 놀란 소리를 냈다. 결코 강하겠다고 생각해서는 아닐 것이다.

실제로 마레가 케르베로스와 싸우면 케르베로스에게 승산은 없다. 아마 완력만으로도 밟아버릴 수 있으리라.

"자, 케르베로스. 이 자리에 없는 누군가가 접근하는 냄새를 맡으면 우리에게 가르쳐다오."

케르베로스의 머리들이 각자 으르렁거리는 소리를 냈다. 의욕과 자신감이 느껴지는 목소리였다. 아인즈는 "맡겨만 주십쇼." 하는 기척에 기쁜 마음이 들어 마레에게 자랑스러운 표정

——아마도 마레는 못 알아봤을 것이다——을 지었다.

"그래, 몇 백 미터 정도까지 냄새를 분간할 수 있느냐?"

케르베로스들——머리의 숫자 때문에 복수형으로 불러야 하지 않을까——의 움직임이 뚝 멈추었다.

"왜 그러느냐?"

전해져오는 것은 "큰났네." "네?" "저기?" 하는 분위기였다. 그리고 "몇 백 미터요?" 하는 불안스러운 감정이 느껴졌다.

전해졌다고 해도 아인즈가 그런 느낌으로 받아들였을 뿐이고, 실제로는 전혀 아닐 가능성도 충분히 있을 수 있다.

"——그렇다. 머리가 셋이나 되지 않느냐. 펜리르보다는 뛰어나겠지?"

케르베로스가 귀엽게 끄응 소리를 내며 널브럭 배를 보였다.

아마 강아지가 했다면 아인즈는 귀여움을 느끼고 그 무방비한 배를 쓰다듬어줬을지도 모른다. 하지만 상대는 케르베로스다. 까놓고 말해 귀엽지 않다. 거구도 거구지만, 무엇보다 얼굴이 너무 흉악했다.

아인즈가 케르베로스를 쳐다보고 있으려니, 보기 딱했는지 마레가 케르베로스의 배를 쓰다듬었다.

"……응? 뭘 하는 거냐?"

아인즈가 묻자, 배를 쓰다듬어주는 마레에게 주의하면서 천천히 일어난 케르베로스는 결의의 표정으로 으르렁거렸다. "힘내겠습다." "해보겠습다." "무리임다." 세 개의 감정이 전해지는 듯했다.

아인즈는 부정적인 감정이 3분의 1이라는 점에 착안했다.

“……무리라면 무리여도 상관없다만? 억지로 시켜서 실패하는 것이 더 위험하지. ……주위의 냄새를 맡고, 낯선 자가 오고 있는지 어떤지는 알아낼 수 있겠지?”

아인즈도, 자기가 말하기는 했지만, 아무리 그래도 수백 미터는 무리가 아닐까 하는 생각은 있었다.

“에헤헤…… 그 정도라면 괜찮습다.” “가능함다.” “할 수 있습다.” 하는 기척에 아인즈는 고개를 끄덕였다.

“그럼 해라.”

케르베로스가 으르렁거리는 소리를 냈다. 킁킁 냄새를 맡는다.

참고로 이러한 아인즈의 명령은 말로 하지 않아도 가능하다. 〈정적〉 같은 마법에 당했더라도 소환 몬스터에게 명령을 내릴 수 있다. 만약 소환자와 피소환자의 링크를 모종의 방법으로 방해하고 싶다면, 소환사와의 전투에 특화된 매우 첨예한 빌드가 필요하다.

구태여 언어로 명령한 것은, 케르베로스와 지긋이 마주 보기만 해서는 무엇을 하는 건지 마레가 이해할 수 없으리라 생각했기 때문이었다.

“그러면 다음에는 역시 아까 마레가 말한 대로 그린 시크릿 하우스를 만들어서 안에 숨자꾸나. 우리의 모습이 발견되지 않는 게 제일이니까.”

“네!”

마레는 자신의 제안이 통한 것이 기쁜 모양이었다.

실제로 마레의 제안이 그리 엉뚱한 것은 아니었다.

아인즈도 마레도 자신이 지나온 흔적을 지울 만한 은폐기술은 없다. 그렇기에 부주의하게 얼쩡거릴 경우, 야외활동의 전문가가 보면 대번에 위치를 알 만한 단서를 남길지도 모른다.

따라서 이곳에서 움직이지 않는 것이 현명하다. 〈미채Camouflage〉와 같이 드루이드나 레인저가 사용할 수 있는 마법을 쓰고 가만히 있는 것이 제일이겠지만, 유감스럽게도 이곳에는 그 마법을 쓸 수 있는 사람이 없다. 마레가 드루이드이긴 해도 실제 빌드는 매우 첨예한 특화형 드루이드다. 그의 마법은 대량학살에 가장 적합하며, 일반적인 드루이드의 마법은 아이템에 의존하거나, 몇 가지 강화 계통 외에는 거의 습득하지 않았을 것이다.

그렇게 치면 역시 그린 시크릿 하우스를 꺼내 그 속에 들어가 몸을 숨기는 것이―― 이동하지 않아 발자국 같은 것을 만들지 않기 위한 잠복장소로 삼는 것이 정답이다.

다만 문제가 있다.

솔직히 말해, 아인즈가 체면이 안 산다는 생각이 들어버린다는 것이다.

아우라는 열심히 일하는데 자신만 혼자 느긋하게 있어도 되는 걸까.

아니, 물론 아인즈도 적재적소라는 말 정도는 안다. 과거에 귀찮은 일을 떠맡았을 때 들었던 말이라 찾아본 기억이 있다. 그리고 무능력한 주제에 부지런한 자야말로 가장 골치 아픈 놈이라는 뿡실모에의 말을 기억했다.

그러므로 이것은 올바른 행동일 것이다.

다만, 이것이 마도왕으로서 부하 계층수호자에게 맡긴다는 것이라면 아무 문제도 없다. 하지만── 아인즈는 어떤 이유로 여행을 떠났던가.

그것은 유급휴가다.

심지어 말을 꺼낸 어른이 놀고 있는데 데리고 나온 아이를 일하게 만들다니, 죄책감이 엄청나다.

아인즈는 필사적으로 머리를 굴려보았지만, 아우라의 일을 도와줄 수는 없고, 이곳에서 무언가 해야 할 일도 떠오르지 않았다. 마레를 상대하고 있었다는 변명 외에는.

'아이를 돌봐주고 있었다고 자신을 속이……는 건 도피, 겠지. 하지만, 그 정도밖에는…… 아우라를 지원할 수단이 떠오르질 않아. ……그럼 뭘 하면, 나도 해야 할 일을 하고 있었다고 존경을 받을까…… 아니, 최소한의 책무를 다한 어른이 될 수 있을까?'

지금은 들키지 않는 것이 일이라고 자신을 수긍시켜야 할까?

아무리 생각해도 완벽한 답은 나오지 않았다.

풀이 죽은 아인즈는 마레에게 말했다.

"……그러면 그린 시크릿 하우스 안에서 아우라가 돌아오기를 기다리자꾸나."

"네!"

밝은 마레의 대답에 아인즈는 조금 구원을 받은 기분이 들었다.

*

안킬로우르수스라는 마수가 존재한다.

멀리서는 곰처럼 보이기도 하지만, 일찌감치 차이를 분간하지 못하면 돌이킬 수 없는 사태가 발생한다.

몸길이는 2미터에서 3미터. 2쌍 4개의 앞발과 2개의 뒷발이 있다. 앞발 4개 중 2개는 거의 전투에 쓰이므로 날카롭고 뾰족한 60센티미터 이상의 발톱이 돋아나 있으며, 경도는 강철조차 능가한다. 허리에서는 굵고 긴 꼬리가 늘어졌으며 끄트머리에는 해머와도 같은 혹이 있다.

그리고 몸의 대부분을 단단한 ――비늘에서 발달한―― 장갑이 보호하고 있다. 거구를 지탱하는 파워는 무시무시해서, 단단하고 날카로운 발톱과 뛰어난 근력으로 자아내는 일격은 인간을 갑옷과 함께 종잇장처럼 양단할 수 있다.

다만―― 경계해야 할 점은 그뿐이다.

무시무시한 특수능력을 가진 것도, 강대한 마법을 사용할 수 있는 것도 아니다. 안킬로우르수스가 사용하는 것은 〈방향Fragrance〉이라는 마법뿐이며, 그 자체는 전투에 쓸 수 있는 것이 아니다. 그렇기에 수해에서 상위에 속하는 포식자이기는 해도 결코 최강종은 아니다.

그러나 예외가 있다.

그것은 몸길이 4미터가 넘으며, 가공할 특수능력을 가진 몬스터도, 강대한 마법을 사용하는 몬스터도 신체능력만으로 없애버릴 수 있는 존재.

모르는 이가 보면 다른 종류로 착각해도 이상하지 않은――

그야말로 왕종Lord이라 부르기에 어울리는 안킬로우르수스였다.

이제까지 뜯어먹고 있던 생물의 배에서 고개를 든 놈은 중저음의, 듣는 이의 마음을 공포로 가득 채우는 듯한 목소리로 작게 으르렁거렸다. 입가에서는 긴 내장이 흘러 떨어졌다.

훅, 훅, 피에 젖은 숨을 토해내며 공기 속의 냄새를 맡는다. 얼굴은 피로 젖었지만 맡아본 적이 없는 냄새가 둘 있다는 것을 감지할 수는 있었다. 서로의 냄새가 섞여 있었으므로 반려 한 쌍일지도 모른다.

이미 배는 채웠다.

무시해도 될 것이다.

하지만—— 놈은 불쾌감 때문에 천천히 발을 옮겼다.

이 근방은 자신의 영역이다. 그곳에 들어와 제집인 양 돌아다니는 것을 용서할 수는 없었다.

굵은 뒷발로 서서 나무에 발톱으로 생채기를 낸 다음 몸을 비볐다. 자신의 영역임을 명확히 증명하고, 놈은 냄새가 나는 곳으로 걸어갔다.

도중에 〈방향〉을 사용해 자신의 체취나 몸에 달라붙은 피 냄새를 털어냈다. 이렇게 해 거구인 안킬로우르수스는 사냥감에 다가갈 수 있는 것이다. 그렇지 않으면 이 숲속에서 사냥감을 잡기란 상당히 어렵다.

냄새가 강해졌다.

이쪽을 알아차린 기색은 없다. 만약 알아차렸다면 다른 움직임을 보였을 것이다. 예를 들면 멈춰 서서 소리를 듣는다거나. 혹은 일직선으로 도망치려 한다거나. 하지만 놈들은 그중 어떤 행동도 보이지 않았다. 아니면—— 두 마리가 있으면 이길 수 있으리라고 생각한 걸까.

냄새 근처까지 최대한 조용히 접근했다. 아직 나무 사이에 숨어 상대를 눈으로 볼 수는 없었다.

하지만 그것으로 충분했다. 사냥감을 해치울 때는 늘 그랬다. 이쪽에서 상대가 보인다는 것은 상대에게서도 자신이 보인다는 뜻이다. 서로가 볼 수 있을 때까지는 결코 서두르지 않고, 주의 깊게 냄새를 맡으며 몰래 다가가, 그 후에는 단숨에—— 순발력을 살려 거리를 좁히는 것이 놈의 사냥이었다.

가까운 곳까지 도착했다. 냄새는 움직이지 않는다.

그러므로—— 놈은 평소의 사냥과 마찬가지로, 단숨에 달려 나갔다. 거구지만 나무들 사이를 바람이 지나는 것처럼 질주했다.

〈숲 건너기〉처럼 편리한 능력은 없으므로, 이 근처를 자신의 영역으로 삼을 때 자신이 쉽게 지나갈 수 있도록 방해가 되는 나무는 모두 베어 쓰러뜨렸다. 물론 어지간한 나무 따위로 돌진을 막을 수는 없지만, 상대가 잽싸다면 이를 기회로 도망쳐버릴 수도 있기 때문이다.

놈은 분명 압도적인 강자지만 사냥이 매번 성공하는 것은 아니다. 그렇기에 대비하는 것이다.

전방에 냄새의 근원이 있다.

검고 작은 것과, 검고 큰 것. 큰 것 위에 작은 것이 있다.

놈들은 반려가 아니다. 아마 서로 다른 생물일 것이다.

하지만 그리 이상한 일은 아니다. 그런 생물이 있다. 서로가 서로를 도와주는 것이다. 그렇게 포식자로부터 몸을 지키는 피포식자의 지혜. 예를 들면 위의 놈이 특수한 힘을 쓰고, 아래의 놈은 뛰어서 도망친다는 식이다.

하지만 놈이 보기에는 둘 다 단순한 먹이에 불과했다.

놈은 웃었다.

이 거리라면 이제 놓치지 않는다. 작은 놈은 한 입 거리도 안 될 것 같지만 아래 놈은 제법 대물이다. 지금은 배가 부르니 땅에라도 묻어 보관하면 된다.

하지만—— 아무래도 이상하다.

이쪽은 격렬하게 발을 울리며 돌진하고 있다. 아무리 둔한 놈이라도 알아차렸을 테고, 알아차렸다면 무언가 행동을 보일 것이다.

그렇다면 왜, 검은 놈은 겁을 먹지 않는가. 왜 도망치지 않는가. 놈과 만난 어지간한 생물은 그런 반응을 보인다. 예외라고 하면 동족 정도뿐이다.

아니면 겁이 나 발이 얼어붙은 걸까.

놈은 달리면서 조금 생각했다.

공포에 얼어붙은 사냥감의 고기는 별로다. 놈의 취향은 반쯤 죽여서 서서히 죽어갈 때의—— 느슨해져가는 고기를 가장 선호했다. 산 채로 내장을 먹힌 후의, 삶을 포기한 고기야말로 가장 맛있다.

"크어어어어어어어!"

놈은 일어나며 사냥감 앞에서 포효했다.

단순한 위협이 아니다. 공포를 주는 것이다.

——자, 도망쳐라. 아직 살 수 있을지도 모르잖아? 부디 네 고기의 맛을 좋게 해줘.

놈은 마음속으로 그렇게 중얼거렸다. 이미 이 간격이라면 도망칠 방법은 없다. 사냥의 성공이 확실히 보장되었기에 보이는 여유였다.

"헤에~ 처음 보는 녀석이네. 귀여운 곰이다."

작은 놈이 울음소리를 냈다.

그러고 보니.

놈은 생각했다. 이 작은 놈과 비슷한 것이 나무 위에 있는 모습을 최근에 본 적이 있다. 원래 안킬로우르수스는 나무에도 오를 수 있지만 놈은 거구 탓에 나무타기가 서툴렀다. 그러므로 나무 위에 있는 먹이를 잡으려면 그 나무를 베어 쓰러뜨려 지면에 패대기친 다음에 포식하게 된다. 하지만 그때는 배도 부르고 멀리 있었으므로 귀찮아서 그냥 보내주었다.

하지만 지금, 지상에 있는 것이라면 사양할 필요가 없다.

아래의 검은 놈은 움직이지도 않은 채 이쪽을 쳐다보고 있다.

커다란 발톱이 돋아난 앞발을 휘둘렀다.

놓치지 않으려면 우선 아래 놈부터다.

철썩 하는 소리와 함께, 놈이 휘두른 앞발이 뜨거워졌다. 그리고—— 격통으로 바뀌었다.

놈은 자세를 무너뜨리며 엉덩방아를 찧었다.

격통이 느껴지는 앞발을 황급히 보았다.

있다.

사라진 것은 아니다. 하지만 너무나도 큰 아픔에 전혀 움직이질 않았다.

"끄으으으으……."

쳐다보니 위의 작은 놈이 길고 뱀처럼 구물구물하는 것을 손에 늘어뜨리고 있었다. 저걸로 공격당한 걸까? 어쩌면 독일지도 모른다. 어렸을 때 거대한 독사에게 물렸을 때와, 이 찌릿찌릿하는 감각이 비슷한 것 같았다.

"자~ 날뛰지 말자, 날뛰지 말자."

작은 놈이 손을 흔들자 근처의 나무가 팡 하고 커다란 소리를 냈다. 손에서 뻗어나간 뱀 같은 것이 나무를 후려친 것이다. 그 충격에 나무껍질이 튕겨나가고 안에서부터 터져나간 것처럼 변했다.

자신도 저 정도는 할 수 있다. 그럼에도 오싹하는 것이 온몸을 휩쓸었다.

정말로 이 녀석은 작은 걸까?

놈의 눈에는 서서히 서서히, 공연히 크게 보였다.

"옳지, 옳지. 무섭지 않아~. 봐봐, 하나도 안 무서워~."

울음소리를 내며 위의 작은 것이 아래의 큰 것으로부터 분리되었다. 지면에 내려와 두 앞발을 넓게 벌리고 다가온다. 역시 너무나도 작다. 자신과 얼마나 차이가 있는 걸까.

자신이 포식자고 상대는 피포식자——여야 하는데. 그렇다면 —— 왜 이놈은 두려워하지도 않고 다가온단 말인가.

마치—— 상대야말로 포식자인 것처럼.

놈은 다가오는 조그만 놈으로부터 큰 놈에게 눈을 돌렸다.
이쪽을 빤히 보고 있다.
이것 또한 이해할 수 없었다. 놈과 처음 만난 생물 중 이런 태도를 보이는 것은 하나도 없었다.
놈은 정체 모를 공포 때문에 등을 보이고 도망쳤다.
어릴 적—— 어미와 헤어져 독립했을 무렵, 감당할 수 없는 상대로부터 도망쳤던 경험은 몇 번이나 있었다. 그러므로 뭔지 모를 것으로부터 도망친다고 부끄러워한 적은 없다.
하지만 놈의 뒷발에 무언가가 감기더니——
"영차."
시야가 한 바퀴 홱 뒤집혔다.
끌려가는 듯 급격한 부유감이 놈을 사로잡고, 등에 충격이 전해졌다.
어째서인지 자신이 반회전해 땅바닥에 널브러져 있었다.
몸을 일으켜보니, 붙들린 뒷발에 긴 뱀 같은 것이 감겨 있고, 그 끝은 작은 놈이 들고 있었다.
무엇이 어떻게 되었는지 전혀 알 수 없었지만, 저 작은 놈이 자신을 넘어뜨렸던 것이리라. 저 조그만 몸으로——
"아이참. 도망치면 안 된다니까."
이를 드러내며 조그만 놈이 으르렁거렸다.
틀림없이 너를 먹겠다는 울음소리일 것이다. 이 조그만 놈은 털이 곤두설 만한 공포를 뿜어내지도 않고 사냥감을 습격할 수 있는 모양이다. 어쩌면 매복형 포식자일지도 모른다. 그때 나무 위에서 봤던 놈도 이만큼 강했을까?

"으음~ 역시 안 되나? 아인즈 님을 기다리게 해드릴 수도 없고……. 생포하는 것보다도 죽여서 가죽을 벗기는 게 나으려나. 그래도 아까운데에. 내 실험에도 쓸 수 있을 것 같고. 으음~…… 아인즈 님도 죽이는 건 마지막 수단이라고 하셨고……."

이쪽을 가만히 쳐다본다. 혹시 움직임이 둔해진 걸까. 그러니까 손에서 뻗어나온 저 뱀 같은 것을 써서 사냥감을 포박하는 거다.

놈은 다리에 감긴 뱀 같은 것을 뜯어내려 했다. 하지만 불가능했다. 단단히 파고들어 떨어지질 않는다.

그렇다면.

놈은 자랑스러운 발톱을 썼다. 이것으로 끊어지지 않을 리가 없다.

'그?'

놈은 곤혹스러워했다. 끊어지지 않는다. 이제까지 모든 것을 베었던 발톱인데도 끊어지지 않는다.

"그래그래, 저항하지 말자."

몸이 주르륵 움직였다. 몸에 감긴 뱀을 손으로 끌어당긴 것이다. 지면에 자국을 남기며 점점 끌려갔다.

이제는 틀림없다. 저 조그만 놈은 무시무시한 힘을 가졌다.

"하는 수 없지. 별로 좋아하는 방법은 아니지만 한번 해보고…… 안 되면 죽일까."

발에서 뱀 같은 것이 떨어졌다. 도망쳐야 한다고 생각하기도 전에, 파직 하는 소리와 함께 몸에 아픔이 내달렸다.

"끄오오오오!"

잇달아 아픔이 내달렸다. 팔, 다리, 얼굴, 배, 꼬리 ——는 별로 아프지 않았다—— 몸을 숨기려 하면 등. 몸을 뒤틀면 콧등에 고통이 쏟아졌다.

아픔을 참으며 도망치려 하자 무시무시한 힘이 몸을 짓눌렀다. 쳐다보니 커다란 놈이 한쪽 발을 등에 얹은 채 누르고 있었다. 몸이 점점 지면에 파고들 정도의 힘이다.

이런 일이 있어도 되는 걸까? 자신을 아득히 능가하는 힘을 가진 자가 두 마리나 나타나다니.

아픔은 이어졌다.

소리가 울릴 때마다 몸 어디선가 격통이 내달렸다. 심지어 빗소리처럼 그치질 않는다.

더 저항할 기력도 사라졌을 때, 겨우 소리가 그쳤다. 아프지 않은 곳이 없었다. 온몸이 열을 띠고 두세 배는 부풀어오른 것처럼 느껴질 정도였다.

"그래, 얌전해졌네."

이제부터 잡아먹히는 걸까. 이제까지 해왔던 일들이 자신에게 되돌아왔을 뿐이다.

"그래~ 착하지, 착하지. 누가 위인지 알았어? 그럼 갈까?"

하지만, 이를 드러내기는 했어도, 이 조그만 놈이 자신을 전부 다 먹을 수는 있을까? 아니면 아래에 있는 놈이랑 나눠먹으려는 걸까.

삶을 포기한 지금의 자신은 틀림없이 맛있을 것이다.

*

그린 시크릿 하우스 안에서 아인즈와 마레는 힘을 합쳐 작업을 하고 있었다.

우선은 마법으로 만들어낸, 흑요석을 연상케 하는 테이블 위에 요리를 놓았다. 따뜻한 수프도 있지만 이것은 보온이 가능한 데에 넣어두었다가 먹기 전에 덜 생각이다. 얼음이 든 잔도 3인분 준비하고, 주스를 담은 병을 테이블 한복판에 놓았다.

그린 시크릿 하우스는 문을 닫은 상태로도 완벽하게 환기가 되지만, 마법적인 구조 때문에 안에서는 소리도 냄새도 새나가지 않게 되어 있다. 그러나 문을 열면 그 마법의 수비가 작동하지 않으므로, 두 사람이 이곳에 계속 틀어박혀 있다 해도 아우라가 돌아왔을 때는 음식 냄새가 밖으로 새나갈 것이다.

냄새란 의외로 멀리까지 퍼지는 법이다. 아우라라면 주위의 안전을 확인하지 않고 거점에 돌아올 리는 없겠지만, 아우라의 지각범위 밖으로 날아간 냄새를 다른 누군가가 감지하지 않으리라고 단언할 수는 없다. 이런 숲속에서 맛있는 음식 냄새가 난다면 지성과 문명을 가진 자는 분명 수상하게 여길 것이다.

다크엘프란 종족은 짐승 수준의 후각을 가지지는 못했다. 하지만 이 세계에서는 클래스 빌드에 따라 그것이 가능하다. 본인은 못하더라도, 마수를 사역하고 그 마수와 의사소통이 가능하다면 본인이 할 수 있는 것과 마찬가지다.

다시 말해 지금 아인즈와 마레는, 아우라의 일을 망쳐버릴 만한 일을 열심히 하고 있는 셈이다. 아인즈도 그 사실은 잘 안다. 그러면 왜 두 사람이 서둘러 식사 준비를 하는가 하면, 아인즈가 텅 빈 두개골을 풀회전시켜 봤음에도 결국 죄책감에서 벗어날 아이디어는 이것밖에 떠오르지 않았기 때문이다.

다시 말해, 일을 하고 지쳐 돌아온 아우라를 맛있는 밥으로 환영해주자는 작전이다.

당연히, 아우라의 노력을 허사로 만들 수도 있는 행위로 치하해주는 것은 본말전도다. 그렇기에 아인즈는 반대로 생각했다.

그렇다, 남에게 들키지 않으면 되는 것이다.

문제가 되는 것은 냄새가 주위로 퍼져나가는 점, 그리고 그것이 다른 누군가를 끌어들일지도 모른다는 점이다. 그렇다면 냄새가 퍼지지 않게 하면 된다.

가장 확실한 것은 접시만을 놔두고, 아우라가 들어왔을 때 문을 닫고 음식을 담는 것이다. 하지만 그래서는 임팩트가 떨어진다.

그러므로 문을 열면 요리가 '짠!' 하고 있어야 한다.

그 서프라이즈에야말로 최대의 의미가 있으며, 의의가 있다.

따라서 나자릭에 돌아가, 요리장에게 최대한 냄새가 약한 요리를 준비시켰다. 그리고 마레가 매직 아이템으로 소환한 바람의 정령이 주변의 공기를 상공으로 날려보냈다. 냄새와 함께 나무 위까지 보내진 공기는 그곳에서야 겨우 확산을 개시한다. 냄새의 입자는 공기보다 무겁지만 이 세계에서도 같은지 어떤지는 알 수 없다. 어쩌면 내려오지 않을지도 모르고, 그렇지 않더라도 지상에 닿을 무렵에는 상당히 희박해졌을 것이다.

다만 상승기류를 만들면 아주 미미하게 ――아인즈는 별로 신경 쓰이지 않을 정도지만―― 나뭇잎이 흔들리므로 눈치 빠른 자가 상공에서 보면 위화감을 느낄지도 모른다. 그러나 얼마 전 아인즈가 고고도 정찰을 했을 때는 하늘을 날고 있는 존재란 평범한 새뿐이었으므로 걱정하지 않아도 될 것이다.

"저, 저기, 아인즈 님. 이거 그만 돌려드릴게요."

준비가 끝났을 때 마레가 내민 것은 조금 전 아인즈가 주었던 보주Orb였다.

'뽑기정령' 이라는 이름이 붙은 최상급 매직 아이템이다. 투명한 유리 같은 구체 속에 4개의 빛이 뱅글뱅글 움직이고 있다.

이것은 하루에 4번까지 정령을 소환하고 1시간 사역할 수 있다.

소환되는 정령은 불, 물, 바람, 흙. 그리고 불과 흙의 복합정령인 용암, 물과 바람의 복합정령인 눈보라, 흙과 눈의 복합정령인 습지, 불과 물의 복합정령인 열수, 흙과 바람의 복합정령인 모래먼지, 불과 바람의 복합정령인 화풍 등이다.

이 중 불, 물, 바람, 흙의 정령은 레벨 40대 초반의 상급정령, 레벨 20대 중반의 중급정령, 레벨 한 자리인 하급정령이 출현한다.

이때 상급정령의 소환 수는 단일, 중급정령의 소환 수는 랜덤이지만 1~3마리, 하급정령의 소환 수도 랜덤이지만 최소 3마리, 최고 6마리다.

반면 복합정령은 레벨 50대 초반의 상급정령, 레벨 30대 초반의 중급정령, 레벨 10대 초반의 하급정령이 출현한다. 단, 복합정령의 소환 수는 모두 단일이다.

이 말만 들으면 제법 쓸 만할 것 같지만, 유감스럽게도 소환되는 정령은 랜덤이다. 게다가 강한 정령은 약한 정령에 비해 잘 나오지 않는다. 심지어 상급정령은 유성의 반지Shooting Star를 뽑을 수준의 확률이다.

상대나 상황에 적합한 전력을 소환할 수 없다는 것은 전략적으로 낭비가 너무 많다. 하늘을 날고 있을 때 흙의 정령을 소환했다간 추락하는 모습을 지켜봐야만 한다. 실제로 마레는 바람의 정령을 소환하기까지 이 아이템을 3번 사용했다.

"아니, 그럴 필요는 없다. 그건 마레에게 주마. 알다시피 좀 애매한 아이템이라, 방해가 되지 않는다면 가지고 있어주면 고맙겠구나. 최상급정령이나 부정정령, 신성정령 같은 걸 소환할 수 있다면 이야기가 조금 달라지겠다만……. 게다가 그건 원래 드루이드밖에 쓰지 못하는 제한이 있거든. 마레가 가지지 않겠다면 보물전에 장식할 역할 정도밖에 없는 아이템이지."

레벨이 낮을 때는 쓸 만할지도 모르지만 아인즈나 마레 정도쯤 되면 방패 용도도 못 되는 아이템이다. 그러므로 원래 레벨이 낮은 누군가에게 줄까 하고 아이템 박스에 넣어두었던 것이었다.

"그, 그래도 될까요?"

"그래, 상관없다. 보물전에서 사장시키는 것보다도 마레가 쓰는 편이 백 배는 가치가 있을 거다."

"고, 고맙습니다! 저, 저기…… 이걸로 소환하는 건, 그 속성의 마법을 쓴 걸로 간주될까요?"

"응?"

"어, 저도 정령을 소환할 수 있는 아이템이 있는데요, 그건 거기에 대응하는 속성, 부가속성이 맞는 마법을 그 직전에 발동해 둬야만 하거든요."

다시 말해 마레가 아이템으로 불의 정령을 소환하고 싶을 때는, 불의 부가속성이 있는 마법, 예를 들면 ――마레는 못 쓰지만―― 〈화염구〉 같은 것을 그 전에 사용했어야 한다는 소리다.

"아마 전제조건은 만족할 것 같다만, 다음에 시간이 있을 때 한번 시험해보면 어떻겠느냐?"

"네, 넷! 그렇게 할게요."

옛날에 모든 NPC의 능력을 조사했던 ――완전히 신뢰하기 전의 이야기다―― 적이 있는데, 그때 장비품에 대해서도 이야기를 들었다.

마레가 말한 정령을 소환할 수 있다는 아이템은, 분명 고레벨 정령을 1마리 소환할 수 있지만, 24시간에 1번뿐이고, 소환시간도 채 10분이 되지 못한다. 솔직히 말하자면 아이템 자체의 가치는 낮다. 더 강한 아이템이 얼마든지 있을 것이다.

그래도 그런 장비품을 변경하지 않는 것은, 그것을 준 사람이 부글부글찻주전자였기 때문이다.

이것은 모든 NPC에게 공통된 마음임을 아인즈는 잘 안다.

더 좋은 아이템이 있음에도, NPC들은 자신의 아이템을 바꾸지 않는다. 바꾼다고 해도, 그것은 처음에 주어졌던 다른 장비와 교체하는 정도다. 물론 지금처럼 아인즈가 주면 그 아이템을 쓰지만, 스스로 나서서 무장을 교환하고 싶다는 요망을 제시하는 경우는 없다. 유일하게 알베도만이 전투훈련 때 이것저것 빌려달라고 졸랐을 뿐이었다.

속박되었다.

매우 실례되는 표현이지만, 그런 말이 뇌리를 스쳤다.

그것은 자신도——

"——저, 저기, 왜 그러시나요?"

걱정스러워하는 마레의 표정에, 아인즈는 현실로 돌아왔다. 의미 없는 생각에 빠져버렸던 모양이다.

"응? 아, 아니, 아무것도, 그래, 아무것도 아니다. 내가 마레였다면 그 아이템을 어떻게 사용하면 좋을까 하는 생각이 들어서 말이다. 역시 미리 정령을 소환해두는 것 말고는 용도가——."

문 너머에 있던 케르베로스가 움직였다.

아인즈가 문을 열자 케르베로스가 으르렁거리는 소리를 내며 세 개의 머리를 어떤 방향으로 향했다. 이것은 '누가 오고 있습다' 하는 뜻이 틀림없다.

아인즈는 마레와 얼굴을 마주 보았다.

"냄새는 풍기지 않았을 텐데…… 간파당한 걸까?"

"그, 그렇지는 않을 거라고 생각……하지만요……."

케르베로스는 아우라와 펜리르를 만나지 못했다. 그래도 아인즈나 마레에게 묻어 있을 그들의 냄새를 감지하고 있을 테니 이런 반응은 보이지 않을 것이다.

두 사람은 케르베로스가 노려보는 방향을 나란히 보았다. 나무 사이에 무언가가 숨어있는 것으로는 보이지 않았다. 마레가 귀 뒤에 손을 대고 그쪽의 소리를 들으려 했다.

"어, 저기, 정말로 뭔가, 이쪽으로 오고 있는 것 같아요……."

"그러니까…… 아우라와 펜리르는 아니란 말이냐?"

아우라와 펜리르는 출발할 때 거의 소리를 내지 않고 떠났다.

"죄, 죄송해요. 저는 거기까지는…… 모르겠어요……. 하, 하지만, 그러네요. 아인즈 님 말씀대로 누나라면 더 조용히 왔을 거예요. ……다, 다만…… 이 근처를 조사해보고 문제가 없다는 걸 알았으니까, 돌아올 때는 우리에게 알리기 위해 일부러 소리를 낼 가능성도 있지 않을지……."

다시 말해 모른다는 뜻이다.

"그러면 어쩔 수 없지. 당초 예정대로 내가 가보마."

아인즈는 〈완전불가지화〉를 발동하고, 케르베로스에게 동행하도록 지시했다.

말로 명령해야 하는 경우와는 달리, 머릿속으로 내리는 명령은 〈완전불가지화〉를 썼다고 해서 방해를 받지는 않는다. 다만 케르베로스도 아인즈의 모습은 볼 수 없으므로 위치를 잘 잡아야 한다. 잘못하면 케르베로스에게 걷어차여 날아갈 수도 있다.

'으음, 〈완전불가지화〉는 역시 편리해. 이걸 쓸 수 있는 게 나로 변신한 판도라즈 액터뿐이라는 게 아쉬워. 뭐, 스크롤을 억지로 사용하면 가능한 NPC도 있지만, 재료나 시간제한이나, 여러모로 문제가 있으니까.'

머릿속으로 그런 푸념을 하며 아인즈는 케르베로스를 앞세우고 뒤를 따라갔다. 이윽고 아인즈의 귀에도 풀을 밟는 소리가 들리고, 거대한 그림자가 보였다.

'곰?'

하지만 단순한 곰과는 달랐다. 발은 전부 6개인 듯했으며, 털은 흠뻑 젖어 몸에 달라붙은 것 같았다. 무언가 물을 뿜는 특수능력을 가진 마수일까?

그보다도 아인즈는 놈의 등에 아우라가 타고 있는 것에 눈길이 끌렸다. 아우라의 손에는 채찍이 있었으며, 이따금 휘잉 휘두르면 곰 같은 마수는 몸을 흠칫 떨었다.

그 옆에는 펜리르가 함께 걷고 있었다.

'……아우라의 부하 중에 저런 마수가 있었던가? 뭐가 어떻게 된 거지?'

아니, 그런 건 물어보면 될 일이다. 아무래도 저쪽은 케르베로스를 알아보았는지 방심하지 않은 채 이쪽을 쳐다보고 있다. 다만 당장 공격에 나서지 않는 것은 야생 케르베로스인지, 아인즈가 소환한 케르베로스인지 확인하지 못했기 때문이리라.

아인즈의 서번트라면 왠지 모르게 알아볼 수 있다는데, 소환된 몬스터는 다른 걸까.

아인즈는 〈완전불가지화〉를 풀었다.

"아인즈 님!"

순식간에 경계의 빛을 지운 아우라가 기뻤는지 목소리를 높였다.

"자! 가자!"

이쪽으로 오는 것을 매우 싫어하는 듯한 곰에게 아우라가 채찍을 휘둘렀다. 동물학대로 여겨질 만한 비명을 지른 곰은 겁을 내면서도 아인즈에게 다가왔다.

아우라는 아인즈의 앞에 도착하자 곰에게서 내렸다.

"어서 오너라, 아우라."

"다녀왔습니다, 아인즈 님! 어, 궁금하실 것 같으니 먼저 대답해드릴게요. 이 곰처럼 생긴 마수는 이 주변의 보스인 것 같아서 제가 지배했어요! 채찍으로 제가 위라는 걸 가르쳤죠. 왜 그랬는지를 아인즈 님께 굳이 말씀드리는 것도 좀 그러네요."

뭐가 그런데.

아인즈는 속으로 생각했지만, 뭐, 상상은 할 수 있었다.

"……솔직히 나는 그 마수가 어느 정도로 강한지 모르겠다만…… 다크엘프 같은 자들이 경계할 정도냐?"

"아, 그러네요. 아인즈 님만큼 강하시면 이 정도 잔챙이의 힘은 모르실 수도 있겠어요. 음, 사실 그렇게 강하지는 않지만요, 그래도 이 근처를 영역으로 삼아 지배하기에는 충분히 강한 것 같아요. 그러니까 평범한—— 일반적인 다크엘프라면 위험하니까 다가오지 않을 거예요. 실제로 이 녀석을 두려워해 아무도 이 일대에 접근하지 않는 듯했거든요. 그러니까 이 녀석을 임시 캠프지에 두면 어지간해선 침입자가 나타나지 않을 거란 점에서 추천드려요."

"그거 훌륭하구나."

과연 그렇군. 아인즈는 생각했다.

정말로 죽이는 것보다는 지배하는 편이 메리트가 클 것이다. 왜냐하면 이곳을 거점으로 다크엘프를 수색하거나 관찰하는 데 얼마나 시간이 걸릴지 알 수 없기 때문이다. 그렇게 되면 영역의 주인을 죽이거나 했다간 주변이 어지럽혀져, 다크엘프들이 정보를 수집하기 위해 찾아올 수도 있다. 그런 조우를 피한다는 의미에서도 살려두는 편이 낫다.

그렇기는 하지만——

"아우라. 너의 판단을 의심하는 것은 아니다만, 이미 능력의 한계까지 마수를 지배하고 있지 않느냐? 이 마수를 지배하는 바람에 나자릭 내의 마수가 네 지배에서 해방되거나 하지는 않을까?"

대부분의 경우, 직접 판단해 해방하는 것이 아니라 강제적으로 해방될 때는 오래된 순서대로 자유로워진다. 이것은 소환이나 창조의 경우에도 마찬가지다. 위그드라실 때는, 경고문 같은 것이 나타나거나 해서 스스로 해방할 대상을 선택할 수 있는 사례가 더 적었다.

"괜찮아요! 비스트 테이머는 지배하고 있는 마수와 링크를 가지는데, 얘는 완전히 지배한 건 아닌, 링크가 없는 아이예요. 단순히 제가 더 강하다고 가르쳐줬을 뿐이에요. 그러니까 능력을 향상시키거나 하는 비스트 테이머의 능력도 쓸 수 없고요."

"그렇구나⋯⋯ 그렇다면 완전히 안전한 건 아닌가?"

야생의 본능에 눈을 떠 갑자기 덤벼드는 경우도 있을 수 있다는 뜻이다. 그렇다고는 해도 아우라가 그럴 가능성을 간과했으리라고는 생각할 수 없다. 이곳에 있는 사람이라면 조금도 다칠 리 없다고 판단했으리라. 하지만 혹시 몰라 확인해두어야만 했다.

어느 정도의 레벨일까 생각한 아인즈는, 문득 거대 애완동물의 모습을 떠올렸다.

"⋯⋯참고로 햄스케와 비교하면 누가 더 강하지?"

아우라가 송구스러워하는 표정을 지었다.

'아니, 그렇게 괴로운 표정을 할 것까진⋯⋯. 보기에도 곰 마

수가 더 강할 게 뻔하잖아.'

"솔직히 말씀드려도 될까요?"

"물론이지. 햄스케의 주인인 내게 신경을 쓸 필요는 전혀 없다. 기탄없는 의견을 들려다오."

"그렇다면…… 단순한 육체능력만으로 볼 때는, 옛날 햄스케보다도 강해요. 하, 하지만요! 햄스케는 마법도 쓸 수 있으니까, 그 점까지 생각해보면 두 마리가 싸울 경우 누가 이길지 예상하긴 힘들어요. 마법이 통하면 한 방에 승부가 날 테니까요. 게다가…… 지금의 햄스케는 전사 클래스까지 가지고 있으니까요. 그 갑옷을 입은 상태라면 틀림없이 햄스케가 이길 거예요."

아인즈의 뇌리에 빈둥빈둥 잠만 자는 햄스케의 모습이 떠올랐다. 그리고 어째서인지 그 옆에는 죽음의 기사가 있었다.

조금 울컥해버렸다.

그야 애완동물 같은 위치니 빈둥거려도 상관이 없고, 모몬과 함께 걸어다니기만 해도 일을 하는 거라고 할 수 있다. 게다가 전사 클래스를 습득할 만큼 노력한다는 것도 잘 안다. 그래도 힘들게 일하는 사람 옆에서 놀고 있는 녀석을 보면 화가 나는 법이다.

다만, '그렇게 애써서 햄스케를 옹호해줄 필요는 없다, 아우라.' 라는 말은 꾹 삼켰다. 아우라의 마음을 헤아려준 것이다. 결코 햄스케를 좋게 평가해서가 아니다.

"그렇군——."

'그렇군' 외에 무슨 말을 하란 말인가. 햄스케도 대단하구나, 라고는 말하고 싶지 않은 아인즈는 난감해졌으므로 넘어가기로 했다.

"——우연히 이곳에 그렇게 강한 마수가 있었다니. 아니면 이 수해에는 이 정도 마수가 평범하게 있는 걸까? 자세히 알아보고 싶구나. 이제까지 지나왔던 길에선 고레벨 마수는 보지 못했지?"

"네. 지나오기만 해서 그럴 수도 있지만, 보지 못했어요. 혹시나 수색하면 발견할 수 있을지도 모르는데, 어떻게 할까요?"

"아니, 그럴 필요는 없다. 이런 마수를 발견하기 위해 여기 온 것이 아니니."

"알겠어요, 아인즈 님. 하지만 탐색은 조금 마음이 끌리네요. 이 곰 같은 마수는 토브 대삼림에서도 발견되지 않았거든요. 그러니까 고유한 약초라든가, 이 장소 특유의—— 이 환경에 최적화된 동식물이 서식할 가능성이 높아요. 게다가 무언가 특별한 현상을 일으키는 장소가 있을지도 모르고요."

마법이 있는 이 세계에서는 특별한 현상이 일어나는 장소란 것이 존재한다.

아래에서 위로 흐르는 폭포, 우박이 쏟아진 날에만 무지개색 빛기둥이 솟아나는 언덕, 수십 년에 한 번씩 사막에서 일어나는 거대한 용오름. 그런 기묘한 광경을 볼 수 있다고 한다. 그렇다, '있다고 한다'—— 유감스럽게도 마도국이 병합한 영토 내에 그런 신비한 지역은 아직 없다.

위그드라실에서는 이런 장소에는 특수한 효과가 있거나, 진귀한 소재 혹은 몬스터가 발견되곤 했다.

이 세계에서도 그 법칙이 적용되는지, 이를테면 일곱 색깔 빛의 기둥이 사라진 후에는 그 빛이 굳어진 것 같은 무지개색 돌이 떨어져 있다고 한다. 이것은 매직 아이템 작성에 도움이 되는 아이템으로 유명하다나.

그런 특별한 지역을 마도국이 지배하면 나자릭의 강화로 이어지지 않을까?

"엘프들이 이 대수해를 속속들이 잘 알고 있진 않을 거다. 그렇다면 아우라가 말한 것처럼, 앞으로 이곳의 탐색을 목적으로 —— 그래, 모험자들을 보낼 필요가 있을지도 모르겠구나."

아인즈가 만들어낸 언데드로는 신종 약초를 발견하기는 불가능하다. 역시 짐꾼 언데드를 팀에 넣은 모험자 일행이 나서야 할 것이다.

"자—— 그만 돌아갈까. 마레가 기다린다."

"네! ……그런데 아인즈 님. 한 가지 확인할 게 있는데, 이 케르베로스는 아인즈 님께서 소환하셨나요?"

"음, 물론 그렇다. 펜리르를 대신해 소환한 몬스터다."

아인즈는 아우라와 함께 걸어갔다. 물론 펜리르, 케르베로스도 함께였다. 마수 곰은 가고 싶지 않은 눈치를 보였지만 아우라가 채찍을 한 차례 휘두르자 묵묵히 따라왔다.

"……그런데 아우라. 저 마수는 어떻게 할 생각이냐? 완전히 지배한 것이 아니라는 점도 고려해 대처해야 할 것 같다만?"

"네. 그래서 의논드리고 싶은데요, 나자릭에 데려가도 될까요?"

"제6계층에 풀어놓으려고?"

햄스케처럼 대화가 가능한 정도의 지성을 가졌다면 이야기가 다르지만, 지성이 낮은 마수를 풀어서 키우는 것은 내키지 않았다. 이 정도 레벨의 마수라도 일반 메이드라면 죽일 수 있을 것이다.

만약 그렇게 되면 앞으로 일부 NPC는 제6계층에 들어가지 못하게 된다. 그뿐만이 아니라 제6계층에는 다른 식물계 몬스터들이 있다. 그들의 안전은 어떻게 되는가 하는 문제도 있다.

"풀어놓을 생각까지는 없지만, 비스트 테이머의 특수능력 이외의 방법으로 마수를 지배해보고 싶다는 생각이 있거든요. 그 실험에 쓰면 어떨까 해서요."

"으음, 그런 거라면 당연히 협력하고 싶다만……."

위그드라실에서는 불가능했던, 이 세계 특유의 힘을 얻는다. 그것이 곧 성장하지 않는 자신들의 능력을 높여줄 거라고 생각하는 아인즈의 관점에서 보자면, 아우라의 제안은 받아들여야 했다. 하지만──

"꼭 이 마수여야 한다는 법은 없지 않느냐? 더 약한…… 1레벨 정도의 마수부터 시작해보는 건 어떻겠느냐?"

그 정도 마수라면 NPC── 일반 메이드가 습격당하더라도 장비의 힘으로 어떻게든 해결할 수 있을 것이다.

"그것도 좋겠지만요……."

아우라가 수긍하지 않는 분위기를 보였다.

"아인즈 님께서 그러라고 하시면──."

"──아니, 그런 말은 안 했다만? 다만, 왜 그 곰이어야 할까 생각해서 말이지? 사실은 곰을 좋아하느냐?"

갑자기 아우라가 뒤를 돌아보았다.

"……펜, 화낼 거야."

조금 차가운 어조로 그렇게 말하고는 다시 앞을 보았다.

"——죄송해요, 아인즈 님. 펜이 이상한 짓을 하려고 해서……."

돌아보았지만 무언가를 하려는 분위기는 아니었다. 하지만 아우라가 그렇게 말했다면 그랬을 것이다. 시선을 원래대로 돌리고 아우라에게 물었다.

"음, 뭐, 마음에 두지 말거라. 그래서, 왜 저 곰이냐?"

"네. 햄스케처럼 말을 하지는 못하지만, 꽤 지성이 높다는 생각이 들었어요. 펜도 말은 못해도 굉장히 똑똑하잖아요. 말을 할 수 있다 없다가 지성의 전부는 아니라고 생각해요. 역시 조련에는 어느 정도 머리가 좋은 편이 낫거든요."

실제로 펜을 보고 같은 생각을 했던 기억이, 있는 듯도 없는 듯도 했다. 스즈키 사토루는 애완동물과는 인연이 먼 인생을 보냈지만, 전해 들었던 '똑똑한 개'와는 근본적으로 뭔가가 다른 것 같았다. 물론 마수라서 그렇다고 해버리면 그뿐이지만.

"그래서 펜은 마레가 하는 말도 들어줄 때가 있고, 역시 어느 정도 머리가 좋은 편이 조련에는 적합해요. 아니면 갓난아기 때부터 기르는 방법이 있는데……."

"그건 시간이 너무 걸린단 말이지. 그렇다면 개처럼 짧은 기간 내에 성장하는…… 아아, 그래서는 마수들의 조련에도 도움이 될지는 모르겠는걸."

마수를 조련하기 위해 마수를 써서 시험하는 것은 당연하다. 그렇게 생각하니 아우라의 제안도 수긍할 수밖에 없었다.

"……다만 나자릭 이외의 장소가 좋겠구나. 그 왜, 지금, 왕도에서 데려온 인간들이 생활하는 장소가 있지? 거긴 어떻겠느냐?"

"제가 만든 가짜 나자릭 말씀이죠? 거긴 모험자들이 쓰기도 하니까…… 제6계층에 풀어놓지는 않고, 완전히 조련이 끝났다는 생각이 들 때까지 격리하는 건 어떨까요?"

"……그 정도가 적절하려나?"

"네! 제 응석을 들어주셔서 고맙습니다, 아인즈 님."

머리를 숙이는 아우라에게 아인즈는 웃음을 지었다.

"아니, 아니다. 알베도가 전투훈련을 하는 것처럼, 성장하려는 그 자세는 매우 훌륭하다. 너희 모든 NPC는 나── 아니, 아인즈 울 고운의 자랑이다."

아우라가 눈을 크게 뜨고 발걸음을 멈추었다.

그 변화에 아인즈는 무언가 실언을 했나 싶어 당황했다. 그런 기억은 없었다. 아니──.

'──나는 그럴 마음이 없었지만 뭔가 아우라에게는 불쾌하게 느껴질 만한 소리를 해버렸나? 찻주전자님의 자랑이라는 거야말로 전부고 다른 멤버들은 뭐가 됐든…… 뭐 그런 건가? 아니면 기뻐하는…… 건가? 웃고 있진 않은데……. 으음─. 최선을 기대하고 행동하는 것보다는 최악을 예상하고 행동해야겠지.'

하지만 아무렇게나 사과하는 것은 더 좋지 않다. 그러므로 아인즈가 취할 수단은 하나뿐이었다.

"맞아맞아. 아우라와 펜의 노고를 치하하기 위해 식사를 마련했단다. 마레와 같이 준비했지. 아, 물론 우리는 요리를 못하니 나자릭에서 가져왔을 뿐이다만."

얼렁뚱땅 넘어가는 것이었다.

덧붙여 '하하하' 웃음소리를 내며 아우라의 눈치를 살폈다.

'응? 화를 내진 않네? 억지로, 아니면 따라서 웃는 걸지도 모르지만, 웃고 있는데?'

아우라가 지어낸 것이라고는 여겨지지 않는 웃음을 짓고 있었다. 식사를 준비했다는 말을 듣고 기뻤던 것일지도 모른다. 아니면 아인즈에게 칭찬을 받아서 기뻤던 걸까.

'뭐가 됐든 NPC들을 더 많이 칭찬해줘야겠다.'

아인즈는 굳게 결심했다. 감사는 말로 전해야만 하는 법이다. 전해졌다고 생각해 아무 말도 안 하면 모르는 사이에 아내의 불만이 터무니없이 쌓여버린다고, 감정을 잃어버린 목소리로 길드 멤버 중 누군가가 말했던 기억이 난다.

'터치님이었던가?'

열심히 기억을 떠올리려 하는 사이에 그린 시크릿 하우스가 보였다. 일동이 문 앞에 서자 안에서 눈치를 살피던 마레가 문을 열었다.

"누, 누나, 어서 와."

"응~ 다녀왔어."

마레의 뒤로는 세팅이 끝난 식탁이 보였다. 아우라의 시선이 테이블 위를 훑고 지나갔다. 아인즈의 마음속에도 긴장이 훑고 지나갔다.

"와아, 맛있겠네요."

활짝 웃음을 짓는 아우라를 보며 아인즈는 가슴을 쓸어내렸다. '아~ 오늘은 돈카츠 덮밥 기분이었는데…….' 같은 소리를 하진 않을까 싶어서 ――그런 일은 절대 없을 거라 생각하면서도―― 조금 불안했던 것이다. 왜냐하면 남과 함께 식탁에 앉는 일이 별로 없다 보니, 음식 취향에 대해 자신이 극단적으로 둔감해진 것은 아닐까 하는 걱정도 있었기 때문이다.

"그래. 그렇게 생각한다면 요리장도 기뻐할 거다. 그리고 펜리르의 몫도 마련했다만……."

거점 옆에 준비해둔 나무 그루터기 위에는 펜리르가 먹을 거대한 고깃덩어리가 있었다. 축산용으로 기르는 소로, 갓 잡아서 아직 피가 뚝뚝 떨어지는 신선한 것이었다. 목장은 나자릭에서 조금 떨어진 곳에 있으며 광대한 부지에서 거의 방목하다시피 하고 있다.

요리장이 말하길, '그 품종이라면 풀보다는 곡물 위주로 먹여 키우는 편이 개인적으로는 고기 맛이 취향'이라고 한다. 그의 영향력이 컸는지, 혹은 다른 이들도 같은 생각이었는지, 나자릭 내에서는 별로 인기가 없는 고기였다.

원래는 방목하지 않고 더 맛이 좋아지도록 길러야 할 것이다. 하지만 일손이 부족하다. 에 란텔에서 ――통칭―― 아인지구를 만들기 위해 강제로 퇴거시킨 자들 중에는 축산 관련 기술을 가진 자가 거의 없었으며, 있어도 전부 개척촌 쪽으로 보냈다. 그렇다고는 해도 그런 것은 입맛이 고급스러운 자들의 이야기일 뿐, 마수의 먹이라면 아무 문제도 없다.

"……그 마수 곰의 밥은 어떻게 할까?"

"안 먹어도 괜찮아요. 저랑 만나기 직전에 식사하고 있었던 것 같았거든요. 게다가 이쪽이 위란 걸 완전히 이해하고 따를 때까지는 밥을 안 주는 것도 하나의 조련이라고 하니까요."

"그런가…… 아니, 정말 그럴지도 모르겠구나. 인간도 정신적으로 궁지에 몰리면 말을 더 잘 들으니까."

그런 말을 하며 세 사람은 그린 시크릿 하우스로 들어갔다.

"먹어도 돼."

문을 지나기 전에 아우라가 말하자, 그때까지 참고 있던 펜리르가 고기에 달려들었다. 마수 곰은 멀거니 그 광경을 바라볼 뿐이었다. 어깨를 축 늘어뜨린 모습은 분명 인간미가 있어서, 아우라의 말대로 나름 지성이 있다는 생각이 들었다.

덧붙여 케르베로스에게는 식사가 필요하지 않다. 소환 몬스터에게 주어봤자 소용이 없다. 버프가 걸리는 음식을 주어 강화하는 경우가 없는 것은 아니지만, 적어도 지금은 그런 것을 할 필요성을 조금도 느끼지 못했다. 그렇게 결정한 아인즈에게 케르베로스가 "네? 진짜요?" "괴롭히지 마세요." "배고픈데요." 라고 반응한 것 같기도 했지만 기분 탓이리라.

세 사람은 아인즈가 준비한 테이블에 도착했다.

"자, 먹거라."

두 사람이 "잘 먹겠습니다." 하고 목소리를 한데 모았다. 당연히 아인즈는 먹을 수 없다. 처음에 요리를 먹은 것은 아우라였다.

"아인즈 님! 맛있어요!"

누나의 말에 응응 고개를 끄덕이는 마레. 아인즈는 두 사람에게 웃음을 지었다.

"그거 다행이구나. 요리장에게 전해두마. ……둘 다 식사를 하면서 이야기를 들어주었으면 한다만, 이 근처에 일시적인 거점을 만들어도 괜찮다는 걸 아우라의 조사로 알았다. 그러므로 그린 시크릿 하우스를 옮길 장소를 고르고, 그 일이 끝난 후에는 다크엘프 마을을 발견하기 위해 행동했으면 한다."

두 사람은 식사를 하던 손을 멈추고 아인즈의 말을 진지하게 들었다. 뭐, 그야 스즈키 사토루도 상사가 업무에 관한 이야기를 하면 식사를 멈추겠지.

"그 후 다크엘프와 우호관계를 쌓을 것이다. 그러기 위한 계획으로── 아우라가 허락해준다면, '레드 오우거 크라이드 미션'을 행하고 싶다."

아인즈는 씨익 웃었다. 옛날에 동료들과 시행했으며, 동료들이 명명한 비겁한 책략이다. 사실은 자신이 소환한 몬스터를 쓸까 생각했을 때 아우라가 마침 알맞은 마수를 데려와주었다. 그녀가 사용허가를 내려준다면 이만큼 훌륭한 카드는 없을 것이다.

완전히 지배한 것은 아니라는 점이 계획의 불안요소지만, 반대로 심각함을 더해줄 수도 있을 것이다.

개체 차이인지 종족 차이인지는 모르겠지만, 몬스터의 연기력은 저마다 다르다. 분노의 마장은 뛰어난 연기력을 보여주었으나, 시즈의 말에 따르면 '두관악마Circlet는 완전 발연기'였다고 한다.

신분이나 강함을 감춘 채 가고 싶었지만, 원활히 파고들기에는 이쪽이 낫지 않을까. 몇 년이 걸려도 된다면 또 다른 수단이 있을지 몰라도, 법국을 생각하면 그렇게까지 시간이 많을 것 같지는 않았다.

"오우거? 몬스터를 이용하나요? 아인즈 님, 그 계획은 어떤 건가요?"

의아해하는 아우라에게 아인즈는 다시 씨익 웃었다. 과거의 동료에게 배웠던 수많은 작전 중 하나였다.

그 작전명은 어떤 이야기의 패러디라고 하는데, 당시 아인즈는 모르면서도 아는 척을 했다. 다만 그 작전이 어떤 것인가 하는, 실제 체험을 토대로 한 설명이라면 가능하다. 아인즈는 입을 열고——.

"——아! '*울어버린 빨간 오니' 말이죠! 전에, 그 책, 봤어요!"

처음으로 작전명의 출전을 안 아인즈는 입을 다물고 천천히 허공을 바라보았다.

만약 여기에 웅대한 창공이 보였다면 자신의 무지함을 아이 덕에 깨닫게 된 아인즈의 마음도 다소 구원을 받았을지 모른다. 이 세상에 비하면 자신은 왜소하다는 위로를 얻어서.

하지만 보인 것은 그린 시크릿 하우스의 천장뿐이다. 재미있을 것도 없는 천장을 잠시 바라본 후, 마레의 순진무구한 미소로 얼굴을 돌렸다.

아직은 마레의 지레짐작일 가능성이 남아 있다.

"……그렇다. 마레는 훌륭한걸. 나는 그 책을 읽은 적이 없단다. 울어버린 빨간 오니라고 하는구나……."

* 울어버린 빨간 오니 : 일본의 창작 동화. 인간과 친해지고 싶은 빨간 오니는 친구 파란 오니의 도움을 받아, 그가 인간에게 가짜로 행패를 부릴 때 도와주어 인간과 친구가 되는 데 성공했다. 하지만 파란 오니는 자신의 정체를 인간들에게 들키지 않기 위해 멀리 떠나고, 이를 안 빨간 오니는 울음을 터뜨린다.

"네! 그 책의 내용대로라면── 누나가 데려온 그 곰을 이용하는 거네요!"

어, 그거 맞나본데.

아인즈는 확신했다.

"……응. 응. 마레는 대단하구나아……."

그리고 아인즈는 두 사람에게 웃음을 지었다.

3장 아우라의 분투

Chapter 3 | Aura's Hard Work

1

대수해에 있는 다크엘프의 마을.

그곳은 엘프 마을과 다를 것이 없었다.

예를 들면 현재 와일드엘프라 불리는 종족은 과거에는 보통 엘프였으나, 생활권을 초원으로 옮기면서 문화 형태만이 아니라 육체에도 변화가 생겨나, 지금은 새로운 종으로 인식할 정도가 되었다.

그러면 다크엘프는 어떤가 하면, 원래 엘프와 같은 종족인 데다 같은 환경에서 생활하므로 육체적, 마법적인 변화는 일어나지 않았다. 문화에 관해서도 거의 차이가 없으며, 엘프 트리 중심의 생활양식도 같다. 그렇기에 다크엘프가 습득하는 클래스도 엘프와 같이 레인저나 드루이드 위주다.

차이라고는 기껏해야 피부색과 짐승향 같은 사소한 습관뿐이었다.

다크엘프 마을에서는 짐승을 쫓기 위해 냄새를 통한 기피를 이용했다. 이것은 다크엘프가 대수해로 이동하기 전의 숲에서 살아가던 무렵, 트렌트 등 숲의 주민에게 배운 소중한 지혜다. 향이 강한 허브를 마을 주위에 심고, 짐승이 기피하는 특수한 약을 만들어 뿌리고, 드루이드의 마법——효과시간도 유효범위도 한정적이기 때문에 상당히 능력을 할애해야만 하지만——을 쓰는 식이다.

이 방법은 대수해에서도 효과를 발휘해, 다크엘프의 마을은 다른 엘프 마을——왕도를 제외하고——과 비교해 안전했다.

하지만 엘프는 이 방법을 모른다. 퍼져버리면 냄새를 통한 기피감은 희석되고 만다. 마수만이 아니라 짐승도 그렇지만, 그들은 어리석어 보여도 그렇지 않다. 반대로 그 냄새 너머에 먹이가 있다는 것을 알아버리면 위험도가 올라간다. 그러한 이유에서, 자신들을 받아들여준 친척이라 해도 이 방법만은 쉽게 가르쳐줄 수가 없었다.

하지만 그날, 다크엘프들은 자신들이 믿었던 안전이란 것이 살얼음 위에 있었음을 깨닫게 되었다.

짐승의 거친 포효가 멀리서 들려왔다.

그것은 대수해에서는 일상다반사다. 아침놀 속에서, 혹은 밤늦게, 짐승들의 울음소리가 들려오지 않는 날은 없다.

게다가 체구가 작은 생물 중에도 놀랄 만한 울음소리를 내는 종류가 있다. 포효 하나 들린다고 무슨 일이 일어나는 것도 아니다.

그야 포효는 무섭다. 울음소리에 특수한 효과를 싣는 마수도 꽤 많으며, 다양한 종류가 있다. 들은 자에게 공포를 주는 것, 혼란에 빠뜨리는 것, 전의를 상실케 하는 것, 때로는 탈력감을 일으키는 것도 있다.

다만 거리가 벌어지면 그런 특수한 능력도 효과를 발휘하지 못한다. 멀리서 들린 포효 하나가 위험으로 이어지는 일은 없으므로, 이것 또한 지극히 흔한 일상풍경이었어야 했다.

하지만 그날은 한 다크엘프 사내가 마을에 경계를 촉구했다.

사내의 키는 다크엘프의 평균을 넘지 않았다. 하지만 늘씬하게 뻗은 나긋나긋한 팔다리가 가볍게, 그러면서도 군더더기 없는 움직임으로 약동하는 모습은 내면에 숨겨진 힘이 느껴져, 남자의 키는 실제 이상으로 커 보였다.

시원한 인상의 얼굴은 단아했으며, 마을 내에서도 여성들에게 인기가 많다.

대수해에 사는 다크엘프 중에서 이 남자를 모르는 이는 없다. 과거의 대이동 때 중심적 존재였던 가문── 시조 13가 중 하나, 유서 깊은 블루베리 가의 성을 가진, 많은 경험을 쌓아온 일류 레인저였다.

남자── 블루베리 에그니아는, 마을에서도 몇 개밖에 없는 다크엘프 식 복합궁을 가지고 있다.

베코아 꽃이 피는 계절──3년에 한 번──의 궁술대회에서 매우 좋은 성적을 거둔 자만이 소유를 허락받는 활을.

에그니아의 호출에 다크엘프 병력이 즉시 모여들었다. 병력이라고는 해도 전업 병사는 아니고, 사냥에 나가지 않은 레인저들이다.

에그니아가 사는 마을은 이 일대의 다크엘프 마을 중에서도 가장 크다. 그래도 주민은 200명이 넘는 정도라 전업 전사를 둘 여유는 없다.

의아한 표정을 지으면서도 모인 동료들 앞에서, 에그니아는 긴 귀를 살짝 움직이며 ——멀리서 들려오는 소리에 집중하며—— 굳은 목소리로 말했다.

"여러분을 일부러 모은 이유는 다름이 아니라, 조금 전의 포효 때문이다. 전에 한 번 들은 적이 있다. 저것은 성체, 그것도 충분히 성숙한 우르수스의 포효다."

모여든 자들에게 순식간에 긴장감이 퍼지는 것이 느껴졌다.

당연하다. 숲에서 사는 다크엘프라면, 설령 어린이라 하더라도 안킬로우르수스—— 가공할 마수의 이름을 모르는 이는 없을 것이다.

이 마을 주변에는 위험도가 높은 몬스터가 몇 종류나 있지만, 안킬로우르수스는 그중에서도 필두가 될 만한 존재다.

우르수스의 새끼라면 몰라도 성체—— 그것도 충분히 성장한 성체에게 손을 대는 것은 죽음을 의미한다고 해도 과언이 아니다. 화살조차 튕겨내는 장갑에, 다크엘프를 손쉽게 갈라버리는 완력. 거기에 신체능력이 전반적으로 높기 때문에 뛰어서 도망치는 것도 상당히 어려운, 무시무시한 몬스터다.

"……그야 무언가의 포효가 들리기는 했지만, 정말로 우르수스야? 잘못 들은 건 아니고?"

미심쩍다는 투로 한 여성 다크엘프가 물었다.

이 마을에 세 명 있는 부수렵장 중 한 명이며, 손에 에그니아와 같은 복합궁을 든 뛰어난 레인저다.

그런 그녀도 포효만으로는 우르수스의 것인지 아닌지 알 수 없는 모양이었다.

게다가—— 예를 들면 포효새Howling Bird라는 귀여운 새는 특수한 능력으로 몇 종류나 되는 몬스터의 울음소리를 흉내 낼 수 있다. 그리고 이 숲에는 그 외에도 이와 비슷한 능력을 가진 생물이 더러 존재한다.

그런 생물이 서식하는 숲이니, 멀리서 들려온 포효의 주인을 알아맞히기란 매우 어렵다. 그녀의 의문도 무리는 아닌 것이다. 그러나 에그니아는 이 마을에서 가장 뛰어난 레인저다. 활 솜씨만이 아니라, 예민한 감각에, 그 감각으로 얻은 정보를 분석하는 능력까지 수준급이다. 그녀의 의문은 에그니아에 대한 불신이 아니라, 반 이상은 '제발 아니기를' 하는 바람에서 비롯된 것이었다.

"매우 유감스럽지만 틀림없어. 저 소름끼치는—— 압도적인 역량의 차이를 느끼게 하는 거친 목소리는 시간이 아무리 지나도 잊을 수 없지. 지금도 이 귀에 달라붙은 채 떨어지질 않아. 절대 잘못 들은 게 아니야."

다음으로 말한 것은 수렵장이었다.

이 마을의 권력중추는 장로회, 수렵장, 약사장, 제사장으로 이루어져 있다. 장로회는 3명으로 구성되어 있으므로 총 여섯 명. 그중 한 사람이라는 뜻이다.

그의 손에는 복합궁이 없었다. 그의 전문은 굳이 따지자면 함정 사냥이며, 이를 감안하더라도 종합적인 능력은 에그니아보다 훨씬 떨어진다. 그렇다고는 하나 뛰어난 레인저라는 점에는 틀림이 없었으며, 에그니아보다도 연하이기는 하지만 차분한 풍격이 있어 수렵장으로 부족함이 없는 인물이다.

"성숙한 우르수스가 울었다고 한다면…… 영역을 침범한 놈이 있었던 건 확정이겠지?"

포효하는 것은 대부분의 경우 강적 혹은 적대적인 동족과 싸울 때다. 어쩌면 승리를 알리기 위해서, 혹은 자신의 위치를 알리기 위해서일 때도 있다. 또한 번식을 위해서일 때도 있다. 하지만 이 중 어떤 것이라 해도, 우르수스의 영역에 누군가가 침범했을 가능성은 높았다.

왜냐하면 안킬로우르수스는 한번 영역을 치면 ――몸이 성장하면서 점점 넓어지긴 하지만―― 어지간해서는 이를 바꾸려 하지 않는다. 그리고 영역 밖으로 사냥을 하러 나가는 경우도 거의 없다. 따라서 누군가가 침입했다고 보는 편이 타당하다.

"하아…… 민폐로군. 어느 몬스터가 들어갔는진 모르겠지만, 평화를 어지럽히는 멍청이는 우르수스의 먹이가 돼버렸으면 좋겠어."

수렵장의 푸념에 주위의 다크엘프들이 동조했다. 에그니아는 그런 동료들에게 쓴웃음을 지었다.

안킬로우르수스의 성질상, 공연히 자극하지만 않으면 어떤 의미에서는 이 일대의 조정자가 될 수도 있다는 것은 모두가 아는 사실이다.

"그 의견에는 동의하지만, 영역에까지 들어갔는지 어떤지는 아직 모르잖아? 내가 전에 우르수스의 포효를 들었던 건 우르수스끼리 싸웠을 때였으니까. 게다가 그때의 싸움은 영역 밖에서 벌어졌어.”

“저, 에그니아 씨. 죄송하지만 한 가지 질문이 있는데요……. 저는 거의 들어본 적이 없어서 그러는데, 에그니아 씨가 말씀하신 이상 우르수스가 울었던 건 사실일 거라고 생각해요. 하지만 영역은 여기서 꽤 멀지 않나요? 왜 우리를 부르셨나요?”

그 자리에 모인 이들 중 가장 젊은 남자의 질문에, 주위에 있던 이들도 말없이 찬동하는 분위기를 보였다.

“응. 우르수스에게 무슨 일이 있었는지는 모르겠지만, 포효할 만한 사태가 일어났다는 건 확실해서야. 어쩌면 영역이 변할지도 모르고, 영역의 주인이 바뀌었을지도 몰라. 어쩌면 그 외의 다른 무언가가 일어났을 수도 있고. 예를 들면…… 그래.”

에그니아는 여기서 잠시 한 호흡을 두고 말을 이었다.

“우르수스에게 져어도 도망칠 수 있을 만큼 강한 마수가 이쪽으로 오고 있다거나, 말이지. 그러니까 무슨 일이 일어나도 대처할 수 있도록 마을 경계하는 동시에, 내일이라도 포효가 들린 방향으로 가서 숲의 상태를 살펴보는 게 좋을 것 같아.”

일동은 수긍했다.

숲의 변화는 빠르게 감지하고 정보를 공유해야만 한다. 숲의 은혜를 누리며 살아가는 자들에게는 매우 중요한 일이다.

“——오늘은 사냥을 중지해야겠군. 사냥은 고사하고 숲에 들어가는 것도 금지하는 게 무난하려나? 식량은 아직 있지?”

“괜찮아. 얼마 전에 큰 사냥감을 잡아왔으니까. 하지만 그래도 제사장에게 얼른 얘기해서 과일을 만들어달라고 하는 편이 좋겠지. 안전이 확인될 때까지 며칠이 걸릴지 모르니까."

"그리고…… 맞아. 장로들한테도 얘기해두는 게 좋겠어. 지금 일어나고 있는 일을 모르는 사람이 숲에 들어가지 않도록, 장로들을 통해서 모두에게 철저히 주지시켜야 해."

에그니아의 주의환기에 촉구되어 저마다 의견을 제시했다. 아무도 지나친 생각이라는 소리는 하지 않았다. 숲은 은혜를 가져다주지만 갑자기 재난을 떨어뜨릴 때도 있다. 수해에서 살아가려면 조그만 흉조도 놓치지 않고 주의에 주의를 거듭하는 것이 중요하다.

숲의 치안이 악화되고 있을 가능성을 신속히 온 마을에 알려야 한다.

"다른 마을에는 어떡하지? 어느 정도 상황을 파악한 다음에 연락해야 할까? 아니면 이런 상황이라는 정도는 빨리 알리는 편이 좋을까?"

"둘 다 맞는 것 같기도 하고 아닌 것 같기도 한데. ……그런 건 장로들에게 떠넘겨도 되지 않을까?"

"이봐, 잠깐만. 우린 우리대로 의견을 정리해놔야지. 그 고지식한 꼰대들이 이상한 소릴 꺼냈을 때, 다수 의견이라고 해두면 논파하는 데 도움이 될 거야."

"……꼰대는 좀 심했어, 가넨. 그야 융통성이 없는 면도 있지만, 장로님들은 나름대로 경험이 풍부해. 그런 지식에서 비춰봤을 때 더 안전하다고 생각하는 길을 선택하는 것뿐이야."

부수렵장 중 한 사람── 플럼 가넨을 수렵장이 달랬다.

"그——."

얼굴을 벌겋게 물들인 가넨이 입을 크게 벌리려 했지만, 에그니아가 손으로 그의 입을 막았다.

"——그쯤 해둬. 내가 너희를 불러 모은 이유를 생각해보고 나서 지금 필요한 말을 해. 우르수스의 위협은 충분히들 알잖아?"

가넨이 입을 다물자 에그니아는 손을 떼었다.

에그니아는 속으로 한숨을 쉬었다.

'장로들과의 대립도 무조건 나쁘다고는 할 수 없으니 묵인해 왔지만, 때와 장소는 생각해줬으면 좋겠어.'

"맞아. 꼰대들 얘기는 나중에 하고, 지금은 우선 마을의 경계를 어떻게 할지를 얘기해야지. 전부 다 나서는 건 너무 많잖아?"

"오늘 하루 경계할 거라면 3교대제로 하는 게 좋겠지. 내일일까지 생각하면 더더욱."

그들은 하루 종일 감시하는 데에도 익숙하기는 했으며, 피로를 풀어주는 마법을 받으면 다음 날의 행동에도 영향은 없다.

다만 우르수스의 영역 근처까지 조사를 나갈 거라면 조금이라도 감각이 둔해지는 일은 피해야만 한다.

"그건 그래. 그러면——."

포효가 들려왔다. 모두가 긴장된 표정으로 소리가 들린 쪽을 노려보았다.

"……꽤 가까이서 들리지 않았어?"

모두가 품은 불안을 한 사람이 대변했다. 에그니아는 딱 한 번만 고개를 끄덕여 동의했다.

"——아까 에그니아 씨가 말씀하셨던 것처럼, 영역에 들어온 무언가가 쫓겨나서 그걸 따라오고 있는 건 아닐까요?"

안킬로우르수스는 사냥감에 집착하는 성질이 있다. 만약 사냥감이라고 간주한 생물이 도망쳤다면 영역 밖까지도 쫓아 나설 것이다. 울부짖으며 쫓는 것은 조금 이미지가 다르지만, 싸움에 져서 영역에서 쫓겨났다는 것보다는 수긍이 갔다.

"그 경우에는, 우르수스가 사냥감만 잡아주면 배도 부를 테니까 마을도 안전하겠지. ……도망치는 사냥감이 있으면 우리가 먼저 가서 사살할까?"

"관둬! 우르수스를 쓸데없이 자극하게 돼. 무엇보다 사냥감은 우르수스에게서 도망칠 만한 능력을 가졌을 가능성이 높잖아. 만약 그런 놈이 이쪽으로 오면 몰아붙이는 정도에서 그쳐야 해."

"아니, 잠깐만. 우르수스가 마을 근처까지 와버리면 문제야. 여길 사냥터라고 생각하면 큰일이라고. 몇 명이 마을을 나가서, 우르수스와 사냥감이 이쪽으로 오고 있다면 다른 방향으로 유도하는 게 좋겠어."

다양한 의견이 오가는 것은 좋은 일이지만 너무 시간을 들일 수도 없었다. 이 이상 나서고 싶지는 않았으나 그런 말을 할 때가 아니었다. 에그니아는 손뼉을 쳐서 모두의 주의를 끌었다.

"어떤 상황이든 이상사태인 건 확실해. 당장 움직이는 편이 좋겠지. 우르수스가 영역으로 돌아가주면 다행이고, 돌아가지 않는다면…… 영역 밖으로 나왔는데도 사냥감을 놓치는 일이 생겼다면——."

에그니아는 전원을 둘러보았다.

"——그것도, 만약 이 마을 근처에서 놓쳤다면, 길고 긴, 최악의 하루가 될 거야."

어떤 일이 벌어질지를 상상한 일동은 낯을 찌푸렸다.

"우선 중요한 건, 여기 있는 사람들만이 아니라 마을 주민 전원의 힘을 빌리는 거야. 특히 드루이드의 힘은 꼭 필요해. 그리고 약사장이라면 우르수스에게도 효과적인 독을 가지고 있을지 몰라."

우르수스 같은 짐승 마수는 물리공격보다 정신을 조작하는 마법이 효과적일 때가 많다. 두꺼운 피부나 지방, 근육으로 보호를 받고 있어서 화살이 잘 통하지 않는 상대라도 마법 ——예를 들면 드루이드가 소환할 수 있는 불의 정령은 건드리기만 해도 불꽃에 의한 대미지를 입는다—— 등의 수단으로, 화살 공격 이상의 대미지를 입힐 수 있다.

정면에서 싸운다면 이길 수 없겠지만, 마법 같은 수단을 사용하면 과거에도 우르수스에 필적할 만한 마수에게 어떻게든 승리한 적이 있다.

"다만, 모여서 의논만 하고 있는 건 시간낭비야. 주도권은 우리가 쥐고 있는 게 좋겠지만——."

에그니아는 수렵장을 보았다.

"——맡겨도 될까?"

"하아……."

수렵장은 귀찮다는 듯 고개를 설레설레 흔들었다.

"……지금은 어쩔 수 없겠군. 좋아, 너희들. 실력 있는 녀석들부터 순서대로, 반은 마을의 방비를 다져라. 나머지 절반은 마을을 돌아다니면서 주민들에게 경고해. 경고가 끝난 사람은 그 다음엔 싸우지 못하는 사람들을 경호하고. 인원 배분은 베닐리, 너한테 맡길게. 그리고 가넨은 약사장, 오베이는 제사장에게 가서 얘기해. 장로회에는 내가 간다. 자, 움직여! 움직여! 움직여!"

에그니아도 움직이려 했을 때, 수렵장이 눈치를 주었으므로 그를 따라 달려갔다.

"전부터 생각했는데, 이 마을에서 제일 실력이 있는 네가 수렵장 역할을 맡아야 하지 않아?"

"그렇게 되면 더 귀찮아질걸? 내 이름은 가문 탓도 있어서 다른 마을에도 조금은 알려져 있지."

"조금 정도가 아니잖아."

그런 수렵장의 말은 무시하고 에그니아는 말을 이었다.

"그렇게 되면 지금보다도 다른 마을에까지 대립이 파급될 거야."

"……아~ 골치 아파. ……장로님들이 조금만, 진짜로 조금만이라도 양보해주면 달라질까?"

"절대 불가능하지. 결국 물러나면 물러나는 대로 더 문제가 생길걸. 장로들이 전부 은퇴해도 다른 마을로 문제가 퍼질 뿐이고. 장로들이 완고한 게 그나마 나을지도 몰라."

"어떻게 해야 문제가 해결될까?"

"해결이 될 리가 없지. 어디선가 큰 파탄이 일어나는 순간까지는."

수렵장은 입을 다물어버렸다.

"난 마을을 방어하러 가겠어. 부탁해."

"그래, 그쪽도 잘 부탁해."

수렵장과 헤어진 에그니아는 포효가 들려온 방향에 자리를 잡고 경계를 지속했다. 그동안 마을 내에서는 급속도로 정보가 확산되고 있는 듯했다. 이것은 레인저들이 알리고 돌아다녔기 때문만이 아니라, 위험한 몬스터와 함께 살아가는 마을이기에 평소에도 정보전달 시스템이 잘 갖추어진 덕분이다.

그리고 10분도 지나지 않아 제사장은 마법으로 식량을 생산하기 시작하고, 약사장은 에그니아에게 강력한 독과 함께 만약을 대비한 해독제를 가져다주었다.

경계한 채로 한동안 시간이 흘렀다.

그 후로 우르수스의 소리는 들려오지 않았다. 그러므로 모여든 레인저들의 긴장도 풀리기 시작했다. 에그니아도 마찬가지여서, 어깨의 힘을 빼고 활을 굳게 쥐었던 손을 풀어주었다.

우르수스는 사냥감을 잡았거나, 혹은 놓쳐버리는 바람에 영역으로 돌아갔는지도 모른다.

그때, 수렵장이 다가와 옆에 섰다.

"……혹시 모르니 얼른 영역까지 가서 조사해보는 게 좋겠어. 너한테 부탁해도 될까?"

"——그렇게 될 줄 알았지. 나한테 맡겨줘."

이미 머릿속에서는 영역에 들어갔을 때의 움직임을 생각하고 있었다.

시선 방향 저 너머에 있을 우르수스의 모습을 포착한 것처럼,

영역 쪽을 노려보던 에그니아는 숲의 나무들 뒤에서 무언가 커다란 물체를 본 것 같았다.

"찌찟!"

에그니아는 입술을 떨어 새 울음소리 같은 소리를 냈다. 그것은 단순한 소리가 아니다. 에그니아가 취득한 클래스 덕분에 낼 수 있는 특수한 소리이며, 이를 들은 동료들에게 경계를 전달하는 것이다. 이에 따라 이 소리를 들은 아군은 걸음을 멈추거나 해 기습을 당하지 않게 된다.

느슨해지려던 공기가 단숨에 팽팽해졌다.

주목을 느끼면서도, 에그니아는 시선을 움직이지 않은 채 조금 전에 본 그림자의 방향을 턱으로 가리켰다.

부디 기분 탓이기를.

부디 잘못 본 것이기를.

부디 착각이었기를.

그 그림자를 포착했던 것은 정말 짧은 한순간이었다. 수많은 거목 뒤에 있는 그림자를 우연히, 그야말로 눈 한 번 깜빡할 동안 시선으로 훑은 정도였다. 잘못 봤을 가능성도 충분히 있다. 하지만 레인저로서 뛰어난 실력을 가진 에그니아의 뛰어난 시력은 스스로의 기대를 무참히 배신했다.

"……안킬로우르수스다……."

누군가의── 자기도 모르게 낸 정도의 성량 치고, 그 목소리는 이 자리에 있는 모두의 귀에 공연히 또렷하게 들렸다.

그렇다. 이제는 누가 봐도 명백했다.

나무 사이에서 어기적어기적 다가오던 거대한 그림자.

그곳에 있던 것은 대수해의 파괴자—— 안킬로우르수스였다.

다만——

"저, 저기, 블루베리 씨. 그거…… 엄청 크지…… 않았어요……? 우르수스가 저렇게 큰가요?"

젊은 레인저가 침을 꼴깍 삼키며 물었다.

숲속의 나무들에 가려진 데다 거리도 멀어 체구를 확실하게 확인하지는 못했다. 그래도 주위의 나무와 비교해 대체로 가늠은 할 수 있다. 그것은 정말로 컸다. 아니, 지나치게 컸다.

"……스모모. 내가 전에 봤던 우르수스는 저렇게 크진 않았어. 저렇게까지 커지진 않아. 성장속도가 지나치게 빠른, 이상개체…… 저건 어쩌면……."

에그니아는 쥐어짜내는 듯한 목소리로 말했다.

"……로드."

공기가 술렁술렁 떨렸다.

일반적인 크기에서 일탈하거나, 털의 색이 다른 등 특수한 변화를 가졌거나, 특이한 능력을 보유한 자를 이 마을에서는 이상개체라고 부른다. 하지만 그중에서도 뛰어나게 강인한 진화를 거쳐 그 종의 정점에 군림하고, 때로는 전투능력으로 넓은 범위에 걸쳐 막대한 영향력을 발휘하는 놈이 있다. 그렇기에 그런 개체를 왕종, '로드'라고 부른다.

다시 말해 눈앞의 안킬로우르수스가 정말로 그렇다고 한다면, 일반적인 것보다도 훨씬 강하다는 뜻이 된다.

일반적인 안킬로우르수스라도 성가신 상대이기는 하지만 마을 주민이 모두 나서 싸우면 격퇴하지 못할 것은 없다. 하지만 눈앞의 마수가 우르수스의 왕이라고 한다면, 제대로 맞붙어 살아남을 수 있으리란 생각은 도저히 들지 않았다.

"그럴 리가! 로드가 있다고는 들었지만, 그건 더 북쪽이었잖아!"

레인저 한 사람이 침을 튀기며 거칠게 말했다. 하지만 우르수스를 자극하지 않기 위해 목소리는 낮추고 있었다.

"아쥬 마을은 어떻게 된 거야!"

같은 다크엘프의 마을—— 아쥬 마을 인근에는 로드가 존재한다고 들은 적이 있다. 로드가 그리 빈번히 나타나는 것은 아니다. 그렇다면 아쥬 마을 인근에 있던 로드와 동일개체라고 생각할 수 있다.

"——당한 건가?"

만약 로드가 영역을 바꾸거나 해서 이 마을 방향으로 이동한 거라면 아쥬 마을의 누군가가 경고하러 와주었을 것이다. 그러나 아무도 오지 않았다. 그럼에도 로드는 저기 있다.

침묵이 일동을 지배했다. 그 포효가 처음에 들려왔던 방향으로 쭉 나아가면 아쥬 마을이 있다.

'……아쥬 마을이 사냥터가 됐고, 다크엘프라는 식량을 알게 된 우르수스가, 냄새나 무언가 다른 것을 따라 여기까지 왔다.'

아무도 말로 하지는 않았지만, 모두가 같은 답에 도달했다.

팽팽해진 공기에 절망의 빛이 섞였다.

가령 아쥬 마을에서 다크엘프의 맛을 알았다고 해도, 이곳에 신선한 먹이가 있으리란 사실은 아직 모를 것이다.

안킬로우르수스 중에는 '미식가' 가 많다. 잡식이기는 하지만 특정한 식재료를 선호해 먹는 경우가 있다. 만약 다크엘프가 놈의 마음에 들었다면 이 마을을 버려야만 하며, 그렇게 하더라도 쫓아오지 않으리란 법은 없다. 그러므로 유인해서 이 마을로부터 멀리 떨어뜨려야 할 것이다.

다만 의문이 들었다.

"아니, 아쥬 마을이 당했다고 단언할 수는 없어."

그렇게 말한 에그니아에게 시선이 모였다.

"내가 전에 목격했듯, 이 근처에 영역을 만든 우르수스가 있었지. 만약 로드가 아쥬 마을에서 이곳까지 똑바로 왔다면 그 우르수스의 영역에 들어갔을 거야. 그렇다면 포효는 두 번 들렸어야만 해. 다시 말해…… 원래 이 근처를 영역으로 삼았던 우르수스가 성장해, 로드가 된 거겠지."

아쥬 마을의 로드일 가능성도 아직 있기는 있다. 로드와 이 근처를 영역으로 삼았던 우르수스의 성별이 다를 경우에는, 싸움이 일어나지 않을 수도 있다. 또한 두 마리가 만나자마자 싸웠다고 해도 한쪽의 우르수스――아마도 로드――가 포효하지 않았을 수도 있다.

다만, 지금은 아쥬 마을이 남아있는지 어떤지는 중요하지 않다. 로드가 이 마을로 오고 있는 것이 틀림없다면 어떻게 해야 할지, 어떤 수단이 최선일지를 생각해야 한다.

그렇다면――.

"――로드와 싸우는 건 자살행위다. 지금은 정령을 소환해서 시간을 끌고 그 사이에 도망칠 수밖에 없어."

"그런 게 가능이나 하겠냐고! 숲속에서 그놈한테 습격당할 게 뻔해! 그보다 보존해놓은 고기 같은 걸 잔뜩 먹여서 배를 채워 주는 게 나아."

"맞아! 우르수스는 곰이랑 성질이 비슷하잖아. 벌꿀도 좋아하지?! 그것도 발라서 주면——."

그때 대지가, 대기가, 숲이, 몸이 안쪽부터 떨려오는 듯한 포효가 쩌렁쩌렁 울려 퍼졌다. 나무 뒤에는 더 이상 숨어있지 않았다.

천천히 걸어나오는 안킬로우르수스의 왕이 그곳에 있었다.

다크엘프들의 호흡이 빠르고 얕아졌다. 그 자리에 있던 모두의 머릿속이 새하얗게 물들었다. 조금 전 나왔던 어떤 아이디어도 이미 날아가버리고 없었다.

힘의 차이를 피부로 느끼고 위축되어버렸다. 조금 전의 포효가 특수한 효과를 띠어 공포 같은 정신적 작용을 일으킨, 그런 것은 아니었다.

그저 단순히, 그리고 치명적으로, 다크엘프들이 생물로서 격이 다름을 이해해버렸기에 나온 반응이었다. 다시 말해 역량의 차이는 그 정도로 크고, 다크엘프는 그저 유린당하기만 하는 무력한 존재라는 뜻이다.

'——큰일이다.'

대부분의 다크엘프가 자신들에게 일어날 비극을 확신해 체념에 지배당하고 있었다. 그러나 그것을 받아들이기에는 아직 이르다.

에그니아는 외쳤다.

"——움직여!!"

그것은 자신을 질타하고 분기시키는 외침이기도 했다.

"우, 우, 움직이라니 뭘 어떻게 하라고!"

"낸들 알아?!"

여자 다크엘프의 비명 같은 질문을 에그니아는 도끼처럼 무거운 한마디로 받아쳤다.

"그, 그게 무슨……."

"왜 우리한테 화를……."

"나한테 의존—— 아니! 나라고 이런 상황에서 뭐가 정답인지 알겠냐고! 그래도 움직여야만 하잖아! 멍청히 서서 어쩌겠다는 거야! 하다못해 조금 전의 아이디어라도——."

이쪽을 공포에 빠뜨리려는 의도도 있는지, 우르수스 로드의 발걸음은 매우 느렸다.

마을 주위에 심어놓은 꽃 속에서 다크엘프의 냄새를 맡고자 고개를 숙이고 있다. 그 모습에는 어째서인지 '터덜터덜' 이라는 단어가 어울리는, 어딘가 처량한 인상이 느껴졌다. 부상을 입었거나, 아니면 병이나 독에라도 당한 것 아닐까 하는 희망적 관측에 매달리고 싶어졌지만 그런 건 극한상황에서 빠지기 쉬운 현실도피일 뿐이었다.

'활을 쏠까? 이젠 분노를 사진 않을지 생각할 필요도 없는데. 저놈이 이쪽으로 오는 건 확실해. 그럼 선수를 칠까…… 활이라면 닿을 거리다. 게다가 다른 사람들도 각오를 하겠지. 저놈의 주의가 나한테 쏠리면 마을에서 멀어지도록 움직여서…… 잠깐만? 더 간단한 방법도…….'

"……기름, 이다."

에그니아가 중얼거리자 주위의 레인저들은 한순간 의아한 표정을 지었으나, 이내 의도를 이해했다.

“그렇구나! 기름을 뿌려서 불의 정령으로 불을 붙이자!”

“저렇게 크니까 기름을 피하기는 어려울 거야!”

“주위에 불이 번지지 않도록 물의 정령도 동시에 소환하고!”

마을에는 기름이 별로 없다. 입수가 어려워서는 아니지만, 용도가 한정되기 때문에 일부러 저장해놓지 않는 물건 중 하나였다.

“내가 갈게!”

그렇게 외치고 다크엘프 한 명이 마을 중앙을 향해 달렸다. 저장고에 있을 드루이드에게 전달할 생각일 것이다. 지금의 상황을 모른 채 모든 마력을 식량으로 변환해버리면 큰일이다.

그때 우르수스 로드의 포효가 대기를 뒤흔들었다. 조금 전처럼 압도적인 힘의 차이가 느껴졌지만, 각오를 다진 지금의 다크엘프들은 더 이상 동요하지 않았다.

“뭐지?”

한 다크엘프가 의아하다는 목소리를 냈다. 에그니아만이 아니라 그 자리에 있던 레인저들 모두가 같은 의문을 품고 있었다.

안킬로우르수스의 성질상, 모습을 드러냈으면 그 시점에서 단숨에 덤벼들었을 텐데 그러려는 분위기가 없었다. 마치 의욕이 없는 듯했다—— 아니, 로드쯤 되면 무언가 다른 의도가 있을지도 모른다.

눈치를 보고 있으려니, 이번에는 우르수스 왕이 일어나 울부

짖었다.

자신을 크게 보이게 해 상대를 위압하는 행동은 야생 짐승에게 곧잘 보이는 모습이다. 하지만 이해할 수 없었던 것은, 왜 덤비지 않는가 하는 것이었다.

단순한 짐승이 아니라 마수인 우르수스 로드는 상당히 머리가 좋다. 그럼에도 불구하고, 확실하게 약한 존재인 이쪽을 시인했으면서 왜 위협만 한단 말인가.

무엇보다, 조금 전부터 되풀이하는 포효에는 어떤 의미가 있단 말인가.

"이봐, 저거 혹시 새끼의 사냥 연습 아닐까?"

누군가가 말에, 그렇다면 저 기괴한 행동 또한 나름 의미가 있겠다고 에그니아도 속으로 동의했다.

짐승의 어미는 새끼를 데리고 사냥에 나가고, 새끼는 거기서 어미의 사냥을 견학하며, 사냥감의 종류에 따른 요령을 배운다고 한다. 이것을 하지 않으면 사냥의 기술을 익히지 못해, 독립한 직후에 죽는 경우가 많다. 우르수스의 왕이 보인 불가사의한 행동은 어디선가 보고 있을 새끼에게 다크엘프라는 먹이를 가르쳐주려는 것인지도 모른다.

"만약 그렇다면, 장래를 생각했을 때, 다크엘프는 고통을 줄 수 있는 골치 아픈 상대라고 새끼에게 가르쳐주는 게 좋겠지? 단순한 먹이라고 학습해버리면 성가신 존재로 성장할 거야."

"……새끼를 죽이면 로드가 폭주할지도 모르는데?"

"새끼라면 벌꿀 뿌린 고기로…… 속일 수는 없겠군. 사냥 연습이라면 직접 잡은 것만 먹겠지. 하지만 해볼 가치는 있지 않을까?"

갑자기 우르수스 로드가 코를 벌름거리더니 다크엘프들 쪽으로 달려오기 시작했다.

조금 전까지의 무기력한 분위기는 이제 찾아볼 수 없었다. 하지만 이상하게도 살의가 밀려오는 듯한 느낌은 들지 않았다. 다만, 무언가가 달랐다. 에그니아는 한순간 우르수스 로드의 후방으로 시선을 돌리고 말았다. 쫓기는 짐승 특유의 필사적인 분위기가 느껴진 것 같다는 생각이 들었기 때문이었지만――

'――그런 게 있을 리가. 무엇보다 우르수스 로드를 궁지에 몰아넣을 존재가 어디 있겠어.'

"대체 뭐야……. 영문을 모르겠어……."

에그니아만이 아니라 동료들 대부분이 혼란스러워했다.

안킬로우르수스 로드의 행동을 전혀 파악할 수 없었다. 숲의 왕인 마수를 이해하려 드는 것이 애초에 잘못이었는지도 모르지만, 레인저로서 쌓았던 경험이나 감이 이렇게까지 도움이 안 되는 상대는 이번이 처음이었다.

하지만 그 정도로 혼란에 빠졌어도 다크엘프들은 엘프 트리 사이에 걸린 다리를 따라 기민하게 후퇴했다. 우르수스 로드가 이쪽으로 달려오는 것은 틀림없는 사실이다. 조금이라도 행동이 늦어지면 우르수스 로드의 먹이가 된다.

모두가 사라진 엘프 트리 밑까지 온 우르수스 로드가 몸을 일으켰다.

거대하다.

다리가 걸린 곳까지 여유롭게 앞발이 닿을 만한 크기였다.

그리고 그 커다란 앞발을 한 차례 휘둘렀다.

줄기가 폭발하듯 깎여나간 엘프 트리가 충격으로 격렬하게 흔들렸다.

트리와 트리를 잇는 다리가 출렁거려, 엘프들은 떨어지지 않도록 필사적으로 주위에 매달렸다.

마을 가장 바깥쪽의 엘프 트리는 특히 강인하게 만든 것이다. 몇 번이나 마법으로 성장촉진을 걸고 대량의 양분을 주어 굵고 크게 길러낸 특별제다. 어떤 몬스터의 돌진을 받아도 튕겨낼 만큼 튼튼한 거목이 순식간에 이 꼴이 되었다. 이제까지 마을에 왔던 어떤 몬스터보다도 우르수스 왕의 완력이 더 강하다는, 무엇보다도 확실한 증거였다.

"괴물 자식……."

"상상했던 대로라면 상상했던 대로인데…… 정말 무시무시하군……."

"——감탄할 때가 아니잖아. 어쩌지? 어떡하면 가장 희생을 적게 낼 수 있지?"

단 일격에 전의를 상실해버린 자들이 푸념했다.

스치기만 해도 죽음에 이르는, 자신들은 도저히 미치지 못할 일격을 직접 보면 그것도 어쩔 수 없는 노릇이리라.

우르수스 로드는 조금 전부터 같은 엘프 트리를 미친 듯이 공격하고 있었다.

너무나도 이상한 행동이지만, 마법 때문에 이성을 잃고 미쳤다는 느낌은 아니었다. 엘프 트리에 원한이라도 있는 건가 싶어질 만한 움직임이었다. 그리고 이따금 손을 멈추고 에그니아 일행을 흘끔 보고는 다시 공격을 시작했다.

'새끼에게 먹이 잡는 법을 가르치는, 그런 느낌도 아니……군…….'

우르수스 로드의 주위에 새끼의 모습은 없었다.

에그니아는 자신의 허리에 달린 화살통, 그리고 그곳에 든 화살을 흘끔 보았다.

'어딘가의 다른 다크엘프가 놈에게 공격을…… 시비를 걸었나? 그래서 엘프 트리에 원한을 가지고 있나?'

엘프 트리 자체에는 냄새가 없다고 생각하는 것은 다크엘프들뿐이고, 어쩌면 안킬로우르수스 같은 몬스터는 뛰어난 후각으로 감지하고 있을지도 모른다. 다만, 그 경우에는 이 마을을 포기하면 당분간은 안전할 것이다.

'아니지, 그렇게 잘될 것 같진 않아. 어느 정도 날뛰면 배도 고파질 거고…… 우리 냄새를 쫓아올 수도 있어. 지금은 역시 벌꿀 바른 고기를 주고 그걸로 만족하기를 빌어야 하나? 하지만 불안한 건, 가끔 이쪽의 분위기를 살피는…… 관찰하는 것처럼 보인다는 건데.'

우르수스 로드는 역시 흘끔, 흘끔 이쪽으로 시선을 보내고 그때마다 엘프 트리를 공격했다.

"혹시…… 우리가 여기서 못 움직이게 하려는 의도는 아닐까?"

"다른 개체가 다른 방향에서 마을로 접근하고 있기라도? ……그런 짓을 할 필요가 있나? 우르수스의 왕이?"

"우리를 마을에서 쫓아내는 게 목적이라면 가능하지 않을까?

도주 경로에 다른 우르수스가 잠복하고 있을지도 모르고."

"우르수스가 그런 사냥을 한다는 말은 들어본 적이 없는데…… 하지만 그게 아니라면 앞뒤가 맞지 않긴 하군. 그럼 다 같이 사방팔방으로 도망칠 수밖에 없지 않아? 각자 고기 같은 걸 들고 가면, 먹이를 먹는 동안 얌전해질 거 아냐?"

"——그 수밖에 없으려나?"

"그런 표정 하지 말라고. 마을을 버리는 건 아니야. 우르수스가 없어지면 돌아오면 돼."

위로하는 자도 있었으나, 일이 그리 잘 풀릴 거란 생각은 들지 않았다.

왜냐하면 우르수스 로드는 콰득콰득 소리를 내며 엘프 트리를 깎아대고 있었기 때문이다. 이곳을 영역으로 삼고 싶은 것은 아닐까?

그렇게 되면 그들은 모든 것을 남겨둔 채 마을을 포기할 수밖에 없다.

마법의 효과 덕에 엘프 트리의 성장은 엄청나게 빠르다. 하지만 그렇다 해도 하루아침에 이만큼 크게 키울 수는 없다. 엘프 트리와 함께 살아가는 다크엘프에게, 그것을 잃는 것은 모든 것을 잃는 것과 마찬가지다. 다시 큰 트리를 길러낼 때까지, 다른 마을에 신세를 지거나 하지 못한다면 얼마나 큰 희생을 치르게 될까.

"좋아. 벌꿀 바른 고기를 우르수스에게 주면서 마을에서 멀리 떨어지자."

수렵장의 말에 모두가 고개를 끄덕였다.

"일단 스모모와 프룬이 벌꿀 바른 고기를 준비해줘. 다른 사람들은 여기 남아서 우르수스 로드가 마을 안에 들어가지 못하도록 주의를 끌고."

젊은 두 레인저가 마을 중심을 향해 달려갔다.

이미 첫 번째 엘프 트리를 엉망으로 만들고 다음 나무로 옮겨간 우르수스 로드가 발톱을 휘두르려다 우뚝 멈추었다.

에그니아 일행이 무슨 일인가 생각하기도 전에, 우르수스 로드가 다시 움직였다.

마을 중심을 향해.

"막아!!"

에그니아는 즉시 화살통에서 화살을 두 대 뽑아 시위에 메겼다. 시야 가장자리에서 에그니아의 명령을 받은 동료들도 재빨리 활을 드는 것이 보였다.

특수기술을 사용해 동시에 두 발을 쏘았다.

우르수스 로드의 거대한 몸에 두 화살이 모두 명중하고——모두 튕겨져 나왔다.

이어서 화살이 몇 대나 날아갔다.

날아간 화살은 우르수스 로드의 안면이며 앞발에 맞아 튕겨나가거나, 혹은 눈앞의 지면이며 나무에 꽂혔다. 빗나간 것이 아니다. 이동을 시작했다 해도 이만한 거구니 빗맞히는 것이 더 힘들다.

화살을 쏜 것은 대미지를 입히려는 의도가 아니었다.

상대의 주의를 끌어 시간을 벌기 위해서다.

하지만 우르수스 로드는 한순간도 멈추지 않았다. 이쪽을 흘끔 볼 뿐이었다.

"이럴 리가!"

'——상대는 생태계의 정점이잖아? 약자인 우리에게 공격을 당하고도 완전히 무시하는 건 대체 어떻게 된 일이지? 약자를 약자로 보지 않나? 마치 무언가 다른 목적이 있는 듯한 행동…… 어딘가 다른 데서 다크엘프 마을을 습격한 적이 있나? 마을 중앙에 아이 같은 약자들이 있다는 걸 아나? 그래서 위압으로 그 장소를 알아내려고 한 건가? 왕종 우르수스가 우리를 무시하고 더 약한 목표를 노리는 건, 어쩌면 놈 자신이 약했을 때 이런 사냥을 배웠기 때문일지도?!'

옛날에 이런 식으로 사냥에 성공했기에 똑같은 일을 반복한다는 것은 이치에 맞는다. 설령 그것이 왕이라 불릴 정도로 강함을 자랑하는 존재가 되었다 하더라도.

그렇게 생각하면, 엘프 트리에 공격을 반복하던 것도 싸울 수 있는 자들을 자신의 주위로 모으기 위해서라든가, 그런 모종의 목적이 있었을 것이다. 그렇게 생각하면 저 기괴한 행동의 모순은 사라지고 수긍이 간다.

분명 그것조차도 예전의 사냥에서 잘 통했던 성공체험에 따른 것이 아닐까. 그렇다고는 하지만 아무리 추측한들 에그니아 일행이 할 수 있는 일은 하나밖에 없었다.

우르수스 로드를 중앙—— 아이들이 있을 장소로 가지 못하게 하는 것이다.

"쫓아가!"

수렵장이 말할 필요도 없었다. 모두 다리 위에서 뛰어내려 지면을 달려나갔다.

엘프 트리에 걸린 다리를 이용하면 약간이라고는 해도 우회하게 된다. 우르수스 로드의 손이 쉽게 닿을 만한 장소를 달리는 것은 매우 위험하지만, 이럴 수밖에 없다. 게다가――

에그니아는 앞에서 달려가는 우르수스 로드를 노려보았다.

――만약 우르수스 로드가 돌아서서 이쪽을 공격한다 해도, 그렇게 시간을 끌 수는 있을 테니까.

거구인 우르수스 로드는 마을 안을―― 엘프 트리가 늘어선 곳 안을 누비기는 어려운지, 주력에 압도적인 차이가 있기는 해도 거리가 멀어지지는 않았다. 반대로 다크엘프 중에서 가장 뛰어난 신체능력을 자랑하는 에그니아는 거리를 좁히는 데 성공했다.

건너편에서 비명이 들려왔다.

누군가가 습격을 당한 것은 아니다.

마을 중앙에 있는 자들도 우르수스 로드를 본 것이다.

'젠장!'

마을 중앙에는 광장이라 불리는 것이 있지만, 지면 위에 있지는 않다. 그것은 나무와 나무에서 뻗어나온 다리로 고정된, 허공에 뜬 쟁반 같은 장소를 말한다.

우르수스 로드는 광장에 도착하자 몸을 일으키더니, 그 굵고 무시무시한 두 팔을 벌리며 다시 포효를 터뜨렸다.

조금 전보다도 큰 울음소리는 그 자리에 있던 자들을 얼어붙게 만들기에 충분한 박력이 있었다. 광장은 지면에서 떨어져 있기는 하지만 우르수스 로드의 거구라면 쉽게 닿을 정도였다.

생물로서의 격이 다르다는 것을 느끼게 만드는 포효와, 보는 이를 공포에 빠뜨릴 거구. 그러한 것들이 맞물려, 전력으로서는 아무 도움도 될 수 없는 자들―― 훈련도가 낮은 신출내기 레인저나 아이들을 경직에 빠뜨렸다.

에그니아는 손에 든 다크엘프 식 복합궁을 내팽개치고 두 손을 비웠다.

이 활은 다크엘프의 보물이다. 이 활에 쓰인 여러 가지 재료는 이 숲이 아니라 과거에 살던 땅에서 채집한 것들이다. 수리용 부품도 별로 없어 두 번 다시 만들지 못한다. 그런 물건을 이렇게 함부로 다룬다면 장로들에게 질책을 받을 것이다. 그러나 활을 조심스럽게 다룰 여유 따위는 이제 없었다.

"우오오오오오!"

우르수스 로드의 주의를 끌기 위해, 그리고 자신을 고무시키기 위해 에그니아는 포효하며 달려들었다. 놈의 거구에 매달려서는, 우툴두툴한 경피를 잡고 달리듯 기어올랐다.

"――그어어!"

우르수스 로드가 날뛰고 몸을 뒤틀어 에그니아를 떨쳐내려 했다.

한순간 몸이 떠오르고 원심력에 붙들려 날아갈 뻔했으나 간신히 버텼다. 그대로 놈의 뒷머리까지 도달했다. 우르수스 로드는 한층 격렬하게 날뛰었다.

당연하다. 다크엘프도 목덜미에서 벌이 왱왱 날아다니면 같은 행동을 할 것이다.

달라붙듯 왕의 목에 달라붙은 에그니아는 떨어지지 않기 위해 필사적으로 견뎠다.

놈이 지면에 나뒹굴거나 가공할 발톱으로 긁어내지 않는 것은 이상했지만, 에그니아에게는 다행이었으며 감사해야 할 일이었다.

그대로 버텼다.

흔들리는 시야 속에서 마을 사람들—— 특히 아이들이 이쪽을 바라보는 것을 알아차리고, 에그니아는 조바심을 냈다.

"뭣들 하나! 도망쳐!"

소리를 지르고 싶지는 않았지만 어쩔 수 없었다. 실제로 목소리에 반응한 것처럼 우르수스 로드의 움직임이 격렬해졌다. 이를 저지하기 위해 화살이 날아왔다. 숙련된 실력이라면 이 상황에서도 에그니아에게 맞히는 일은 거의 없다.

다만, 에그니아의 공격으로도 뚫지 못했던 가죽이었다. 화살이 우르수스 로드를 상처 입힐 기미는 없었다. 생채기조차 내지 못한다면 독을 묻혀도 효과는 없다.

에그니아는 두 팔에 힘을 주었다. 지금 우르수스 로드에게서 떨어질 수는 없었다.

기이할 정도로 길게 느껴지는 시간이 지나, 우르수스 로드의 움직임이 조금 둔해지기 시작했다. 이리저리 날뛰다 지친 것이리라. 하지만 상대는 로드. 터프함도 상식의 범주를 넘어설 것이다. 즉시 회복해 다시 날뛰기 시작할 것이 분명하다.

에그니아는 손이 저리고 있었다. 다음번에는 견디지 못할 것이다.

이것이—— 마지막 기회다.

한쪽 팔을 허리로 뻗어 그곳에 있던 단검을 뽑았다.

그리고 우르수스의 약해 보이는—— 눈이며 코에 닿을 거리까지 단숨에 몸을 들어올렸다. 감각이 없는 목덜미 같은 부분은 있다. 하지만 그곳은 두꺼운 모피 밑에 두꺼운 근육이 있다. 그가 든 단검으로는 대미지를 입힐 자신이 없었다.

그때, 에그니아의 몸이 둥실 떠올랐다.

한 손을 놓은 순간 우르수스 로드가 몸을 격렬히 뒤튼 것이다. 안 그래도 온몸의 기능을 구사해 매달리는 것이 고작이었는데 한쪽 손을 놓은 지금의 자세로 어떻게 견디겠는가.

시야가 빙글 회전하고 어디선가 비명이 솟았다.

'아차——.'

무슨 일이 일어났는지를 깨닫고, 즉시 단검을 버리며 허리에 손을 뻗었다. 그가 꺼낸 것은 작은 가죽 주머니였다.

그의 몸은 지면에 내팽개쳐졌다. 충격으로 폐에서 공기가 밀려나와 한순간 호흡곤란에 빠졌다.

하지만 아픔은 있어도 그 이상으로 솟아나는 조바심이 더 강했다.

땅바닥에 나뒹군 에그니아는 정면에서 이쪽을 노려보는 우르수스 로드와 눈이 마주쳤다.

움직일 수 없다.

눈앞의 우르수스 로드가 내뿜는 압력에 몸이 경직되었다.

공연히 움직였다가는 그것으로 끝장임을 알 수 있었다.

우르수스 로드가 내뿜는 숨이 와 닿았다. 공연히 좋은 냄새였다는 것은 놀라운—— 정도가 아니라 경악의 영역이었다.

에그니아는 웃음을 터뜨릴 뻔했다.

생각할 것도 망설일 것도 없다. 이미 각오는 했다.

'덤벼라. 내 살과 함께 이걸 먹여주지.'

우르수스 로드에게 먹히는 것은 최악이다. 놈이 다크엘프의 맛을 익혀버리게 될 테니까.

하지만 다크엘프의 맛이 마음에 들지 않는다면 어떨까.

손에 쥔 가죽자루의 주둥이를 풀었다.

사전에 받았던 독약이다. 우르수스 로드의 사이즈를 생각하면, 너무나도 적다.

하지만 독살까지는 가지 않더라도, 독의 맛은 가르쳐줄 수 있다.

크게 입을 벌리고 물어뜯으려 한다면, 팔과 함께 독이 든 가죽자루를 입에 처넣을 것이다.

발톱으로 공격당하면 끝장.

물어뜯기는 것도, 아마 팔만으로 끝나지는 않을 것이다.

에그니아는 각오를 다졌다.

아니, 이미 오래 전부터 각오는 돼 있었다.

이 마을을 위해 살고 죽기로.

자신이 다른 자보다도 강인한 것은 분명 이 날을 위해서였을 것이다.

'——자, 와 봐라. 이 마을의 다크엘프는 네가 토하고 싶어질 정도로 맛이 없다고!'

우르수스 로드의 시선이 그에게서 떨어졌다.

'——뭐지?'

포효를 한 차례 지른 우르수스 로드는 꼬리를 휘두르고 팔을 내저으며 분노를 터뜨리듯 주위의 엘프 트리에 공격을 퍼부어 댔다. 마치 에그니아가 보이지 않는 것 같았지만, 그럴 리가 없다. 실제로 시선이 교차한 것을 느꼈으므로.

"에그니아! 빨리!"

상황을 파악하지 못하고 혼란에 빠진 에그니아는 그때 동료 레인저의 목소리에 흠칫 정신을 차렸다.

잡아먹힐 각오는 있었지만, 그렇다고 기꺼이 먹혀줄 이유는 없다.

그러나 도망칠 수 있을까? 우르수스 로드는 흥미가 없는 분위기지만, 흘끔흘끔 이쪽으로 시선을 보내는 것을 알 수 있었다. 무언가 노림수가 있는 게 아닐까?

'도망치는 게 정답——인가?'

전혀 모르겠다. 상대의 의도가 하나도 전해지지 않았다.

에그니아가 혼란의 극치에 빠져 있으려니, 갑자기 날아온 화살이 마수의 눈앞에 있는 엘프 트리에 꽂혔다.

따—앙! 드높고도 소름이 돋을 만큼 맑은 소리가 파문처럼 퍼졌다. 모든 다크엘프—— 우르수스 로드조차 몸을 멈춰, 주위 일대는 찬물을 끼얹은 것처럼 조용해졌다.

그런 가운데, 귀여운 목소리가 울려 퍼졌다.

"어…… 그쯤 해둬라—."

세상이 찬란히 빛났다.

엘프 트리 뒤에서 쏙 하고 모습을 나타낸 것은 어린 다크엘프였다. 그러나 이 마을 주민은 아니다. 매우 귀여운 남자아이로도, 매우 귀여운 여자아이로도 보였다. 아니, 자세히 보니 그것은 놀라울 정도로 사랑스러운 소녀였다. 자기도 모르게——.

"——아, 아름다워."

에그니아는 중얼거리고 말았다.

이 얼마나 사랑스러운 소녀란 말인가. 아침 이슬이 물방울이 되어 나뭇잎에서 떨어질 때 여명의 햇살을 받아 보석처럼 빛나는 모습을 아득히 능가하는 아름다움이었다.

마치 내면에서부터 찬란한 빛을 뿜어내는 것처럼 보였다. 그것이 조금 전 세계가 빛난 것처럼 보였던 원인이리라.

게다가 그녀의 움직임에서 생명의 광채가 풍겨나는 듯했다. 이만큼 거리가 먼데도 불구하고 향긋한 냄새가 감돌았다.

에그니아는 자기도 모르게 코를 실룩거리고 말았다.

그 향을 조금이라도 자신의 폐 속에 담고 혈액을 경유해 자신의 온몸에 채우기 위해.

이 얼마나 그윽한 방향Fragrance이란 말인가. 세포 하나하나가 환희로 춤을 추는 듯하다.

그런 절세 미소녀의 손에는 ——장갑을 끼고 있어 손가락이 보이지 않는 것이 아쉽다——

"이럴 수가……."

——놀랄 정도로 훌륭한 활이 들려 있었다. 경탄할 만한 만듦새는 결코 허식을 위한 것만은 아니었다. 에그니아가 본 어떤 활보다도 힘을 가지고 있다고, 레인저의 감이 외쳐댔다.

그러나 그런 것은 아무래도 상관없었다.

소녀가 그 조그만 몸에 어울리지 않는 활을 들고 있다는 것의

언밸런스함이 또한 가련함을 증폭시키는 하나의 팩터가 되었다.

모든 것이 매력적이다.

반짝반짝한다.

“이 녀석, 몬스터—. 자아, 저리 가거라—. 이 이상의 난폭한 짓은 내가 절대 용서하지 않겠어—.”

목소리가 귀엽다.

너무나도 귀엽다.

엄청나게 귀엽다.

조금 전에도 분명히 들었을 텐데, 그때는 미모에 정신이 팔려 목소리는 기억이 나지 않았다. 하지만 이번에는 뇌가 목소리에도 확실하게 반응했다.

몇 번이고 몇 번이고 반복재생했다. 그때마다 소름이 돋으려 했다.

절세의 미소녀가 손가락을 우르수스 로드에게 척 내밀었다.

왜 그 손가락을 자신에게 내밀어주지 않는 걸까.

분하다.

원통하다.

그 아름다운 눈동자가 자신을 담아주지 않는 것이 슬프다.

“크르르르릉.”

우르수스 로드가 으르렁거리는 소리를 냈다.

사냥감을 위협하는 목소리가 아니었다. 거기에 담긴 것은 두려움.

우르수스 로드는 저 절세의 미소녀를 경계하는 것이다.

당연하다.

이만한 절세의 미소녀가 눈앞에 나타나면 어떤 자라도 위축되고 말 것이다. 혹시 여신은 아닐까 하고.

물론, 마수에게 그런 미적 센스가 있겠느냐고 하는 자도 있을지 모른다. 하지만 그것은 너무나도 어리석은 생각이다.

에그니아는 강하게 부정했다.

부정할 수 있는 근거가 있었다.

강대한 힘을 보유한 마수는 아름답다. 그렇다면 역설적으로, 이 절세 미소녀가 절대적인 힘을 가졌다고 해도 이상하지 않다.

그렇다. 전혀 이상할 것이 없다.

우르수스 로드가 움직이려 하는 기척을 뿜은 순간—— 에그니아는 눈을 크게 떴다.

절세 미소녀는 이미 화살을 시위에 메기고 있었다.

에그니아는 절세 미소녀가 모습을 보인 후로 한순간도 그녀에게서 눈을 떼지 않았다. 아까워서 눈도 깜빡이지 않았다. 하지만 화살을 메기고 있었던 것이다.

아니, 이상한 일은 아니다.

세계가 빚어낸 듯한 절세의 미소녀가 아닌가. 그렇다면 그 정도는 당연히 해낼 수 있을 것이다.

에그니아에게는 그런 확신이 있었다.

섬광이 내달리고——

"크오오오!"

——우르수스 로드가 비명을 질렀다.

날아간 화살이 향한 곳 따위 아무래도 상관이 없었다. 그런 것보다 한순간이라도 절세 미소녀에게서 눈을 돌리고 싶지 않았다.

"■, ■■■■?! ■■■■■■■■■?!"

"■■■!"

"■■■■■■?!"

주위에서 입을 모아 무언가 외치고 있었다.

시끄러웠다.

'좀 조용히 해봐! 이러다 저 절세 미소녀가 뭐라고 말해도 하나도 안 들리겠어!'

절세 미소녀의 목소리를 들으려 하는 에그니아의 입장에서 보자면 너무나도 방해되는 잡음이었다.

우르수스 로드의 발소리가 멀어져간다.

그것 또한 상관없었다.

"■?! ■■■■■■■■■■■■■■■■■■■?!"

'그러니까 시끄럽다고! 너희 때문에 저 아이의 목소리가 안 들리면 어떻게 하려고 그래!'

"……무사해?"

절세 미소녀가 말을 걸었다.

자신에게, 말이다. 다른 그 누구도 아니고.

자신에게, 말이다!

에그니아는 흥분 때문에 몸이 딱딱하게 굳어 말이 나오지 않았다. 머리가 돌아가지 않아 무슨 말을 해야 좋을지 알 수 없었다. 호흡까지 가빠지기 시작했다. 그래도 이런 태도를 보이는 것은 무조건 실례다. 산소부족으로 사고가 흐트러지면서도 몸

속의 모든 힘을 동원해 에그니아는 최적의 답을 쥐어짜냈다.

"이, 에, 쁘다."

"……응? ……에? ……뭐?"

절세 미소녀가 의아하다는 표정을 지었다. 그런 표정 또한 너무나도 사랑스러웠다. 아니, 그녀라면 어떤 표정이라도 분명 사랑스러울 것이다.

"미, 미안해. 아무래도 에그니아는 우르수스 로드에 대한 공포 때문에 혼란에 빠졌나봐."

"흐응~."

수렵장의 말에 절세 미소녀가 평탄한 목소리로 그 말만을 했다. 그제야 겨우 조금 제정신을 차린 에그니아는 자신의 추태에 얼굴을 붉혔다.

"네헥! 해즈어서, 앙샤함다!"

"……………………? 아아, 화살을 쏴줘서 고맙다는군."

주위에 있던 레인저들도 이 절세 미소녀에게 처음 해야 할 일을 떠올린 듯했다. 앞을 다투어 나무에서 내려와서는, 그녀에게 고개를 숙이고 감사의 말을 입에 담았다.

"네~ 괜찮아요."

아니다.

그렇다, 아니었다.

도와준 것을 고마워할 때가 아니다. 여기에—— 자신의 앞에 나타나준 것을 고마워해야만 한다.

"네헥!"

"……당신 정말 괜찮아? 땅에 구르면서 머리라도 세게 부딪

쳤어? 신관…… 여기선 드루이드일까? 한테 보여주는 게 낫지 않을까? 그 마수가 뭔가 특수한 능력을 가지고 있었을지도 모르고."

"그렇군. 머리를 세게 부딪친 것 같으니 에그니아를 옮기는 게 좋겠어."

막대 두 개와 로프로 만든 들것이 왔다. 튕겨져 날아갔을 때의 아픔 같은 것은 없었지만, 이것은 눈앞의 절대 미소녀를 보고 있다는 흥분 때문에 단순히 아픔을 느끼지 못한다는 가능성도 충분히 있었다. 사람은 극한상황이 닥치면 아픔도 잊고 행동할 수 있다. 그렇다면 절세 미소녀가 앞에 있을 때 아픔 따위 느끼지 않는 것도 당연하리라.

솔직히 말하자면 그녀를 따라가고 싶었다. 여기서 같은 공기를 마시고 싶었다. 하지만, 만약, 정말로 부상을 입었다면 절세 미소녀가 마음 아파할지도 모른다. 이렇게 예쁘니 당연히 마음도 다정하겠지. 그러니 그것은 반드시 피해야만 하는 사태였다.

욕망을 이성이 필사적으로 설득한 결과, 에그니아는 고분고분 실려가기로 했다.

절세 미소녀가 수렵장과 이야기를 나누는 뒷모습을 눈으로 좇으며 에그니아는 생각했다.

'……왜 이렇게 심장이 두근거리는 거지…… 설마…… 사랑!!'

블루베리 에그니아. 254세의 첫사랑이었다.

2

아우라는 앞장서서 걷는 다크엘프—— 자신을 수렵장이라고 소개한 남자의 뒤를 따라갔다. 이 마을에서 레인저들을 통솔하는 남자라는데, 조금 전에 쓰러져 있었던 남자가 더 강한 것 같았다. 그럼에도 왜 이 남자가 대표일까? 인간 사회에서도 전사 같은 직종은 어지간하면 제일 강한 사람이 대표가 된다. 아니면 ——.

'——클래스가 다른가? 아까 그 사람은 전사고, 이쪽은 레인저라든가? 아니면 빅팀 같은 경우일까?'

나자릭 제8계층의 계층수호자를 떠올리고, 무언가 역할이 있겠거니 수긍한 아우라는 등 뒤의 기척을 찾아보았다.

있다.

그리고, 계신다.

아우라와 수렵장의 뒤를, 꽤 많은 수의 다크엘프가 따라오고 있다. 마을로 보냈던 마수 곰에 의한 피해는 거의 없었을 것이다. 그러므로 시간이 남아서 ——혹은 호기심을 자극받아서—— 낯선 이의 뒤를 따라오는 것이리라.

그들에게서는 적의나 살기 같은 것은 당연히 느껴지지 않는다.

물론 아우라가 감지할 수 없는 수준으로 교묘하게 숨겼을 가능성이 없는 것은 아니지만, 아우라의 직감으로는 그렇지 않은 듯했다. 무엇보다 그런 영역에 도달한 사람이 있다면 그 정도의 마수 따위는 아우라가 나타나기 전에 여유롭게 해치웠을 것이다.

'……들키진 않았나보다.'

지금의 상황을 보면, 마수 곰을 보낸 것이 이쪽이라는 사실을 마을 사람들이 알아차리지는 못한 것 같았다.

'아~아.'

아우라는 멀거니 생각했다.

'왜 아인즈 님은 이 마을 사람들이 죽지 않도록 하라고 그러셨을까?'

주인의 지시를 요약하자면, '이 마을에 들어가 우호적인 위치 관계를 만들라' 는 것이었다.

더 많은 다크엘프가 쓰러진 다음에 구해줬으면 더 많은 감사를 받았을 것이다. 어쩌면 '더 일찍 와줄 것이지' 라고 하는 자가 나왔을지도 모르지만, 그런 소리나 하는 어리석은 이는 늘 불평불만만을 입에 담는 법이다. 그렇게 아우라에게── 나아가서는 나자릭에 해만 끼칠 대상은 처분 여부를 판별한 순간 냉큼 제거해버리면 그만이다.

예를 들면, 다시 한 번 마수 곰을 보낸다거나 해서.

'으음~ 하지만 아인즈 님의 생각을 모르겠는걸. 지시를 생각해보면, 역시 좀 더 절망으로 몰아넣는 게, 그 다음의 구출이 극적으로 보여서 더 효과적일 것 같은데…… 알베도나 데미우르고스라면 아인즈 님의 노림수를 이해했을까?'

아우라는 아무리 생각해도 주인의 의도를 읽을 수 없었다. 물론 뛰어난 지혜의 지배자인 그의 노림수를 이해하기란 누구라도 무리일지 모른다. 하지만 여기서 생각을 멈춘 채 가만히 있어서는 안 된다.

주인은 자신들의 성장을 기대하고 있다. 특히 나자릭의 최고 간부인 계층수호자는 나자릭에 속한 모든 이들의 모범이 되어야 한다.

'으음~ 으음~……. 죽여버리면 나중에 필요할 때 귀찮은 일이 생긴다거나 그런 거겠지만, 아인즈 님이시라면 더 깊은 데까지 생각하셨을 것 같단 말이지.'

게다가 그 마수 곰도 그렇다.

"다크엘프들 앞에서 죽여버릴까요?"라고 물어봤을 때는, 아까운 데다 큰 디메리트가 있다는 답이 돌아왔다.

하기야 본 적이 없는―― 레어임 직한, 이 세계에서는 나름대로 강한 것 같은 개체다. 같은 정도의 힘을 가진 녀석을 발견하지 못한 상태에서는 주인의 판단에 동의할 수 있다.

실제로 자신 또한 유용하게 활용할 방법을 제안해보긴 했지만, 그래도 죽여버리는 편이 한통속이라는 의심을 살 가능성이 낮아질 것이다. 여기에는 주인도 동의했다.

다만 주인은 아우라가 마수 곰을 직접 해친다는 행위 자체는 바라지 않는 분위기였다.

그때 무엇이 디메리트인지까지는 가르쳐주지 않았으므로, 아직도 고민하고 있다.

'아인즈 님은 머리가 좋으시니까, 명령에 그대로 따르면 아무 문제도, 잘못도 일어나지 않겠지만, 그러기만 해서는 안 되겠지…….'

명령에 따르기만 하는 것은 이류. 그 명령의 노림수나 진의를 이해하고 그 이상의 결과를 내도록 행동해야 일류다.

'알베도나 데미우르고스는 아인즈 님께 칭찬을 받을 정도로 일류의 활약을 하니까 말이지. 나도 질 수는 없어. 하지만…… 으음……. 이 마을 근처에 있던 약한 마수 곰은 죽이지 말고 그걸 이용하면 좋았을까? 그랬으면 완벽했으려나?'

아우라는 앞장서서 걷는 수렵장의 등을 보았다.

이 남자는 조금 전부터 계속 말이 없었다.

'보통 궁지에서 구해준 게 나 같은 애라면 이것저것 물어볼 것 같은데. 아직 자기소개도 안 했잖아. 다크엘프들은 원래 이런가? 그렇지는 않을 것 같은데…….'

자신과 이야기하는 게 싫어서라든가, 말할 마음도 들지 않는다거나, 그런 느낌은 아니었다. 등에서는 그런 거부의 분위기는 느껴지지 않았다. 그것은 그의 발놀림을 보면 알 수 있다.

아우라에게 맞춰 보폭을 작게 해서 걷는 속도 자체를 늦춰주고 있다. 이래놓고 사실은 아우라를 싫어했다면 복잡한 성격의 소유자라고 생각할 수밖에 없다.

이것은 짐작이지만, 원래 과묵한 성격이거나, 아우라 같은 어린이와 이야기하는 데 익숙하지 않아서일 것이다.

솔직히 말하자면 호스트로서는 실격이지만, 딱히 그런 것을 요구하진 않았으므로 그 점을 지적할 수는 없다. 굳이 따지자면 좀 더 친근한 태도의 다크엘프를 고르지 못했던 아우라의 실수라고도 할 수 있으리라.

'——하는 수 없지. 내가 먼저 말을 걸어볼까?'

분위기를 누그러뜨리기 위해 서론부터 들어가는 편이 좋을 수도 있지만, 목적지까지 얼마 안 남았다는 점을 생각해 아우라는 단도직입적으로 말을 꺼냈다.

"장로님이라고 했던가? 마수 곰 소동 때도 안 나타났던 사람들한테 가고 있는 거지?"

"마수 곰? 안킬로우르수스를 그쪽에서는 그렇게 부르나?"

"응. 이쪽에서는 그렇게 불러."

아우라는 태연히 거짓말을 했다.

"그보다 장로님 얘기 좀 들려줘."

"음, 맞아. 지금 장로님들에게 가는 중이지. 장로님들이 그곳에 왔더라면 이렇게 찾아갈 필요도 없었겠지만, 자기들 엘프 트리에서 기름을 만들고 계셨다고 해."

"흐음~ 근데 장로님은 몇 명이나 있어?"

처음으로 수렵장이 어깨 너머로 돌아보았다.

"아, 그쪽에서는 다른가? 셋이야."

아우라는 잠깐 걷는 속도를 높여 수렵장과 나란히 섰다.

"내가 살던── 여기서 멀리 떨어진 도시에서는, 장로를 만나본 적이 없었거든."

"그렇군. 우리 같은 마을과는 다른가 보지. 엘프들의 도시도 왕이 있다고 했으니까. ……도시란 건 살아가는 사람의 수가 늘어난 마을이라고 들은 적이 있는데, 인구가 늘면 장로가 셋으로는 부족해서 그런가?"

"글쎄? 우리 나라에는 다크엘프가 거의 없어서 그건 잘 모르겠어."

상대의 정보는 필요하지만 이쪽의 정보는 별로 넘겨주고 싶지 않은 아우라는 어깨를 으쓱했다.

애초에 장로가 얼마나 결정권을 가지고 있는지, 어떤 존재인지를 모르기 때문에 적절한 대답을 할 수는 없었다. 무엇보다 수가 적다고 해서 도시의 운영이 불가능하다고 잘라 말할 수는 없다. 왜냐하면 자신들의 주인 같은 사례가 있기 때문이다.

'아인즈 님이 세 명이나 계신다면, 세계 전체를 완벽하게 지배해버려서 우리는 분명 필요도 없어질 것 같고…….'

아우라가 주인에 대해 생각하고 있으려니, 수렵장이 눈을 약간 크게 떴다.

"……다크엘프 나라에서 여기까지 여행을 해서 온 게 아니었나?"

"응? 아닌데? 내가 살던 나라에는, 아까도 말했지만 다크엘프는 거의 없어."

정확한 숫자 같은 정보를 상대에게 넘겨주는 것은 손해다. 그러므로 추상적인 대답을 해두었다.

"있는 건 다른 종족뿐이야. 인간, 고블린, 리저드맨, 오크, 그 외에도 이것저것. 우린 이 숲에 동족인 다크엘프가 있다고 들어서 찾아왔어."

"그렇군……."

무거운 대답에는 어떤 의미가 담겨 있었을까. 조금 캐묻고 싶었지만 서두르는 것은 좋지 않다고 판단한 아우라는 자신이 먼저 깊이 추궁하지는 않기로 했다. 그 이상으로, '우리' 라는 부분을 파고들지 않기를 바랐다.

"하지만 그런 다양한 종족과 함께 살아갈 수 있다니…… 놀라운걸."

"그래?"

절대적인 존재가 위에 있으면 아무리 많은 종족이 있더라도 모두가 그 존엄함에 자연스럽게 고개를 조아리는 법이다. 반대로 그것이 이루어지지 않은 이 세계는, 다시 말해── 진정한 절대자를 모른다는 뜻이다.

그렇기에 아인즈 울 고운의 이름은 널리 세계에 알려져야만 한다.

'절대적인 지배자이신 아인즈 님께서 이 세계의 모든 생물을 지배하셔야만 해.'

그렇게 해서 태어난 것이야말로 절대적인 평화다. 만약 이를 원하는 자가 있다면 지고의 존재에 의한 지배를 받아들여야만 한다.

아우라는 자신의 주인을 모르는 다크엘프들이 불쌍했다. 무지한 야만인에게 문명인이 품는 연민이었다.

'알베도나 데미우르고스라면 모른다는 것 자체에 화를 낼 것 같지만, 그건 좀 너무하지. 중요한 건 알았을 때 제대로 무릎을 꿇는가 하는 거라구.'

다만, 어리석지 않은데도 알았을 때 무릎을 꿇지 않을 한 가지 가능성이 있다.

그것은 위대한 존재와 동격의 존재이거나, 그런 존재의 지배를 받고 있을 경우다.

지고의 존재들은 신에게 필적하는 분들이지만, 분하게도, 동격의 존재 또한 존재한다.

물론 그중에서도 지고의 존재들은 상위에 속한다. 과거 나자릭을 더럽히고자 쳐들어왔던 자들은 모두 퇴치되었고, 지고의 존재 중 한 분은 세계에서 세 번째로 강하다고 했다.

하지만 그 외에도 존재한다는 것은 결코 흔들림 없는 사실이라고 한다. 그렇기에 마지막으로 남은 지고의 존재인 주인이 경계하는 것이다.

'그런 점을 잘 아는 아인즈 님이기에 걱정을 하시는 것도 이해는 하지만…… 난 없을 거라고 생각하는데 말이지……. 아인즈 님이 경계하시는데 내가 그런 생각을 하면 안 되겠지만…….'

지고의 존재에 필적할 만한 존재가 있을 경우, 아무리 교묘하게 숨기더라도, 타인과 관계를 맺고 있다면 어느 정도는 명성이나 지명도를 얻을 것이다. 그런 존재가 역사 속에 이름을 남기듯. 그런데 지금은 그런 존재의 소문조차 들어본 적이 없다.

지금 있는 장소는 변경인 것 같았으므로, 정보가 전해지지 않을 만큼 거리가 멀다고 생각할 수는 있다.

'데미우르고스는 아직도 경계해야 한다는 생각이었지…….'

데미우르고스는, 마도왕의 탄생과 강함에 대해서는 아무리 정보를 봉쇄해도 타국에 흘러나갈 테니, 대륙 전체에 널리 확산됐을 때가 '플레이어'가 있는지 없는지를 가늠할 때일 거라고 말했다. 그러므로 계층수호자로서 주인의 경고를 염두에 두고 저마다 주의를 해야 한다는 것이다.

그리고 상대가 개입하려 드는 것은 역시 전란처럼 과도한 혼란이 발생했을 때일 테니, 그때야말로 오히려 상대를 발견할 기회가 될 거라고도 했다.

"그야 우리도 다른 종족하고 우호적이라고까지는 못하겠지만, 심하게 싸우려고 하지는 않아. 그런 짓을 할 여유가 없다고 해야 할까. 몬스터라는 공통의 적이 있으니까, 조금이라도 안전한 장소를 만들기 위해 대립해선 안 된다는 측면도 있고, 협력해야만 한다는 것도 있고. ……숲 밖의 몬스터는 강한가?"

사내의 말 속에는 '넌 그래서 강한 거냐' 는 질문이 담겨 있는 것처럼 느껴졌다.

"——아, 응. 강한……가? 내가 보기엔 별로 세지 않은데?"

남자가 말을 걸어왔으므로, 아우라는 반대로 질문을 했다.

"숲 밖을 모른다면, 얼마나 오랫동안 이 숲 밖으로 안 나간 거야?"

"이 숲에 온 건 300년 이상 전이라고 장로님들에게 들은 적이 있는데, 그 후로는 숲 밖에 나갔다는 다크엘프 얘기는 들은 적이 없어."

"300년? 들은 적이 있어? 이상한 표현이네. 300년 전이라면 아저씨가 이미 태어났을 때 아냐?"

처음으로 수렵장의 표정이 크게 변했다.

"——난 이제 겨우 200살 조금 넘었어."

아우라는 수렵장의 얼굴을 응시하고 싶어지는 마음을 꾹 참았다.

'200년? 나이 속이는 거 아니고? 아니면 이 근처의 다크엘프는 나이를 세는 방식이 다른 종족하고 다른가……?'

거짓말 같다고 생각하면서도 그런 말을 입에 담지는 않았다. 왜냐하면 대답한 남자의 분위기가 확연히 알 수 있을 정도로 어두워졌기 때문이다.

아마도, 아니, 분명 마음에 두고 있는 것이다.

딱히 아우라가 위로해줄 필요도 없었지만, 앞으로 양호한 관계를 쌓으려면 무언가 위로를 하는 편이 좋을 것이다.

"아— 응, 멋있는 어른의 분위기가 그 뭐냐…… 잘, 느껴져서, 말야."

"……아니, 신경 쓰지 마라. 그만큼 숲속 생활 때문에 고생하고 있다는 뜻이니까."

아우라는 그 말에는 아무 대답도 하지 않기로 했다. 그렇게 받아들이고 있다면, 받아들이려 한다면 아무 말도 하지 않는 것이 온정이다.

"흐응—. ……그럼 이 숲 밖으로 나갈 마음은 없어? 내가 있는 나라라든가."

주인이 어떻게 생각하는지는 모르겠지만, 이 정도 복선은 깔아두어도 손해를 보진 않을 것이다. 아이의 말이라면 가벼운 농담이었다는 변명 정도는 얼마든지 할 수 있다. 게다가 이 정도라면 주인도 멋대로 행동했다고 야단치거나 하진 않는다.

게다가 정말로 안 된다면 〈전언〉을 쓰거나 할 것이다.

"그것도 나쁘진 않을지도 모르지……."

"별로 내키지 않나 보네. 우리 나라, 상당히 좋은 나라야. 꽤 안전하고, 다크엘프를 습격하는 그런 몬스터는 안 나와. 그야 우리 나라에 와서도 다른 고생이 있긴 하겠지만, 여러 가지로 지원도 받을 수 있을걸. 지금 같은 고생은 안 해도 돼."

"그거 좋은 나라구나. 네 말만 들어도 얼마나 좋은 나라인지 전해져. 그래도 불안을 없애기는 어렵지. 새로운 장소로 간다는 데 대한 불안, 거기서 지금처럼 살아갈 수 있을까 하는 불안……. 그럴 거면 차라리 지금 이대로가 좋지 않을까 하는 생각이 드는 건 내가 보수적이라서 그럴까."

아이의 직설적인 말에도 상당히 진지하게 대답해준다. 원래 성격이 성실하고 선량해서인지, 그만큼 아우라를 높게 평가해서인지. 어느 쪽이든 파고들면 얼마든지 말을 해줄 것 같았으므로 아우라는 마음속으로 씨익 미소를 지었다.

"그럼 시험 삼아 몇 명 와보는 것도 나쁘지 않을 것 같은데?"

"그것도 정말 나쁘지 않겠군. ……가볼지 말지. 간다면 몇 명이 갈지. 만약 그런 걸 결정하게 된다면 장로님들의 의견도 중요하겠지만…… 그 셋의 의견에 반대하는 사람도 적지 않을 테고……."

"어? ……혹시 이제 만날 장로님들이란 사람들, 별로 구심력이 없다거나?"

수렵장은 씁쓸한 표정을 지었다.

"나는 싫어하진 않지만 말이다. ――여기야."

한 그루의 나무 앞에 도착했다. 이 일대의 엘프 트리와 별로 다를 바 없는 분위기였다.

"알고 있겠지만 안은 별로 넓지 않거든. 장로님들을 부르지. ――장로님들, 손님이 오셨어!"

조금 목소리를 높였다. 그러자 나무에 뚫린 구멍에서 한 사람씩, 세 명의 다크엘프가 나타나 내려왔다. 남자가 둘, 여자가 하나였다.

장로라고 해도 외견적으로는 그렇게까지 나이를 먹진 않았다. 인간으로 치면 30대 정도일까.

'다크엘프의 나이는 외견으로 판단하기는 어려우니까~. 이 아저씨한테도 한 번 실수했고……. 아, 오빠라고 하는 편이 나았으려나? 장로하고 비교해도 별로 달라 보이지 않는데.'

아우라가 멀거니 그런 생각을 하는 동안, 뒤를 따라온 다크엘프들이 아우라를 에워싸듯 반원형으로 펼쳐졌다.

"손님, 이 셋이 우리 마을의 장로님들이야. 그리고 장로님들, 소개하지. 이분이 우르수스 로드를 격퇴해준, 이 숲 밖에 있는 —— 다양한 종족들로 이루어진, 다크엘프는 거의 없는 나라에서 온 여행자야."

수렵장의 소개에 아우라는 슬쩍 고개를 숙였다. 숙였다 해도 고개를 끄덕이는 정도였다. 자신이 저자세로 나오면 혹시나 이 마을에서 장래의 입지 확보에 지장이 생길지도 모른다고 생각했기 때문이다. 아우라는 어리기는 하지만 이 마을을 구해준 입장이다. 그럼에도 나이만 가지고 아랫사람이라고 착각하고 들면 곤란하다.

'아인즈 님의 지시는 사이좋게 지내라는 거였으니까, 이쪽이 압도적으로 위여도 안 되려나?'

"……아우라 벨라 피오라라고 합니다. 잘 부탁해요."

"음. 잘 와줬네, 먼 곳에서 온 어린 나무 아우라 벨라 피오라."

한가운데의 남자 ——그가 아마 세 장로의 대표격이리라—— 다크엘프가 무겁게 대답했다. 하지만 그렇게 나이가 많아 보이지는 않았으므로, 무거운 목소리에서 갭이 느껴져 조금 우스꽝스럽기도 했다.

주위에 있던 다크엘프 중 누군가가 ――모두에게 들릴 정도의 성량으로―― 소곤거리는 목소리가 들렸다.

"마을을 구해준 분에게는 우선 고맙다는 말부터 해야지. 그리고 왜 은인에게 아무렇지도 않게 말을 놓는 거야?"

"응, 그러게. 은혜를 느낀다면 저런 인사는 못할 텐데. 상대가 여자아이라고 깔보는 거 아닐까?"

여자들의 목소리였다.

기탄없는 의견을 말하자면, 장로의 발언이 그렇게까지 실례라고는 여겨지지 않았다. 같은 행동이라도 좋아하는 상대라면 호의적으로 받아들이고 싫어하는 상대라면 불쾌하게 느끼는 경우가 있는데, 바로 그런 것인 듯했다.

장로 대표의 얼굴이 찌푸려졌다.

"흥. 이제 인사를 하려던 참이었다. ――아우라 벨라 피오라 님. 마을을 구해주고 안킬로우르수스의 왕을 격퇴해준 데 대해 깊이 감사드리네."

"맞아. 젊은 녀석들은 성질이 급해서 안 된다니까. 이야기에는 순서란 게 있는데."

장로 대표의 옆에 있던 여자 장로의 말에, 다른 곳에서 수군거리는 여자 목소리가 들렸다.

"우선순위를 모른다고 말한 건데. 나이 먹으면 뇌가 굳어서 안 된다니까."

아우라가 수렵장을 흘끔 보자 속이 쓰린다는 표정을 짓고 있었다. 당신은 누구 편이냐는 소리를 들은 적이 있었겠지. 오른

쪽의 남자 장로도 비슷한 표정이었다. 나머지 두 장로의 표정은 험악했으며, 심지어 여자 장로는 주위를 노려보기까지 했다.

'이건…… 내가 어느 쪽에 설지 잘 생각해서 태도를 결정해야 할지도.'

일반적인 상황이라면, 어느 파벌이든 아우라라는 외부의 강력한 힘을 포섭하려 들 것이다. 그때 아우라가 어떻게 움직이면 나자릭에 이익을 가져올 수 있을까.

주인에게 그때그때 의견을 묻는 것이 가장 좋을지도 모른다. 하지만 때로는 주인의 지시를 기다리지 않고 아우라의 판단에 따라 움직여야만 할 경우도 있을 것이다.

'아인즈 님이 답을 척 내주시면 간단할 텐데…….'

노림수를 가르쳐주지 않았던 이유 중 하나는 아마도 자신들——계층수호자를 포함한 '아인즈 울 고운'에 속한 자들——이 성장하기를 바라고, 저마다의 자주성을 기대하기 때문일 것이다. 스스로 생각하고 행동하기를 기대하는 것이다.

하지만—— 아우라의 입장에서 보자면 그것은 큰 부담이었다.

'내가 실수해도, 평소처럼 나중에 엄청난 책략으로 어떻게든 해주실 생각이시겠지만…….'

그렇다고 실수를 저질러도 된다는 것은 아니다.

주인이 뒷감당을 해준다고 함부로 행동하는 것은 불충 이외의 그 무엇도 아니다.

계층수호자로서, 이번 임무에 종사하는 자로서, 아우라는 진지하게 행동을 생각하고 나자릭에 가장 큰 이익을 가져다줄 길을 발견해야만 한다.

그렇게 각오를 하는 아우라의 입장에서는, 눈앞에서 펼쳐지고 있는 다크엘프들의 말다툼은, '손님 앞에서 집안싸움이나 하다니 바보 아닌가?' 싶어져 어이가 없을 뿐이었다.

하지만 이것은 좋은 기회일지도 모른다. 이 대립을 어떻게 활용할까. 어쩌면 그것이 가장 중요한 요소가 될 가능성도 있다.

'……아인즈 님은 그걸 노리고? 아니지, 아무리 그래도 그건 아니야. 이 마을이 이런 문제를 품고 있다는 정보는 얻지 못하셨을 테니까. 하지만 이 마을에 들어와서 우호적인 입지를 만들라고 명령하셨던 걸 생각해보면, 지금은…….'

"저기~ 먼 길 왔는데 후회하게 만들 만한 행동을 보이는 건 일부러야? 그게 아니라면 내가 없을 때 해주면 안 될까? 우리나라에 돌아갔을 때, 다른 종족 친구들한테 다크엘프 마을은 좋은 곳이었다고 자랑할 만한 모습을 보여줬으면 좋겠어."

찬물을 끼얹은 듯 그 자리가 조용해졌다.

당연하다. 지금 자신들의 행동에 조금이라도 부끄러운 부분이 있다면 이를 다른 종족에게까지 퍼뜨리고 싶지는 않을 것이다.

아우라의 입장에서는 지나치게 솔직한 말이었나 싶어 반성하고 싶은 심정도 약간은 있었다. 그도 그럴 것이 마수 곰—— 안킬로우르수스를 격퇴했다고는 해도 어린아이가 건방진 소리를 하고 있는 것이다. 두 파벌을 적으로 돌릴 가능성도 있다. 다만 무조건 실수라고 잘라 말할 수는 없었다.

아우라는 이 마을의 위기를 구한 여행자다. 그 사실을 잊고, 자신들의 추태는 돌아보지 않은 채 배제하려 드는 자는 인격파

탄자일 것이다. 그런 인물이 아군이 되지 않고 적으로 돌아서준다면 오히려 고마운 일이다.

그야 주인에게서 받은 지령은 우호적인 입지를 만들라는 것이었지만, 모든 다크엘프에게 사랑을 받으라고 한 것은 아니다. 계획의 전모는 아직 알 수 없지만 아마도 나자릭에 부적절한 다크엘프는 없는 편이 좋을 것이다.

'게다가 만약 파벌 한쪽을 적으로 돌린다면, 원래 적대하던 또 다른 파벌은 나를 같은 편으로 끌어들이려고 할 거니까. 그래도 상관없고, 아니면 날 중심으로 하는 제3파벌을 만들어도 괜찮을까나.'

가령 두 파벌이 적이 된다 해도, 수렵장처럼 어느 파벌에도 속하지 않은 다크엘프가 있다는 것도 어렴풋이 알 수 있었다. 최악의 경우 그런 모임을 아군으로 삼으면 된다. 다만 그 경우에는 주인에게 사죄할 필요는 있을 것이다.

"어흠. 그러면 아우라 벨라 피오라 님은 대체 이 마을에는 무슨 일로 오셨는지?"

"피오라가 성이니까 그걸로 불러줘. 음, 그리고 어느 정도 알아차렸을 거라 생각하지만, 이 숲에는 다크엘프들이 있는 것 같다는 소문을 듣고 왔거든. 그. 래. 서. 동족을 만나러 온 거야. 우리 나라에는 다크엘프가 거의 없어서 말야. 그러니까, 만약 허락한다면, 이 마을에 한동안 머물게 해줄 수 없을까?"

"그건 상관없네만── 혼자인가?"

"지금은 혼자."

"지금은?"

"응. 난 숲을 건너는 게 특기라 먼저 가라고 부탁을 받았거든. 실제 예정으로는 나중에…… 늦어도 3일 정도? 그쯤 있으면 남동생이랑 아저씨가 올 거야."

말할 필요도 없지만 아저씨란 것은 주인, 아인즈 울 고운이다.

"아저씨?"

"응. 친——부모님은 행방불명이라."

아우라는 마음속으로 부글부글찻주전자에게 사죄했다.

"아저씨가 길러주셨어."

거짓말을 하는 편이 이야기가 빠르겠지만, 나중에 거짓말임이 탄로 나도 귀찮아질 테니 될 수 있는 한 사실에서 벗어난 말은 하지 않기로 했다.

"그랬군…… 그런 말을 하게 해 미안하네. 그래서 혼자 여기까지 왔단 말이지—— 안킬로우르수스를, 그것도 로드를 격퇴할 만한 실력이 있다면 그것도 가능하려나."

좀 더 위로의 말을 들을 줄 알았던 아우라는 약간 허탈해졌다.

생각해보면 이곳은 위험이 많은 대수해다. 부모를 잃은 아이는 드물지 않을 테니, 그 정도는 위로할 만한 일도 아닐 것이다.

"그리고, 체류하는 것은 우리도 전혀 상관이 없네. 만약 바란다면 엘프 트리를 빌려줄 텐데, 어떻게 하시겠나?"

"응. 부탁할게."

"잘 알겠네. 누군가가—— 애플. 자네가 빈 엘프 트리까지 피오라 님을 안내해주게. 부탁할 수 있을까?"

대답한 것은 수렵장이었다.

“물론이지. 나한테 맡겨. 이 마을에서 가장 좋은 엘프 트리로 안내할 테니까.”

“그리고 사흘 정도면 아저씨와 동생이 온다고 하니, 환영 연회는 그때 함께 해도 상관이 없을까?”

“물론. 그럼 그렇게 부탁할게!”

“그러면 피오라 님. 나중에 여행 이야기라도 들려주실 수 있겠나? 그리고 다크엘프가 없다는, 피오라 님의 나라 이야기도 들려주면 좋겠군. 우리는 이 숲 밖을 전혀 모르니까. 물론 괴로운 이야기라면 무리할 필요는 없네.”

자, 어떻게 할까.

아우라는 생각했다.

고분고분 솔직하게 자신의 정체를 드러내봤자 메리트는 없다. 이목을 모으기 위해서라면 말해도 되겠지만, 이미 역량을 보여주는 데몬스트레이션은 끝났으므로 역시 의미가 없다. 하지만 아무 생각도 없이 정보를 줄줄 흘리는 것은 좋지 않더라도, 철저한 비밀주의 또한 좋을 것이 없다. 그렇다면 거짓말을 할까, 아니면 올바른 정보를 조금씩 제공할까, 혹은 거짓과 진실을 섞어넣을까…….

‘나중에 할 이야기와 앞뒤가 맞게, 아인즈 님이나 마레하고 의논해서 이야기를 만들어내야겠지만, 아무 말도 하지 않을 수는 없겠지. 나중에 오실 아인즈 님께 물어보고……라고 하고 싶지만 왜 그렇게까지 숨기느냐고 의아해할 것 같고…….’

이 상황에서 상대에게 의심을 사는 것도 좋지 않다.

특히 주인의 최종적인 목적을 간파할 때까지는, 우호적으로 헤어지는 것도 고려해야 한다.

'으음— 〈전언〉이 오지 않는 걸 보면 스스로 생각해 대답하라는 생각이신 걸까? 하지만 아인즈 님의 입장에선 어느 쪽이 좋을까?'

"——피오라 님. 왜 그러시나?"

조금 침묵이 길어졌던 모양이다. 아우라는 미소를 지었다.

"아, 응. 말해도 믿어줄까 하는 생각이 들었는데, 뭐, 여행이나 고향 이야기는 조금이라면 해도 될 것 같아. 요정의 오솔길이라든가."

"요정의 오솔길?! 그건 전설 아니었어?"

주위에 있던 다크엘프들 사이에서 그런 목소리가 들렸다.

"……달의 길이라든가, 요정의 오솔길은 실제로 있어."

나자릭의 제6계층에 있다는 말이지만.

"그러니까 요정에게 선택받지 않은 사람한테는, 위치라든가 자세한 이야기는 할 수 없어."

"후후. 미안해, 피오…… 아니, 아우라 님이라고 불러도 될까?"

여자 장로가 눈을 형형히 빛내고 있었다. 대답은 처음부터 정해져 있었다. 왠지 싫었지만 주인의 명령을 생각하면 거절할 수도 없었으므로.

"괜찮아."

"그래, 아우라 님. 아까부터 생각했지만 좋은 이름이네."

"고마워."

아우라는 티 없이 생긋 웃었다. 지고의 존재가 자신에게 붙여

준 이름을 칭찬한 것이다. 이를 부정하는 것은 절대 불가능했다. 하지만 빈말이란 것은 알았으므로 여기서부터 이야기를 부풀려 나갈 마음은 들지 않았다.

그 정도의 반응에도 여자 장로는 만족했던 모양이었다. 기분 좋게 말을 이었다.

"아우라 님도 요정에게 선택받은 다크엘프구나. 훌륭해. …… 이 마을에는 선택받지 않은 사람들이 많거든. 그러니까 우리—— 과거 북쪽에서 살았던 다크엘프들이 어떻게 이동해왔는지, 그런 건 몰라."

'……다크엘프들은 요정의 오솔길을 사용해 여기까지 온 건가? 그게 그런 능력이었던가?'

나자릭에 있는 요정의 오솔길에는 그만큼 먼 거리를 전이하는 힘은 없다. 착각하고 있거나, 아니면 뭔가 다른 요정의 오솔길인지도 모른다.

정보를 끌어낸 것은 좋았지만 조금 실수한 게 아닐까 싶어졌다. 하지만 그렇지 않다고 생각을 바꾸었다. 정보를 잘 이끌어내자. 그리고——.

'아인즈 님께 칭찬을 받는 거야!'

아우라는 마음속으로 주먹을 꽉 쥐었다.

*

아우라가 수렵장에게 안내를 받아 숙박장소로 향한다.

〈완전불가지화〉를 써서 계속 아우라의 뒤를 따라왔던 아인즈는 안도의 한숨을 내쉬었다.

동격의 적대자가 보이지 않아서이기도 하지만, 아우라의 첫 접촉이 매우 원활하게 이루어졌기 때문이었다.

그렇다고는 해도 지금의 좋은 인상이 연기가 아니라고 단언할 수도 없었다. 일부러 멀리서 찾아왔다는 아이에게 대놓고 냉담한 대응을 보이는 자는 인간적으로 상당히 문제가 있는 것이다. 환영하지 않더라도 보통은 이를 숨기려 하리라.

그러므로, 지나친 생각일 수도 있지만, 가능하다면 연기인지 아닌지 확신을 얻고 싶었다. 지난번 엘프 때처럼 납치해서 매료계 정신조작을 이용하면 간단하겠지만, 〈기억조작〉까지 사용하면 또 뒤처리가 귀찮아지므로 최후의 수단으로 삼고 싶었다. 죽여버린다면 이야기가 빠를 텐데.

우선은 이대로 마을의 동태를 살펴야 할 것이다.

변화가 별로 없어 보이는 이 마을에 아우라라는 새로운 화제가 뛰어든 것이다. 지금 마을 사람들은 분명 아우라에 대해 이야기하고 싶어서 안달이 났을 것이다.

아우라가 없는 곳에서 마을 사람들이 얼마나 솔직하게 감정을 토로하고 있을까.

〈완전불가지화〉 상태의 아인즈에게, 지금은 가식 없는 생생한 정보를 모을 기회였다.

세 장로들은 조금 전의 나무로 돌아가고, 모여 있던 다크엘프들도 뿔뿔이 흩어졌다. 문제는 어느 다크엘프를 따라가서 이야기를 훔쳐들으면 좋을까 하는 것이었다. 조금 전의 모임 속에서 아우라와 비슷한 또래——키를 통해 추측했다——의 아이들

몇 명이 있는 것을 확인했다.

본심을 말하자면, 아이들의 뒤를 미행하고 싶었다. 그리고 아우라에 대한 그들의 평가를 듣고 싶었다.

하지만—— '그 여자아이'라는 목소리가 조금 전의 나무 안에서 들려왔다.

'젠장! 이러면 저 장로들의 이야기를 엿들어야만 하잖아!'

가장 중요한 이야기를 할 법한 ——두 사람의 친구를 만든다는 의미에서는 다르지만—— 장로들의 이야기를 들어야 했다.

아인즈는 〈비행〉을 유지한 채, 장로들이 들어간 나무의 입구까지 둥실둥실 떠올랐다.

고개를 들이밀자, 그곳에 세 명의 장로는 없었다. 계단이 있고, 그 위의 층에서 말소리가 들려왔다. 이곳에서도 들리지만 만약을 위해 안으로 들어가 계단을 ——〈비행〉으로—— 올라갔다.

"그래서 그 소녀의 이야기는 어디까지 진실이라고 생각해? 요정의 오솔길을 써서 여행하고 있다는 것처럼 말하던데."

최연장자 장로의 어조는 조금 전과 약간 달랐다. 그렇지만 이것이 평소의 말투일 것이다. 아인즈도 말할 상대와의 관계에 따라 어조는 얼마든지 바꾼다. 반대로 바꾸지 않는 편이 더 소름끼치지 않을까.

다시 말해 그는 친구와 대화할 때는 이런 분위기라는 뜻이겠지.

"전부 거짓말인 것 같진 않았어. 요정의 오솔길을 쓰지 않고, 그렇게 어린 여자애가 여행을 하기는 힘들잖아?"

"그렇다고 단언할 수도 없지. 우르수스 로드를 격퇴할 만한 힘을 가졌는데?"

"어머, 그건 그 무기의 힘 아니고? 봤잖아? 그 반짝거리는 활! 그건 분명 엄청난 명품일 거야! 어쩌면 요정에게 받은 걸지도 몰라."

아우라가 장비했던 그 활은 아인즈가 가지고 있던 것으로, 위그드라실에서는 별로 대단하지 않은 부류에 속했다. 하지만 화려하다는 점에서는 실제로 톱클래스에 속할지도 모른다.

'여기에서도 룬을 선전해야 할까……?'

아인즈가 생각하는 동안에도 세 장로의 대화는 이어졌다.

"그 아이, 여기에 언제까지 있어줄까? 가능하다면 계속 있었으면 좋겠는데."

"아니, 그런 어렵겠지. 나중에 온다는 아저씨와 동생과 합류하면 금방 여길 떠나도 이상하지 않은걸? 이곳 말고도 다크엘프 마을이 몇 군데나 있으니까. 다른 마을도 돌아보고 교우관계를 넓히려 할 수도 있잖아. 그 아이가 무슨 목적으로 우리——동족을 만나러 왔는지는 모르지만, 이 마을을 고집할 이유는 없을 테니까."

"그건 그렇군. 우리——동족을 어떤 이유로 만나러 왔는지, 그런 부분을 확실하게 들어야겠어. 그러기 위해서라도 환영 연회는 성대하게 해야겠군."

"그래, 맞아. 다른 마을로 간다고 해도 우리 마을이 제일 인상에 남도록, 마을의 힘을 집결해서 큰 연회를 열어줬으면 해. 3일 후에 대비해 식량확보에 힘써야겠는걸."

"젊은 녀석들이 싫어하지 않을까?"

"아무리 그래도 그건 아닐걸. 마을을 구해준 그 아이의 가족들을 위한 연회잖아? 협력할 수밖에 없다는 걸 애들도 알 거야."

"그렇겠군. ……그리고 연회 때 요정의 오솔길 같은 이야기도, 아저씨라는 사람에게 물어보면 되겠지. 우리가 환영한다는 마음이 전해지면 어느 정도는 입이 가벼워질지도 모르고."

"맞아. 그래도 역시 이 마을에 남아줬으면 좋겠는데."

"……상당히 집착하는군. 요정에게 선택받았을지도 모른다는 게 그렇게나 매력적이야?"

"그럼. 당연히 그렇잖아. 우리── 아니, 이 근처 마을의 첫 사람들은 이미 거의 다 요정의 축복을 잃어버렸어. 만약 그 아이가 여기 남아준다면……."

"다른 마을에게 큰소리를 칠 수 있다고 생각하는 건 아니겠지? 그럴 거라면 네가 하는 일에는 전부 반대하겠어."

"누가 그런 소릴 했다고. 하지만 어떻게 요정의 축복을 받았는지 알면, 우리도 되찾을 수 있을지 모르잖아."

이야기를 들어보니, '요정'이란 종족으로서의 요정이 아니라 정령에 가까운 요정을 말하는 듯했다. 그런 요정의 축복이라면 위그드라실에도 있었다. 아니면 이 세계의 요정은 그런 축복의 힘을 가진 걸까?

혹은 축복받은 요정Seelie Court이나 저주받은 요정Unseelie Court을 벗으로 삼는 그런 클래스를 가졌다는 걸까? 그건 특수능력의 일환으로, 요정의 오솔길 같은 전이 계통 능력도 사용할 수 있는 클래스였을 텐데.

'누군가에게 확인해두는 게 좋을지도 모르겠어.'

그리고 그 정보는 아우라와 공유하는 것이 좋다.

아인즈가 이것저것 생각하는 사이에도 장로들의 이야기는 이어졌다.

"그러면 젊은 놈들도 우리를 다시 볼 거야."

"억지로 이야기를 끌어내려고 무리하지는 마. 그것만이 아니야. 앞으로 온다는 아저씨나 남동생에게도 경의를 보여. 그들이 자기네 나라로 돌아간 후에 이 마을의, 다크엘프의 나쁜 소문이 퍼지는 건 참을 수 없어."

아인즈는 눈을—— 공허한 눈구멍에 떠오른 붉은 빛을 약간 어둡게 했다.

'흐음…… 이 마을은 실패였나? 아우라가 마을 내부의 대립에 도구로 쓰이는 건 싫은데.'

부글부글찻주전자에게 맡은 아이의 마음에 상처를 입히는 것을 어떻게 용납하겠는가. 아인즈는 여자 장로에게 짜증을 느꼈다.

'……어른과는 친하게 지내지 않도록 하고…… 이제는 아이들이 순수하기를 기도할 수밖에.'

세 사람의 대화가 연회 이야기로 옮겨가고, 아우라가 수상쩍게 여겨지지 않는 것 같아 안도한 아인즈는 〈상위전이〉를 사용했다. 그리고 전이한 곳에서 〈완전불가지화〉를 해제했다.

"아, 아인즈 님. 어서 오세요."

그린 시크릿 하우스 밖에서 기다리던 마레가 고개를 꾸벅 숙였다.

"다녀왔다, 마레. 이쪽은 별일 없었던 모양이구나."

마레의 바로 옆에는 상위 언데드 창조로 만들어낸 백안시체가 떠 있었다. 아인즈는 시선을 돌려, 그 커다란 녀석을 찾아보았지만 어디에도 모습이 보이지 않았다.

"그렇군. 펜리르는 아직 안 돌아왔느냐?"

"네, 네에. 아직이에요."

펜리르에게는 다크엘프 마을에서 도망친 안킬로우르수스를 이곳까지 데려오는 역할을 맡겼다.

다크엘프들이 조금이라도 뇌를 가지고 있다면, 아우라라는 카드가 손에 들어온 이상, 안킬로우르수스를 쓰러뜨리기 위해 흔적을 쫓아올 것이다.

그러므로 임시 거점에 안킬로우르수스를 데리고 돌아올 때는 다크엘프 토벌대의 눈을 속일 필요가 있었다.

하지만 안킬로우르수스는 몸집이 크며, 은폐나 이동에 관한 특수능력은 없었으므로 흔적을 스스로 알아서 지우기는 어렵다. 그렇다면 안킬로우르수스 이외의 누군가가 모종의 수단으로 이를 숨겨주어야 한다.

그렇게 되어 펜리르가 이 역할을 맡았던 것이다. 펜리르에게는 〈숲 건너기〉라는 능력이 있다. 안킬로우르수스를 등에 짊어지면 발자국 하나 남기지 않고 이곳까지 돌아올 수 있다.

물론 아인즈가 그곳까지 가서 〈상위전이〉로 전이하거나, 나베랄처럼 〈비행〉으로 들어 옮기는 수단으로 이곳까지 데려올 수도 있었다.

하지만 아인즈는 아우라와 함께 다크엘프 마을에 들어가 정보 수집에 최선을 다하는 한편, 비상사태가 일어났을 때는 아우라의 도주를 거들고 적을 섬멸하는 역할이 있었으므로, 그쪽은 펜리르에게 맡겼던 것이다.

'조금 잘못 짚었어……. 도망친 안킬로우르수스를 토벌하기 위해, 즉시 아우라를 포함한 부대를 파견할 거라고 생각했는데……. 시간에 여유가 있었다면 내가 그쪽으로 가도 됐을 거야.'

"그렇구나. 그렇다면 여기서 잠깐 기다릴까. 걱정했을 테니 일단은 말해두겠다만…… 뭐, 내가 혼자 돌아온 걸 보면 알 수 있었을 테고, 아우라에게서도 별말은 없었지?"

아인즈의 질문에 마레가 고개를 한 번 끄덕였다.

"그런 거다. 무사히 다크엘프 마을에 잠입한 듯했다."

마레와 아우라에게는 아이템이 있으므로 쌍방향으로 연락이 가능하다. 마레에게 아우라의 SOS가 도착하지 않았다면 그녀는 안전하다고 할 수 있으리라. 하지만 아우라가 긴급사태에 대응하지 못하고 무력화되는 일도 절대로 없다고는 못한다. 그렇기에 방심해서는 안 된다.

게다가 마을에 잠입시키면서 아우라의 무장을 어느 정도 바꾸었기 때문에, 그녀는 평소보다도 훨씬 약해졌다. 지금의 아우라를 죽이는 것은 평소보다도 훨씬 쉬울 것이다.

그것을 알면서도 은밀히 호위를 붙이지 않았던 것은 당연히, 그것이 아인즈 혼자서 결정한 일이 아니기 때문이다.

두 사람과 의논한 결과, 아우라의 주위에는 아무도 배치하지 않기로 한 것이다. 아인즈에게 위장이 있다면 고통에 혼절했을 정도의 불안을 품으면서 내린 결정이었다.

아인즈는 지금도 여전히 그 결정이 잘못이었던 것은 아닐까 후회하고 있다. 더 좋은 아이디어가 있지는 않았을까? 예를 들면 아인즈가 만든 언데드 중에는 비실체의 존재도 있다. 그런 것을 어딘가에 숨겨놓는다거나 하는 방법 말이다.

아우라의 주위에 아무것도 배치하지 않았을 경우의 메리트는 두 가지. 하나는 비상사태가 발생했을 때 상황에 따른 몬스터를 소환할 수 있다는 것. 그리고 또 하나는――.

'――나자릭 멤버들, 그것도 부하라는 존재가 없는 곳에서라면 아우라도 나자릭을 잊고 긴장하지 않은 채 느긋한 마음으로 다크엘프들과 접할 수 있지 않을까. 그렇게 되면…….'

――아우라에게 친구가 생길지도 모른다.

다만, 현재, 아우라가 친구를 만드는 데에 치명적인 문제가 생겼다.

그것은 아우라가 마을의 구세주 같은 입장이 되어버렸다는 것이다.

울어버린 빨간 오니 작전이 잘못이었는가 하면, 그렇다고 단언할 수는 없다. 그 이상으로 빠르고 원활하게 아우라를 마을 내에 녹아들게 만들 수단은 없었을 것이다. 하지만 지금의 상황은 도가 지나쳤다.

스즈키 사토루와 길드 '아인즈 울 고운' 사람들이 처음 만난 곳이 서로 대등하지 않은 현실세계였다면, 아마도 친구가 되지 못했을 것이다. 그와 마찬가지로, 현재 아우라는 마을을 구한 은인이라는 위치에 있으며, 단순한 마을 아이들과는 대등한 관계가 될 수 없다.

아인즈는 이 불균형을 바로잡기 위해 움직여야만 한다.

그렇다.

아인즈는 아우라를 단순한 아이로 끌어내려야만 하는 것이다.

아인즈는 마레를 보았다.

아우라에게는 친구를 만들어줄 기회를 주었는데 마레에게는 주지 않는다면 불공평할 것이다. 아우라만이 아니라 마레에게도 친구를 만들 기회를 주고 싶었다.

아우라도 마레도 부글부글찻주전자에게서 맡은 아이다. 그 두 사람 사이에 차이를 두는 것은 있을 수 없는 일이다.

실제로 각자의 개성을 고려해 기르는 것이 중요할 수는 있다. 다만 기회는 평등하게 주어져야 하리라.

'아이를 길러본 적이 없는 내가 뭘 생각하는 건가 싶군. 아버지가 어떤 건지 누구에게 물어보면 좋을까…….'

문득 운필레아의 얼굴이 아인즈의 뇌리에 떠올랐다.

'나쁘지 않겠어. 그는 괜찮은 아버지지. 하지만——'

그렇다. 하지만, 마레에게는 한 가지 문제가 있다.

마레의 내향적인 성격 이야기가 아니다.

'부글부글찻주전자님의 취미 때문에, 마레는 여장을 하고 있으니 말이지.'

다크엘프 마을을 봤을 때 대부분의 마을 사람은 긴 바지를 입고 있었다. 이따금 긴 스커트를 입은 다크엘프도 있었지만, 모두 여자였다. 심지어 그런 긴 스커트를 입은 여성은 그 안에 긴 바지도 함께 입은 듯했다. 물론 스커트를 들춰서 엿볼 수는 없었으므로 확실하게 그렇다고 단언할 수는 없다. 어쩌면 타이츠였을지도 모른다.

숲에서 생활하면서 피부를 드러내는 것은 별로 좋지 않다고 아우라에게 들은 적이 있으므로, 여성이 긴 바지를 입는 것은 그런 이유일 것이다.

'〈완전불가지화〉는 상대에게 공격을 가하면 마법이 풀리지. 아니, 상대에게 해를 입힌다고 하는 편이 정확해. 그렇다면…… 스커트를 조금 들추고 엿본다는 건 공격에 해당할까?'

이제까지 그런 생각은 한 번도 해본 적이 없었다.

아인즈는 마레의 얼굴을 흘끔 보았다.

"어, 에, 무, 무슨 일이세요?"

"아, 아니, 아무것도 아니다."

'멍청아! 무슨 생각을 하는 거야!'

정상적인── 아니, 지극히 당연한 자신이 질책했다.

물론 그런 건 알고 있다. 하지만 마법의 분야에서 자신이 모르는 것을 알고 싶다는 호기심이 강하게 자극을 받았다.

'──그만둬라 나! 무슨 생각을 하는 거야! 마레의 스커트를 들춰보고 싶다니, 상식을 벗어난 정도가 아니잖아!'

물어보면 마레는 허락해주겠지만──

'──내가 뭘 상상하고 있는 거야!'

"왜, 왜 그러세요?"

"──아니, 너무 터무니없이 이상한 생각을 해버려서 말이다. ……장래에 실험해볼지도 모르지만 지금은 아니고, 대상도 다를 것이다.”

의아해하는 표정을 보이는 마레에게 이 이상 말을 할 필요는 없을 것이다.

게다가 마레보다는 그나마 알베도 쪽이—— 낫다보다는, 그나마 건전하다.

아인즈는 그렇게 생각하고, 따끔따끔 자극을 가하는 호기심을 머리에서 털어냈다. 이건 근본적으로 글러먹었다고.

‘아무튼 여장을 한 마레는 이상하게 여겨져서 소외당할 수도 있어. 그런 일은 반드시 피해야 하지만…… 왜 여장일까……. 아니, 아니, 그게 아니고. 지금 생각할 건 그게 아니지. …… 찻주전자님이 그렇게 했으니까 내가 시켜서 그걸 그만두게 하는 건 틀림없이 잘못이야. 잘못이긴 한데…… 내가 잠깐만 그만두자고 하는 정도는 괜찮을까? 만약 마레가 여장을 그만두면 아우라하고 함께 마을에서 생활해도 상관없을 테고……. 하지만…….’

설마 옛 친구의 취향 때문에 이렇게나 고뇌할 날이 올 줄은 생각도 못했다.

“저기 말이다, 마레. 의논할 게 있다만…….”

“네.”

진지한 표정으로 이쪽을 바라보는 마레.

‘……찻주전자님. 내가 뭐 잘못하는 건가요?’

아인즈의 뇌리에 핑크색 덩어리가 떠올랐다. 어째서인지 엄지를 척 들고 있는 모습에 속으로 울컥했다.

"저, 저기요……?"

"……미안하다, 마레. 잠깐 생각을 하느라……."

폐도 없는 몸으로 후우 한숨을 토해내고, 아인즈는 정면으로 마레를 보았다.

"마레. 그 여장을 잠시 중단해주었으면 한다."

말이 부족했다.

아인즈는 그 점을 잘 알기에, 마레가 표정을 바꾸기 전에 재빨리 말을 이었다.

"들어다오잠시라고했다영구적으로그만두라는게아니야이건아우라의서포트로서마레도마을에가주었으면한다는것은알고있겠지? 그렇기때문에그다크엘프마을에있는동안만인거다이건어떤의미에서는잠입공작이지그일환으로서그복장은눈에뜨이기때문에다른의상을입고임무에착수해주었으면하는데어떠냐."

빠르게 주워섬겨댔다.

마레가 이쪽을 빤히 쳐다보고 있다. '왜 나만' 이라는 뜻이겠지. 아우라에게는 그런 말을 하지 않았으니까.

아인즈는 더 이상 말을 할 수가 없었다.

적절한 변명이 떠오르질 않았다. 실제로 여장은 이상하지만 남장은 이상하지 않다는 것은 앞뒤가 맞지 않지만, 부글부글찻주전자는 그 점까지 생각하고——

'아니, 취향—— 혹은 성벽이겠지. 페로론님의 누나잖아.'

그렇다면 최대한 얼버무려야 한다. 운 좋게도 나자릭에 있을 때의 장비는 지나치게 눈에 뜨이기 때문에 아우라의 무장도 꽤 많이 변경했다. 그것이 이런 데서 도움이 될 줄은 몰랐다.

"아우라의 의상도 약간 변경했잖느냐? 지나치게 강한 장비라면 수상쩍게 여기는 사람이 나와서 좋지 않으니 말이다. 어떠냐?"

'비겁하군……. 마레에게 판단을 맡기는 건 책임을 마레에게 떠넘긴다는 의미이기도 한데.'

"아, 알겠어요. 걱정하지 마세요, 아인즈 님."

"괜찮겠느냐?"

"네, 네에. 자, 잠입을 위해서라면, 어, 부글부글찻주전자 님도 분명 이해해주실 거예요."

"그, 그렇구나. 음. 분명 이해해주실 거다."

여장을 통해 부글부글찻주전자에 대한 마레의 마음을 느끼고, 그 사람이었다면 무슨 반응을 보였을까, 아인즈는 옛 친구를 떠올렸다.

'상당한 확률로 양심의 가책에 몸부림치다가 마레에게 사과할 것 같아……. 아니, 반대 방향도 충분히 있을 수 있으려나……?'

다만, 이걸로 아우라와 마레의 친구 계획은 최종단계로 나아갔다고 생각해도 될 것이다.

"좋아. 그러면 준비를 확실히 하고 아우라와 합류하자."

3

다크엘프 마을로부터 조금 떨어진 장소에서 아우라가 활을 들었다. 금속이 쓰인 그것은 다크엘프들이 평소에 쓰는 활보다도 훨씬 우락부락했다.

아우라의 키를 가볍게 넘는 크기다.

그런 활을 뿌득뿌득 소리와 함께 잡아당긴다.

이것은 원래 마을에 있던 물건으로, 가장 힘이 있는 사람도 당기지 못했다는 강궁이다. 그것을 어린아이가 별 힘도 들이지 않는 표정으로 당기는 것을 본 다크엘프들은 모두가 눈을 휘둥그렇게 뜨고, 그 직후 수긍하는 표정을 지었다.

"——보관을 좀 많이 잘못했는걸. 소리가 나는 건 여기저기 열화해서 그래. 아무도 당기지 못했다는 건 단순히 못 쓰게 돼서 아니었을까? 으음, 흔들릴 거 같네. 조준한 데로 잘 날아가려나……."

아우라는 지금 큰뿔주걱사슴Giga Horn Elk이란 이름의 마수를 노리고 있다. 이상할 정도로 큰 뿔을 가졌지만 〈숲 건너기〉 능력으로 숲속에서도 기민하게 움직이는 마수다. 그 능력을 살린 돌진공격의 파괴력은 무시무시하다고 한다.

여기서 아우라가 날카로운 시선으로 사냥감을 노려보고 있었다면 일류 사냥꾼다워서 멋있었을지도 모르지만, 아인즈가 보기에 아우라의 옆얼굴에 떠오른 것은 뭐랄까, 평소와 같은——어떤 의미에서는 긴장감이 결여된 표정이었다. 아무 데나 굴러다니는 조약돌을 대충 던지려는 것처럼 보이기까지 하는, 그런 태연한 표정이었다.

그것은 아우라의 근처에서 같은 사냥감을 노리던 다크엘프 마을의 레인저 세 사람——남자 둘, 여자 하나——과는 전혀 달랐다. 그들의 표정은 진지함 그 자체였으며, 한편으로는 자신의 존재를 사냥감에게 들키지 않기 위해 몸을 숨기고 있었다. 아인즈는 모르겠지만 분명 감정을 숨기고 기척도 숨겼을 것이다.

그런 그들은, 한 손에 활을 들기는 했지만, 겨누고 있지는 않았다.

보통은 사냥감을 놓치지 않기 위해, 혹은 호된 반격을 피하기 위해 일제히 화살을 쏘는 법이다. 하지만 이번에 그러지 않았던 이유는, 아우라에게 방해가 되지 않기 위해서다.

그것은 그들이 지금 있는 장소를 봐도 알 수 있다. 왜냐하면 이번에는 모두가 지상에서 대기하고 있었던 것이다.

다크엘프의 사냥은 기본적으로, 사냥감의 반격을 우려해, 최대한 안전한 나무 위에 자리를 잡은 채 사냥하기 안성맞춤인 존재가 나타나기를 기다리는 매복형 사냥이다. 그럼에도 이러고 있는 이유는 아우라를 신뢰하기 때문이다.

그러면 그런 사냥 멤버 속에 있으면서도 가장 기척을 숨기려는 노력을 게을리 하는 아인즈는 어떻게 하고 있는가 하면, 여느 때처럼 〈완전불가지화〉를 쓰고 있었다. 너무 많이 써서 슬슬 '여기에만 의존해도 되는 걸까?' 하는 불안감이 들기 시작하는 이 마법으로, 완벽하게 기척을 없애, 사냥감도—— 다크엘프들도 전혀 알아채지 못했다. 이 사냥 동안 계속 뒤를 따라다니고 있었지만, 눈치를 챈 기색을 보였던 것은 아우라뿐이었다.

아우라가 화살을 쏘았다.

극히 짧은 ——눈 한 번 깜빡할 정도였을까—— 간격을 두고 큰뿔주걱사슴이 주위를 확인하려는 듯 고개를 돌렸다.

화살을 쏠 때는 자연계에서 날 수 없는 소리가 난다. 이를 들은 것일까.

아니, 그럴 리가 없다고 아인즈는 생각했다.

소리는 매우 작았다. 심지어 표적과의 거리는 충분했으며, 상식적으로는 들릴 리가 없다. 그럼에도 큰뿔주걱사슴은 어떻게 반응했던 것일까.

우연이라는 답이 가장 정답에 가까울 것이다. 아니면 특수한 능력을 가졌거나. 만약 그렇지 않다면 공격한 순간 풍겼던 기척——아인즈 혼자만의 추측이지만——을 예민하게 감지했기 때문이리라.

하지만 그 미미한 반응조차 예견했던 것처럼, 움직인 큰뿔주걱사슴의 머리에 아우라의 화살이 육체의 저항을 무시하고 푹 박혔다.

큰뿔주걱사슴의 몸이 휘청 기울어졌지만—— 쓰러지지 않았다. 뇌를 화살에 꿰뚫렸음에도.

마수, 야수를 불문하고 짐승이란 원래 생명력이 왕성하다.

아우라가 늘 장비하고 있는 위그드라실의 활과 화살이라면 틀림없이 치명상을 입혔겠지만, 다크엘프들에게 빌려온 것으로는 일격에 죽이기란 무리였던 모양이다.

'이렇게 보고 있으니 장비품이나 무기의 성능이 주는 영향이 정말 큰걸. 뭐, 아우라 자신도 그렇게까지 강한 특수기술은 쓰지 않은 것 같으니까, 거기에 따라선 결과가 달라졌을지도 모르지.'

사냥감은 머리에 깊이 화살이 꽂힌 채 펄쩍 뛰듯 움직였다. 큰 부상을 입었으므로 싸우지는 않고 도망치려 하는 것이다.

하지만 그것조차 역시 예견했던 것처럼 아우라가 또 한 발을 쏘고 있었다.

다시 머리를 꿰뚫린 큰뿔주걱사슴은 마침내 땅에 쓰러졌다.

"뭐, 이 정도지."

"역시 대단하십니다, 피오라 님!!"

당연한 결과라는 태도를 보이는 아우라에게, 가장 가까이 있던 다크엘프 남자가 진심으로 반했다는 듯 목소리를 높였다. 이름은 플럼 가넨. 부수렵장이라는 지위에 있으며, 이번 아우라의 사냥 멤버 중 리더를 맡고 있다.

그의 반응과 표정은 연기라고는 여겨지지 않아서 아우라에게는 강한 아군처럼 여겨졌다. 하지만 아인즈는 낯을 찡그렸다.

반응이 지나치게 좋았던 것이다.

그의 형형히 빛나는 눈은 존경과 동경과 경의와 열망이 뒤죽박죽 섞인 것이어서—— 성왕국에 있던 눈이 무서운 소녀가 되살아난 후에 보여주었던 것과 비슷해서, 솔직히 말해, 외견 나이가 반도 안 될 것 같은 아이에게 들이댈 눈이 아니었다.

이 멤버로 사냥을 나온 것이 이것으로 두 번째인데, 처음에는 이런 태도가 아니었다.

분명 아우라는 안킬로우르수스를 격퇴했다.

하지만 그것은 전투능력이 높다는 것을 의미할 뿐, 사냥의 재능과는 다르다고 생각하는 분위기였다. 실제로 아우라와 동행을 제안했을 때는 '레인저로서의 실력이 어느 정도인지 가늠하려는 마음이 컸다' 는 이야기를, 〈완전불가지화〉 중인 아인즈

앞에서 했다.

하지만—— 대수해를 걷는 아우라의 기민함에 전율하고, 기척을 숨기는 기술에 경악하고, 활을 쏘는 모습에 괄목하게 된 것이다. 넋이 나가버린 것처럼 입을 벌린 그의 모습은 우스꽝스럽기까지 했다. 그렇게 해서, 이제는 아마도 다크엘프 마을 최고의 아우라 신자가 됐을 것이다.

다만 아인즈의 목적을 감안하자면 그의 존재는 골치가 아팠다.

이런 존재가 있으면 아우라를 한 명의 어린아이로 돌려놓기가 어려워진다.

이것이 아우라를 이용하기 위해 포섭하려는 것이라면 그나마 다루기가 쉽다. 하지만 그렇지 않기 때문에 대응이 어려웠다.

'죽이는 건 최후의 수단이니…….'

"자자, 칭찬은 나중에 해도 되잖아? 얼른 해체해줘."

"네! 알겠습니다, 피오라 님!! 얘들아, 시작하자!!"

플럼을 애매한 표정으로 쳐다보던 나머지 두 명——아우라를 존경하는 듯하기는 했지만 그 이상의 태도를 보이는 플럼 때문에 침착성을 유지하고 있었다——의 다크엘프도 움직였다.

큰뿔주걱사슴의 다리에 로프를 감고 근처의 나뭇가지에 걸어 몸을 거꾸로 매단다. 다만 큰뿔주걱사슴은 몸집이 커서 세 사람이 매달려도 상당히 힘들었다.

아우라는 손을 뻗어 로프를 잡고는 "자!" 하고 가벼운 기합과 함께 잡아당겼다. 세 사람이 달려들어도 힘들어하던 사냥감이 순식간에 끌려 올라갔다.

"과연! 피오라 님!"

플럼의 칭송을 받으며 아우라는 살짝 눈살을 찡그렸다.

공감한다.

나자릭 멤버들의 얼굴을 떠올리며 아인즈는 고개를 크게 주억거렸다.

뜬금없는 일로 칭찬을 받는 것도 찜찜하지만, 간단한 일로 과장되게 칭찬을 받아도 어색한 기분이 드는 것이다. 바보 취급하는 건 아닐까 의심까지 하게 된다.

스스로에게 자신감이 없어서일까. 아인즈가 그런 생각을 하는 동안에도 해체는 착착 이어졌다.

남자 다크엘프가 사냥감에 손을 가져갔다. 그러자 손에서 하얀 안개 같은 것이 뿜어져 나왔다. 사냥감을 냉각시키는 효과가 있는 특수한 힘인 듯했다. 다만 아인즈가 아는 한 평범한 레인저에게는 그런 능력이 없었으므로, 드루이드 아니면 이 다크엘프가 따로 습득한 클래스의 능력일 것이다.

그렇게 한 다음 목을 베어, 흘러나온 피를 아래에 놓은 그릇에 담아나간다. 피를 빼는 것은 혈액 속의 잡균이 번식하는 것을 막기 위해서라고 한다. 조금 전 다크엘프가 보여준 힘만으로는 이렇게 커다란 몸을 냉각시키기에는 부족할지도 모른다.

그릇에 담긴 피는 요리 같은 데에 쓰는 모양이었다.

피를 가지고 이동하면 육식짐승을 끌어들일 수 있으므로, 다크엘프들끼리만 사냥할 때는 어지간해서는 이러지 않는다는 말을 지난번 사냥 때에도 들었다.

머리와 내장은 구멍을 파고 그 안에 모두 버렸다.

평소에는 일부의 내장을 가지고 돌아가지만, 이번에는 큰뿔 주걱사슴의 몸만으로도 충분한 무게가 되기 때문이다.

일단은 여기까지였다.

가죽은 마을에 가지고 돌아간 후에 벗기는 것이 다크엘프 방식이다.

아인즈가 이렇게 아는 척을 하고는 있지만, 그럼 일반적인 순서는 어떠냐는 질문을 받는다면, 수렵의 지식 따위 없으므로 '전혀 모르겠습니다' 하고 대답할 수밖에 없다. 오히려 다크엘프 방식인지 뭔지가 일반적일지도 모른다.

다크엘프들은 사냥감을 지면에 내리고 막대에 묶었다. 그리고 어영차 기합을 넣으며 들어올렸다. 상당히 무거운 듯했다. 정확하게는 전혀 모르겠지만 가식부위의 비율이 50퍼센트 이상은 되지 않을까.

아우라는 그 작업을 하지 않았다. 아우라의 일은 주변 경계였다.

일행은 다크엘프 마을로 이동하기 시작했다.

평소의 사냥은 매복식이므로 사냥감을 해치우는 데에도 시간이 걸리지만, 이번에는 아우라 덕에 빨리 귀환하게 되어 모두의 표정이 밝았다. 숲에서 살아가는 다크엘프라고는 해도 안전한 마을을 벗어나는 것은 신경을 마모시키는 일일 것이다.

"——야아, 정말 대단하십니다, 피오라 님. 오늘도 멋진 활솜씨였습니다."

걸어가면서 처음으로 입을 연 것은 플럼이었다. 빈말이 아니다. 진심으로 그렇게 생각하는 분위기였다.

"그래? 뭐, 여러분보다 대단할 수는 있겠지만…… 위에는 위가 있으니까. 어…… 친척…… 음— 이렇게 말하면 실례인가. 아무튼, 대단한 분이 계셔. 아! 아저씨 말고 다른 사람."

"……아저씨와 남동생이 오늘이나 내일이면 도착한다는 말은 들었습니다만, 역시 두 분도 실력 있는 레인저인가요?"

"아니, 둘 다 레인저는 아니야."

"그런가요? 이 숲을 둘이서 온다기에 상당히 실력이 있는 레인저라고 생각했는데……. 그럼 어떤 분들이신지요?"

"……실력이 있는 건 사실이야. 뭐, 어떻게 실력이 있는지는 금방 알게 될 테니까. 그건 기대해도 좋아. 그보다도 미안하지만 경계에 집중하게 해줄 수 없을까? 나 혼자서라면 여유롭게 도망칠 수 있어도, 여러분까지 생각하면 1초라도 빨리 발견할 수 있을지 어떨지가 중요하잖아?"

아마 아인즈와 마레의 능력을 어디까지 말해야 좋을지 고민되니, 선수를 쳐서 제법 괜찮은 변명으로 대화 자체를 막아버렸을 것이다. 다만 그것을 상대가 어떻게 받아들일지가 문제다.

기분 좋게 말을 걸었다가 상대가 대화를 끊어버렸을 때, 설령 수긍이 가는 이유를 대더라도 고분고분 받아들일 수 있을까? 사람에 따라서는 불쾌감을 품지 않을까.

'신자니까 괜찮을 것 같기는 하지만, 상대는 그 마을에서 어느 정도 입지가 있는 권력자니까. 적반하장으로 원한을 품어서 아우라의 평판이 떨어지지 않도록, 그때는 이것저것 생각을 해둬야겠어…….'

지금 아우라의 평판이 떨어지는 것이 꼭 나쁜 일이라고만 할 수는 없겠지만, 상정 이상으로 떨어지는 것은 곤란하다.

다만 아인즈의 걱정은 예상대로 의미 없는 것이었다.

"죄송합니다! 저는 그런 줄도 모르고!"

플럼이 엄청난 기세로 고개를 숙였다. 만약 사냥감을 들고 있지 않았다면 오체투지——그와 비슷한 엘프식 사죄——라도 하지 않았을까. 이런 과도한 반응이야말로 신자라고 생각하는 이유였다.

"아~ 뭐, 실력이 있으니까 평소 같으면 알았겠지? 내가 같이 있어서 조금 해이해진 것 같긴 하지만, 그만큼 내 실력을 높이 평가해준 거잖아? 그 자체는 기뻐. 다만 때와 장소를 좀 생각해 줬으면 해서."

'호오, 상위자로서 제법 위로할 줄 아는걸……. 계층수호자의 경험을 살린 걸지도 모르겠어. NPC가 성장하고 있다는 증거라고 생각하면 조금 기쁜데. 아니면…… 부글부글찻주전자님에게 물려받은 무언가일까? 그렇다면 그건 그거대로 기쁜걸. 아우라의 안에 찻주전자님이 살아있다는 뜻이니까.'

아우라의 뒤에 핑크색 덩어리가 떠올라 ——별로 보기 좋은 그림은 아니지만—— 아인즈는 움직이지 않는 표정으로 미소를 지었다.

일행은 아우라가 시키는 대로 경계를 유지하면서 말없이 귀환길에 나섰다. 그대로 한 번도 맹수와 조우하는 일 없이, 무사히 마을에 도착했다. 그리고 안전지대까지 돌아왔음을 확신한 플럼이 목소리를 높였다.

"——다들! 기뻐해라! 이번에도 피오라 님이 커다란 사냥감을 잡으셨다!!"

아인즈는 혀를 찼다.

이 전개는 예측하기는 했지만, 저지할 수 없다는 것은 알고 있었다. 위험한 장소에 나갔던 사냥꾼이 사냥감을 자랑하는 것은 당연하며, 그것이 누구의 공인지를 알리는 것도 당연하다. 특히 아우라는 외부인이므로 입장을 유리하게 해주기 위한 행동이었으리라.

하지만 아인즈의 입장에서는 그 호의가 별로 바람직하지 않았다.

엘프 트리에 걸린 다리를 건너 모여든 마을 사람들이 거대한 사냥감을 감탄하는 눈으로 바라보았다.

"그럼 난 숙소로 갈게."

"네! 뒷일은 저희에게 맡기십시오, 피오라 님!!"

플럼에게 뒷일을 맡기고, 모여드는 마을 사람들과 엇갈려 아우라는 이 마을에서 빌리고 있는 집으로 걸어갔다.

혼자 돌아가는 아우라를 따라가고 싶었다. 하지만 아우라의 입지 변화와 같은 세세한 정보는 놓칠 수 없었으므로 아우라를 좇아갈 수는 없었다.

걸어가던 아우라가 고개만 돌려, 허공에 멈춰 선 아인즈 쪽을 보았다.

'쓸쓸해 보이는군…….'

그저 아인즈의 감수성이 지나치게 풍부한 것일 수도 있지만, 아인즈는 아우라의 옆얼굴이 그렇게 보여 견딜 수가 없었다.

다크엘프 중에는 아우라를 외경의 눈으로 바라보는 자도, 경의를 품는 자도 있다. 하지만 아우라에게 친밀감을 가지고 다가오는 자는 한 명도 없었다.

여행자 소녀가 아니라, 모든 면에서 상위인 존재로 보고 감복하는 것이다. 계속 반복하는 것 같지만, 그 위치 자체는 나쁘지 않다.

하지만 그것은 아인즈의 목적에서 보자면 좋지 않았다.

'아우라를 마을의 영웅에서 단순한 아이로 만들어야 하는데…… 아무리 생각해도 어렵겠어. 내가 도착하기 전에 생겨난 그 입지를 무너뜨리려 하면 반대로 내가 배척당할 우려가 있고. ……그야 그렇지. 육친이라고는 해도, 나중에 나타난 녀석보다는 마을에 공적이 있는 아우라를 중시할 테니까.'

아인즈가 그 자리에 남아 있으려니 마을의 다크엘프들이 계속해서 모여들었다. 당연히 그 속에는 아우라만한 몸집의 어린 다크엘프도 있다.

해체된 사냥감이 식재료로 바뀌어 마을 주민들에게 골고루 돌아갔다.

"이봐, 잡아주신 피오라 님에게 감사하라고!"

고기를 받을 때마다 다크엘프들은 얼굴에 웃음을 지으며 감사의 말을 올렸다.

숙련된 사냥꾼인 다크엘프들이라도 매번 반드시 사냥감을 잡아오는 것은 아니며, 이렇게 훌륭한 고기를 입수하는 일은 그리 많지 않다고 한다. 그런 이야기를 지난번이었던가 지지난번에 들었다.

잔뜩 있던 고기가 주민들에게 돌아가며 점점 줄어들었다. 누군가에게 넘어갈 때마다 신자인 플럼이 말한다. 피오라 님에게 감사하라고.

조금 전부터 되풀이했듯, 아인즈도 그 자체에는 불만이 없다.

아우라가 사냥감을 잡아온 것은 사실이고, 여기에 감사하지 않는 녀석이 있다면 그것이 더 불쾌하다. 하지만——

"과연 피오라 님이야. 역시 그런 분한테 마을을 맡기고 싶다니까."

"그러게, 누가 아니래. 우르수스 로드를 격퇴하고, 거기다 사냥 실력도 일급이잖아. 그분이 계신다면 이 마을도 아무 걱정 없을 텐데……."

"맞아, 맞아."

플럼의 주위에 있던 다섯 명의 어른 다크엘프들이 입을 모아 말했다.

아우라의 평가가 점점 높아진다. 그리고 모여든 아이들도 그 말을 듣고 있는 것은 큰 문제다.

"……하지만 피오라는 애잖아?"

풀 냄새가 나는 한 남자 다크엘프가 불쑥 말했다.

신자 집단의 표정이 바뀌었다.

"그건 장로들의—— 꼰대들의 생각이지!"

노성이었다.

몇 초 전까지만 해도 싱글벙글하던 플럼이 돌변해 목소리를 높였다.

"나이가 뭐 어쨌다는 거야. 나이가 많다고 대단해?! 아니야! 그야 오래 살면 경험을 쌓아서 뛰어난 능력을 가지게 되는 사람도 있을 수 있지. 하지만 그냥 나이만 먹었다고 해서 꼭 그렇게 되는 건 아니야. 나이는 절대적인 지표가 될 수 없어. ——하지만! 하지만 능력만은 절대적인 지표가 될 수 있어!!"

그 의견에는 아인즈도 동의했다.

영업현장에서 수없이 보았다. 뛰어난 사람은 처음부터 뛰어나고, 못난 사람은 몇 살이 돼도 못난 법이다.

"뛰어난 능력! 그거야말로 이 위험한 곳에서 수많은 이들을 구하는 힘! 능력이야말로 절대적인 지표야!! 설령 아무리 어리더라도!"

"하지만…… 피오라는 좀, 너무 어리지 않아?"

반대 의견을 제시하던 여자에게 다른 신자가 싸늘하게 말했다.

"그건 그 장로들의 사고방식이랑 똑같은 거 아냐? 넌 그것들하고 동류구나."

"——뭐?"

여자가 그 다크엘프에게 적의로 가득 찬 눈빛을 보냈다. 장로들이 상당히 미움을 사고 있다는 것을 잘 알 수 있었다.

'솔직히 그렇게까지 미움 받을 만한 짓을 하는 것 같진 않던데…….'

젊은이들이 이만한 악감정을 가지게 된 이유를 알 수 없었다. 하지만 아인즈가 이 마을을 감시한 지는 이제 겨우 이틀밖에 안 됐고, 모든 것을 파악한 것도 아니었다. 그러므로 아인즈가 모르는 부분에 이유가 있을지도 모른다.

"그 장로들의—— 나이만 우선시하는 사고방식을 타파하기 위해, 피오라 님처럼 뛰어난 다크엘프를 따르고, 경우에 따라서는 지도자로 모실 수 있도록 행동해야 하지 않을까?!"

그만해.

아인즈는 낯을 찡그렸다.

그런 목적으로 이 마을에 아우라를 보낸 것이 아니다.

이 이야기를 아우라가 들을 경우, 잘못하면 찬동해서 마을을 지배하는 방향으로 가버릴지도 모른다. 나자릭의 세력 확대에는 유익한 수라고 할 수 있다. 하지만 아인즈는 그것을 바라지 않았다.

아인즈는 어른들의 다툼을 바라보는 아이들에게 눈을 돌렸다.

조금 전처럼, 맛있는 음식을 기뻐하는 것이 아니라 불온한 공기에 흐린 표정을 짓고 있었다.

'이게 문제라고…….'

아인즈는 아우라와 마레에게 친구를 만들어주고 싶었다.

스즈키 사토루가 살아가던 세계의 아이들과는 달리, 이 세계의 ――넴이라는 소녀로 대표되는―― 아이들이라면 천진난만한 호기심에서 아우라에게 다가설 수도 있었을 것이다. 하지만 아인즈가 엿본 바로는, 그리고 아우라에게 들은 바로는, 그런 아이는 한 명도 없었다.

대수해라는 위험한 환경에서 자라났기에, 호기심 같은 것이 억압되고 있을 가능성이 없다고는 말하지 못한다. 하지만 그 이상으로 어른들의 대응을 느끼고, 살아가는 세계가 다르다고 인식해버렸을 것이다. 아우라는 아이지만 아이가 아니라고 받아들여버린 것이다.

차라리 평판이 떨어지면 아이들도 다가서기 쉬워지지 않을까. 그런 생각마저 들었다.

'어른이 감복할 만한 상대에게 뻔뻔하게…… 아니, 친근하게 다가서기는 어렵겠지……. 설령 그게 자신과 비슷한 나이라고 해도…… 아니, 비슷한 나이니까 더 이질감을 느낄까……? 엿들었던 바로는, 부모가 아이더러 아우라에게 접근하지 말라거나 예의를 지키라는 소린 안 하던데, 그게 그나마 다행인지, 아니면 안 좋은 일인지 모르겠군.'

"하아……."

한숨을 토하고 말았다.

이대로는 친구가 생기기는 힘들 것이다.

'그렇다면…… 이제 내가 움직여서 부탁을 해볼까? 다만 그게 좋은 결과로 이어지리라는 보장은 없고……. 그래도 상황이 변할 걸 기대해볼까? 세상의 모든 부모가 다 이렇게 고생을 하나……?'

아인즈는 전에도 생각했던 의문을 깊이 품은 채 〈상위전이〉를 발동시켰다. 마지막으로 들려왔던 목소리에 머리를 감싸쥐며.

"——애초에 피오라가 뭐야 피오라가! 피오라 님이라고 불러!"

4

꿈이다.

꿈을 꾸고 있다.
이것이 꿈이란 것을 안다.
뭐라고 하더라.
그렇다, 자각몽이다.
꿈임을 자각하는 꿈.
그 속에서 나는 어린아이였다.
그리고—— 얻어맞아 날아갔다.
꿈속에서 시야가 빙글빙글 돈다.
아프지는 않다. 그렇다. 꿈이니까 아프지는 않다.
하지만 아프다.
얼굴이 시큰시큰 쑤시고, 충격으로 입 안이 찢어졌을 것이다.
입 안은 피 맛으로 가득하다.
꿈인데도 맛이 난다.
불가사의하다.
이것은 정말로 꿈일까.
시야에 손이 비쳤다.
흙으로 지저분해진 조그만 손이다.
역시 꿈이다.
지금의 내 손은 이렇게 작지 않다.
안심했다.
이건 꿈이구나.
시야가 움직였다.
——싫다. 일어나고 싶지 않다. 하지만 일어난다.
떨어져 있는 자신의 봉을 굳게 쥐고, 다시 일어난다.

자신의 앞에는 어머니가 서 있다.

표정은 없다. 가면이라도 쓴 것 같다. 차가운 눈으로 나를 내려다본다.

손에는 나를 때려눕히기 위한 봉을 쥐고 있다.

그리고 휘두른다.

지금의 자신이라면 받아낼 수 있다. 하지만 이때의 나에게는 무리다.

아픔과 동시에 허공을 날았다.

지면에 처박혀 다시 아픔이 느껴진다.

시야가 뿌옇게 흐려진다.

눈물이다.

문득, 자신이 눈물을 흘리지 않게 된 것이 언제부터였던가 하는 생각을 하고 말았다.

시야가 움직인다.

어머니가 무언가를 말한다.

어느샌가 손에서 떨어져 땅바닥에 놓인 봉을 향해 시야가 움직인다.

일어나라는 말을 어머니에게 들었을까.

하지만 일어나지 않는다.

아프고, 괴롭다.

나는 우는 소리를 했을 것이다.

어머니의 표정은 변하지 않는다. 다만 천천히, 보란 듯이 봉을 들고 자세를 잡는다.

목소리가 들린다.

시야가 움직이고, 토실토실한 여성이 달려오는 것이 보였다.
우리 집에서 가사를 도와주는 여성이다. 맛있는 음식을 해준다.
나즐 아주머니다.
촉촉한 오믈렛이 훌륭했다. 내가 좋아하는 것이다. 그녀의 음식이야말로 내 추억의 맛이며, 맛있음의 기준이다.
유감스럽게도 이미 돌아가셨을 것이다. 기왕이면 어머니와의 훈련이 아니라 그녀의 음식을 먹는 꿈이었으면 좋았을 텐데.
원래 어머니란 존재는 요리를 한다는 것을 나중에 알았지만, 내 어머니가 만들어준 요리는 먹어본 기억이 없었다. 나를 단련시키느라 힘들었을 거라고, 누군가가 말했던 기억이 있다.
그때는 무지했기에 그 말에 수긍했다.
하지만 지금은── 어른이 된 지금은 그렇지 않다고 단언할 수 있다.
나는 어머니와 함께 식사를 한 기억이 별로 없다. 혼자 먹었던 기억이 대부분이다.
"안녕히 주무셨어요……."
세상에 색깔이 돌아왔다. 눈을 뜬 걸까. 그렇다면 좀 더 일찍 깨워줬으면 좋았으련만.

내가 망각했던 것이 아니다.
그렇다, 알고 있었다.
어머니는 나를 싫어했던 것이다.
겁탈당해 가지게 된 아이가 불쾌하기 그지없었겠지.
그러므로 나는 어머니에게 생일을 축하받아본 적도 없다.

어머니에게서는 어떤 축복의 말도 받아본 적이 없다.
고맙다거나.
축하한다거나.
잘했다거나.
그런 흔해빠진 말조차도.
애초에—— 내가 어머니에게 이름으로 불린 적이 있기나 했던가.
이 이름은 누가 붙여줬던가.
하지만, 정말로 싫었다면 죽여버렸으면 좋았을 텐데.
쉽게 죽일 수 있었을 텐데.
하지만 죽이지 않았다.
그러니까 나는 미움 받지 않았다.
그것은 나의 가엾은 선망일 뿐일까.
"기, 기다려 주세요, 파인 님. 아직 어린아이입니다. 이 이상의 훈련은 좋은 결과를 가져오지 못할 거예요."
어머니가 눈을 돌리지만, 나즐 아주머니는 그래도 물러나지 않았다.
지금 돌이켜보면, 나즐 아주머니도 보통 분은 아니었을 것이다.
"스, 슬슬 휴식이 필요할 거예요. 마실 것을 준비할 테니……."
"괜찮습니다."
"파인 님이 음료를 드실 동안 상처를 치료할 테니……."
"괜찮습니다."
어머니가 손을 내밀자 모든 상처가 치료되었다.

아픔도 어디론가 날아갔다.

“괜찮지?”

어머니가 얼굴을 가까이 들이댄다.

까마귀 같은 눈동자를 가진, 마치 감정이 모두 사라진 듯한 얼굴. 소름끼친다.

“……응. ……괜찮아.”

“그래.”

어머니가 나즐 아주머니에게 고개를 돌렸다.

“……이제 알았죠? 아직 괜찮아요. 그리고 이건 죽어도 소생할 수 있을 정도의 실력은 이미 갖추고 있어요. 어때요, 아무 문제도 없죠?”

“…………네. 분부대로──.”

“──안녕히 주무셨어요. ……저기─ 절사(絕死) 님, 안 계신가요?”

‘쭈뼛쭈뼛’ 이라는 표현이 가장 잘 어울리는, 희미한 여자 목소리가 들렸다. 그것은 꿈속에서 들려오는 목소리가 아니다. 현실의 목소리다.

의식이 깨어났다.

천장이 보인다. 자신의 방 천장이다. 옆방에 기척 하나가 있다. 아직 머릿속이 또렷하지 않았지만 적의는 느껴지지 않는다.

“꿈이니까 좀 더 맥락 없는 내용을 보여줘도 좋았을 텐데…….”

중얼거리며 한숨을 쉬고, 눈앞으로 손을 가져왔다. 눈물을 흘렸는지 손가락이 젖었다.

"——지금 일어났어. 잠깐만 기다려줄래?"

"네헤엑! 저 같은 사람은 신경 쓰지 않으셔도 돼요! 얼마든지 기다릴 테니 천천히 해주세요!"

위협하는 말은 한 마디도 하지 않은 것 같은데, 여자는 매우 겁을 먹고 있었다. 다시 한 번 한숨을 쉬고 싶은 기분을 느끼며 침대에서 몸을 일으켰다. 근처의 의자에 걸어놓았던 겉옷을 걸친다.

방에 온 것이 누구인지는 목소리로 알 수 있다.

상대는 동성의 동료이므로 그렇게까지 옷을 단단히 입진 않아도 될 것이다. 게다가 아무리 그래도 완벽하게 단장을 마칠 때까지 그녀를 옆방에서 기다리게 하는 것은 미안하다.

문을 열고 옆방으로 가자, 그녀는 선 채로 기다리고 있었다. 몸 둘 바를 모르는 듯 불안해하는 분위기다.

"——기다리게 해서 미안해. 앉아서 기다려도 되는데."

"아뇨아뇨, 하나도 안 기다렸어요. 그보다도, 에헤헤. 절사 님의 수면을 방해해버려서 죄송합니다. 부디 용서해주세요."

마음에도 없는 웃음을 지으며 굽실굽실 고개를 숙이는 그녀. 심지어 ——무의식적인 것은 아니겠지만—— 손바닥까지 비벼대고 있다. 법국의 히든카드인 칠흑성전 제11석—— '무한마력' 이라는 별명을 가진, 인류의 영웅과도 같은 존재라고 하기에는 너무나도 한심한 모습이다.

"그럼 앉아줄래?"

"아뇨아뇨아뇨아뇨. 그럴 수는 없어요. 이야기가 끝나면 금방 돌아갈 텐데 절사 님의 소파에 앉다니……."

그녀는 파닥파닥 요란하게 손을 내저었다.

그렇게까지 거절하지 않아도 되는데. 절사는 생각했다.

"앉았다고 딱히 무슨 일이 일어나는 것도 아니고, 화내지도 않을 건데? 아니, 정말로…… 그렇게까지 비굴해지지 않아도 되는데…… 동료잖아?"

그렇게 말하자 그녀는 역시 아양 떠는 듯한 웃음을 지었다.

"에헤헤, 저 같은 버러지가 절사 님과 동료라고 하시면 너무 황송하죠."

"아니, 진짜로 그렇게까지는……. 저기 말야. 내가 맡았던—— 나랑 대련했던 칠흑성전 멤버 중에서 네가 제일 비굴하거든? …… 전에는 더 시건방졌는데."

칠흑성전은 영웅이다. 그러므로 때로는 콧대를 세우고 기어오르는 자들이 있다. 그런 자들의 콧대를 완전히 꺾어버리는 것이 절사절명의 역할 중 하나이기도 하다. 그러므로 칠흑성전 동료 중에서도 그녀를 아는 사람은 거만했던 자들뿐이다.

다만, 이것은 기어오르던 칠흑성전 멤버를 상대로 늘 해왔던 일이다. 그녀만이 특별하지는 않았다. 그녀 이상으로 훈련을 ——조금 지나쳤다고 후회할 정도로—— 시켜주었던 부대장도, 지금은 평범한 태도로 대해준다. 그럼에도 이런 태도를 보이는 것은 그녀뿐이다.

그녀의 경우에는 콧대를 꺾는 과정에서 선을 넘어버렸던 모양이다.

'앞으로는 좀 더 상대의 성격 같은 걸 고려해야겠어.'

"거만해지는 건 안 좋지만, 좀 더 당당해져도 괜찮은데?"

"에, 에헤헤. 절사 님 앞에서 그럴 수는 없죠."

손바닥을 비비는 속도가 빨라졌다.

이렇게 할 정도의 뭔가를 하진 않았는데. 절사는 생각했다.

했던 일이라고는, 정면에서 그녀의 마법을 받아내며 전진해, 마운트 포지션을 취하고, 그저 하염없이 안면을 ——훈련이라는 명목이었으므로—— 죽지 않도록 주의해가며 후려갈긴 정도였다.

밑에 깔린 채로도 패배를 인정하지 않은 채 필사적으로 마법을 쓰려 했던 점은, 그래도 조금은 근성이 있는 녀석이라고 평가해주었을 정도였다. 게다가 노력을 거듭해, 이제는 아픔을 견디면서도 마법을 쓸 수 있게 된 향상심의 소유자이기도 하다.

나름대로 높이 평가하는 상대가 이런 태도를 보이면 조금 슬퍼진다.

"……그래서 오늘은 무슨 일이야? 대충 상상은 가지만."

"아, 네. 과연 절사 님은——."

"——아~ 빈말은 됐으니까."

"아, 네, 네엣. 엘프 토벌군이 다시 침공을 개시했으니까, 슬슬 가실 준비를 해주십사 하고 절사 님께 전해달라는 부탁을 받았어요."

"그랬구나……."

절사가 미소를 짓자 눈앞의 인물은 얼굴이 굳어버렸다. 그렇게까지 무서운 표정을 지을 마음은 없었다. 평소와 같은 미소를 짓고 있을 텐데도.

"드디어 목에 걸렸던 가시 하나가 빠지겠네."

막간

한층 방대한 마력을 흡수해 엘더 리치를 넘어선 존재는 나이트 리치Night Lich라 불린다. 역사를 뒤져보아도 확인된 개체는 극소수이며, 산 자들은 그 사실에 감사한다.

왜냐하면 나이트 리치의 힘은 강대하기 때문이다.

그들이 구사하는 것은 인간의 영역을 초월한── 제6위계라는 초고위의 온갖 마법들. 그러한 힘이 있으면 나이를 먹은 고위 드래곤과 정면에서 싸워도 꿀리지 않는다. 나아가서는 다양한 특수능력을 지녔으며, 수많은 언데드를 거느리고, 높은 지능을 가진 데다, 튼튼한 방벽을 갖춘 난공불락의 요새에 거점을 둔다.

그것은 그야말로 일국의 지배자, 언데드의 왕이다.

실제로 널리 이름이 알려진 세 명의 나이트 리치──

드래곤 나이트 리치 '크판테라 아골로스'.

거인신Titan 나이트 리치 '휴에이온'.

나이트 리치——아마도——이며, 아무도 이름을 모르는 영왕(影王) '공포Fear'.

——그들은 소국에 필적하는 영토를 지배하며, 주변 국가에 공포의 존재로 널리 알려진다. 그렇기에 나이트 리치라는 이름은 공포와 외경으로 사람들의 입에 오르내리며, 천재지변과 동의어로 간주되는 신화적 존재라 할 수 있다.

그렇게 모두가 두려워하는 나이트 리치이면서, 세상에 알려지지 않은 채 어둠에 도사린 한 개체—— '심연'이라는 별명을 가진 바네지엘리 안샤스는 고개를 숙이며 그 거대한 방에서 천천히 물러났다.

여섯 개의 팔과 두 개의 머리를 가진 나이트 리치이자, 제6위계까지의 마력계 마법, 같은 제6위계까지의 그 외 계통 마법을 구사하는, 인간으로서는 결코 이길 수 없는 공포의 존재. 만약 표면의 세계로 나가는 일이 생긴다면 앞서 말한 저명한 나이트 리치는 셋이 아니라 넷이 되었을 자로서, 조직의 발기인이자, 내진(內陣)에 위치한 최고참 언데드였다.

'심연의 주검'이라는 조직이 있다.

언데드 매직 캐스터로 이루어진 집단으로, 원래는 서로의 이해관계가 충돌하지 않도록 조정할 목적으로 시작된 모임이었다.

왜냐하면 언데드라는 무한한 생명을 가진 자들끼리 마법의 연구를 하고 있으면, 아무래도 다른 동등한 존재와 부딪쳐버리는 때가 오기 때문이다.

3대 욕구가 없는 언데드는 다른 강한 욕구를 가지는 경우가 많으며, 그것이 언데드 매직 캐스터일 경우 지식욕으로 나타나는 경향이 강하다. 그렇기 때문에 하나의 지식을 놓고 다툼이 일어나면, 서로 손을 떼지 못한 채 그대로 섬멸전에 돌입해 어느 한 쪽이 소멸할 때까지 싸우는 일도 허다하다.

산 자라면 3대 욕구로 가야 할 욕망이 모두 하나로 통합되면, 통제할 수 없을 정도로 강해지는 것이리라.

그렇게 소멸된 언데드는 나름 많으며, 나아가서는 어부지리를 노린 산 자에게 이용당해 다툰 양측이 함께 소멸되는 전개까지 일어나곤 했다.

그렇기에 지식이나 마법 아이템을 독점하고자 양보하지 않다가 함께 소멸하느니, 서로 협력할 수 있을 때는 협력하고, 거래해야 할 때는 거래하는 편이 현명하다는 것을 이해하는 자들이 나타나게 되었다. 이렇게 해서 하나의 명부가 만들어졌다.

그것이 후세에 '그라니에조 비문(碑文)' 이라 불리게 되는, 마력을 담지도 않았는데 어느샌가 마력을 가지기에 이른, 참가자들의 이름이 새겨진 석비다.

그 무렵에는 겨우 나이트 리치 4명과 엘더 리치 3명의 이름밖에 없었으며, 그저 몇 가지 규칙이 있고, 위반했을 때는 다른 멤버들에게 혼이 난다는 정도의 느슨한 연결고리만이 있었을 뿐이었다.

그로부터 200년 정도가 지났을 무렵에는 나름대로의 규칙이 있는 조직으로 바뀌었다.

그와 동시에 소속한 언데드의 수는 늘어나, 내진 7명에 외진(外陣) 48명, 합계 55명으로 이루어진 큰 조직으로 성장했다. 그중에서도 내진 7명은 하나같이 난이도 150에 이른 언데드뿐이었다.

다만, 이 조직을 아는 이는 드물다.

이 조직에 속한 언데드는 둘로 나뉜다.

하나는 산 자들 사이에서도 세력을 늘리고, 그 세력을 이용하여 자신의 목적을 위해 행동하는 자들. 또 하나는 산 자들에게는 관여하지 않고, 세계의 이면에서 조용히 자신의 목적을 위해 행동하는 자들이다.

그리고 전자와 같은 생각을 가진 자들의 수는 매우 적고 후자의 수가 압도적으로 많았으므로, 산 자의 세계에서 노골적인 활동을 하는 일은 별로 없었다.

게다가 전자처럼 산 자 속에서 세력을 늘리려 하면 그와 비례해 적이 늘어나게 마련이다. 특히 언데드는 산 자 전체의 적이기 때문에, 때로는 산 자가 국경을 초월해 힘을 합쳐 토벌에 나서곤 했다.

그렇게 해 전자의 존재는 더욱 줄어들었다. 물론 아무에게도 알려지지 않도록 산 자의 세계에서 어둠 속에 뿌리를 펼치는 자도 있기는 있지만, 그렇게까지 우수한 언데드는 별로 없었다.

결과적으로 '심연의 주검' 은 소문 수준에서만 존재하는 조직이 되었다. 앞서 말한 3명의 강대한 힘을 가진 나이트 리치를 조직에 권유하지 않았던 것도, 그들의 가입 때문에 눈에 뜨이는 것을 피하기 위해서였다.
'그것' 이 앉은 방에서 밖으로 나가자, 거대한 통로가 펼쳐져 있었으며, 그 옆에는 조그만 빛이 밝혀진 방이 있었다.
'그것' 과 면회하려는 자들의 대기실이다. '그것' 이 이러한 것을 준비할 리 만무했으므로 ——그러한 다정함은 전무하다—— 탄원해 허가를 얻어 바네지엘리 같은 이들이 만든 방이었다.
그곳에 있던 자가 바네지엘리에게 말했다.
"돌아왔나. 그럼 다음은 내 차례군."
조금 전까지 바네지엘리도 그곳에 있었으므로 누가 말을 걸었는지는 보지 않아도 알 수 있었다. 왜냐하면 이곳은 호출을 받기 전까지는 와서는 안 되는 곳이기 때문이다. 왔다간 '그것' 의 분노를 산다. 오늘 호출을 받은 것은 내진에 속한 자들뿐이었다. 조직 설립으로부터 이미 400년 가까이 지나, 내진에 속한 언데드의 수는 현재 9명이다.
'심연', '하얀 성녀', '죽음의 기수', '부패의 왕', '홍안공(紅眼公)', '현랑(賢狼)', '만군의 고로(故老)', '먹는 자', '황색유귀'.
조금 전 그들 모두가 도착해, 순서대로 호출되었다. 지금 남아있는 것은 마지막 한 명.
'하얀 성녀' 그라즌 로커였다.
백랍 같은 피부를 가진 여성 언데드다. 베일이며 드레스까지 온통 하얀 색의 차림을 하고 있다.
누구보다도 먼저 제8위계에 도달해 지금은 제9위계를 지향하는 그 언데드는, 바네지엘리도 연구자로서는 자신보다 위라고 인정하지 않을 수 없는 존재다. 그리고 현재의 조직 지배자가 높은 평가를 내리며 아끼는 자이기도 하다.

아니——

'——'그것' 은 아무도 아끼지 않아. 불쾌하지만 참고 부리는 것뿐이지.'

'그것' 과 대화를 나누다 보면 말 한 마디 한 마디에서 드러난다.

'그것' 은 결코 이를 감추려 하지 않는다. 바네질리에나 다른 이들이 사용하는 마법을 지저분하다고 말할 정도다.

그렇기에 그라즌도 '그것' 에게 중용되면서 기뻐하지 않는다.

아니, 빼앗기만 하고 별다른 이익을 제공하지는 않는 '그것' 따위에게 기쁨을 느낄 리 만무하다. 특히 연구자로서 뛰어난 재능을 가진 그라즌이라면 더더욱 그럴지도 모른다.

물론 그런 마음을 '그것' 앞에서 드러내지는 않는다. 조직의 전원이 '그것' 에게 반기를 든다 해도, 유감이지만 승산은 없을 것이다.

"…………그래, 다음은 너다. 끝나면…… 이야기라도 하지 않겠어? 오랜만에."

"……뭐라고? ……그렇군. 알았다. 알았어. 물론 기꺼이 참가하고말고. 늘 가던 그곳이지?"

"맞아. 먼저 가 있겠다."

바네지엘리는 그라즌과 헤어져, 한동안 어둠 속을 걸었다. 이것도 언데드이기 때문에 가능하다. 대기실에 밝혀진 조명에는 거의 의미가 없다. 누가 설치했는지는 모르겠지만 아마도 단순한 장식일 것이다.

바닥은 마법적 수단으로 반들반들하게 닦여져 한 장의 널빤지처럼 보이지만, 벽이나 천장은 엉성해서 파낸 암반이 그대로 드러나 있다.

이곳은 거대한 동굴이지만 자연적으로 생겨난 것은 아니다. 상당한 시간을 들여, 조직의 지배자가 자신의 손으로 뚫은 것이다.

이 동굴에는 몇 년에 한 번 ――혹은 '그것' 이 부를 때마다―― 찾아오지만, 이렇게 커다란 동굴을 파낸 그 노력을 생각하면 비웃음을 짓게 된다.

마법에 뛰어난 나이트 리치이기 때문에 물리적 수단을 경시한다는 의미 이상으로, 자신들 앞에서 그렇게나 오만한 태도를 보이는 '그것' 의 겁 많은 측면을 드러내고 있기 때문이다.

어느 정도 거리가 떨어진 것을 확인하고, 바네지엘리는 〈전이〉를 두 번 발동해 목적지로 이동했다.

내진 중 한 사람 '홍안공' 크루누이 로그 엔테시 나의 거성인, 산속에 지어진 성 앞이었다.

크루누이는 내진에서도 가장 깔끔한 것을 좋아해, 주변에는 일급품만을 갖춰놓는다. 그것은 성도 예외가 아니었다.

다양한 종족에게 보수――마법의 지식, 매직 아이템, 보석을 포함한 재물――를 지불해 세운 성은 미적 센스가 없는 자들조차 충분히 장엄함을 느낄 수 있을 정도였다. 그렇기에 내진 멤버들이 모여 회의를 할 때는 크루누이의 성을 쓰곤 했다.

바네질리에가 성문 앞으로 전이하자, 이내 크루누이를 섬기는 언데드가 나타나 성 안으로 안내해주었다.

안내를 받은 방에는 그라즌을 제외한 내진 전원이 모여 있었다.

"——기다리게 했군."

"'그것' 상대하느라 고생했어."

먼저 말을 건 것은 이 성의 주인 크루누이.

청백색 피부를 가진 인간형이다. 자연적으로 발생한 언데드가 아니라, 원래는 인간종이었음에도 마법으로 자신을 언데드화한 존재다. 그렇기 때문인지 온갖 물건에 집착하는 과거의 잔재가 엿보이곤 한다. 다른 멤버들이 평소와 똑같은 차림——강대한 마력을 뿜는 매직 아이템——인 반면, 혼자만 매번 다른 세련된 의상을 입고 있는 것이다. 다만 의복에 담겨진 마법의 힘은 없다시피 했다.

다른 멤버들에게 의복이란 자신을 강화하는 것이지만, 크루누이에게는 몸을 장식하기 위한 것이라고 한다.

"그라즌이 오면 시작할 생각인데 상관없겠지?"

바네지엘리는 방에 놓인 여러 개의 긴 의자 중 하나에 앉아, 동포들에게 그렇게 물었다. 이의는 없었다.

이제부터 시작될 것은 몇 번이나 이루어졌던, '그것'에 대한 모반의 준비를 위한 대화다.

원래 '그것'을 인정했던 것은 단순히 강하기 때문이었다.

'심연의 주검'이라는 조직의 존재를 외진 구성원 중 누군가에게서 들었는지, 갑자기 모두의 앞에 나타나서는 압도적인 힘을 보여주었다.

바네지엘리 일행이 도망치지 않고 고개를 조아렸던 것은, '그것' 이 이 세계 최강의 존재들에 대한 억지력이 되리라 생각했기 때문이었다. 조직의 확대 따위를 바라서가 아니다.

하지만 '그것' 은 지배자로서는 최악의 부류에 속했다.

무엇보다, '심연의 주검' 은 대륙 중앙의 소란을 일으키거나 하기 위해 탄생한 조직이 아니다. 놈들의 협정을 위해 빌릴 수 있는 전력이란 식으로 생각해서는 곤란하다.

그렇다면—— '그것' 에 대한 억지력을 새로이 마련해야만 한다. 그것이 내진에 속한, 그리고 '그것' 과 만날 기회가 많은 자들의 공통인식이었다.

보통은 참가하는 자의 수가 늘어날수록 동료를 배신하고 정보를 유출하는 자가 나타날 가능성이 높아진다. 그러나 그런 짓을 하려는 자가 없다는 것이야말로 '그것' 에 대한 충성심이 없음을 의미한다.

그리고 확실한 것은, 아직까지 배신자는 없다. 그들이 무사하다는 것이 그 증거다.

만약 배신이 탄로 났다면 바네지엘리 일파는 이미 소멸되었을 것이다. '그것' 은 조직을 지배하고 그들의 연구결과를 손에 넣어 자신의 강화에 이용한다. 말하자면 그들에게 기생하고 있는 셈이다. 그럼에도 불구하고, '바네지엘리 일파가 다소 몰려다니며 활동해도 자신의 메리트가 더 크니 내버려두자' 고 생각하지는 않는다.

틀림없이 그들을 멸망시키고자 행동에 나설 것이다.

'그것' 에게 지배자로서의 관용이나 도량 따위는 없다. 아니, 경계심이 강하다고 해야 할까.

그러므로 바네지엘리와 다른 멤버들이 무사하다는 것은 '그것' 이 이를 알아차리지 못했음을 의미한다.

다행인 것은, '그것' 이 언데드를 지배하는 능력이 떨어진다는 점일 것이다. 역량의 차이를 생각해보면, 여기에 특화됐을 경우 바네지엘리 일행을 지배할 수도 있었을 테니까.

'언제까지고 우리가 네게 착취당하기만 하는 존재일 거라고는 생각하지 마라!'

바네지엘리는 조금 전에 만났던 거대한 '그것' 의 모습을 뇌리에 그리며 속으로 내뱉었다.

OVERLORD
Characters

캐릭터 소개

Character 62

시호우츠 토키츠

아인종

shihoutu tokitu

불타는 요리사

역직 ——— 나자릭 지하대분묘 요리장.

주거 ——— 식당에 인접한 휴게실.

속성 ——— 중립~악 ——— [카르마 수치: -80]

클래스 레벨 - 쿡(Cook) ——— 5lv

슈퍼 쿡(Super Cook) ——— 8lv

마스터 셰프(Master Chef) ——— 2lv

버서커(Berserker) ——— 2lv

퓨리(Fury) ——— 7lv

[종족 레벨]+[클래스 레벨] ——— 합계 78레벨

●종족 레벨 클래스 레벨●

취득총계 1레벨 취득총계 77레벨

status

능력표

[최대치를 100으로 했을 경우의 비율]

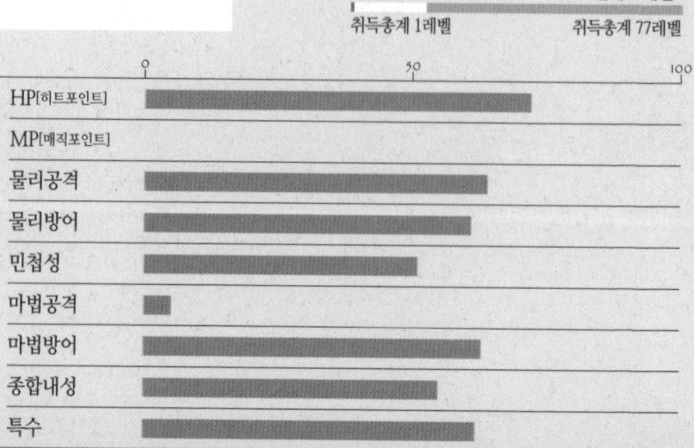

0 50 100

HP[히트포인트]

MP[매직포인트]

물리공격

물리방어

민첩성

마법공격

마법방어

종합내성

특수

Character 63

안킬로우르수스 로드

이형종

ankyloursus lord

대수해 15왕 중 하나

역직 —— 아우라의 모르모트.

주거 —— 대수해.

속성 —— 중립 —————— [카르마 수치: 0]

클래스 레벨 – 없음(위그드라실에 같은 종류가 없기 때문에 불명)

status

능력표

[최대치를 100으로 했을 경우의 비율]

0 50 100

- HP[히트포인트]
- MP[매직포인트]
- 물리공격
- 물리방어
- 민첩성
- 마법공격
- 마법방어
- 종합내성
- 특수

OVERLORD
Characters

지고의 41인 편

캐릭터 소개

12/41

배리어블 탈리스만

이형종

variable talisman

갑옷을 벗지 말지어다

personal character

초기종족인 센티피스톰은 도적계이기 때문에 탱커가 선택하기에는 부적절하다.
하지만 외견이 마음에 들었으므로 출신 종족을 바꾸지는 않았다.
그렇기에 능력 면에서는 이류 이하.
클래스 빌드의 센스, 플레이어 어빌리티,
테크닉, 게임에 대한 열의 등 어느 하나 뛰어난 것이 없었다.
게이머라기보다는 일반 플레이어에 가장 가까운 존재.
그는 지금도 괴로운 현실에서 입은 상처를 치유하는 수단 중 하나로
여러 가지 게임을 즐기고 있을 것이다.

Postscript by So-bin

2년만의 신간!!

다음 달에도 신간이 나와요!!

작업량 장난 아냐!!!!

So-bin

법국의 침공은 마침 내 엘프 나라를 함락시키기 직전에 이른다. 한 가지 계략을 떠올리고 행동을 개시한 아인즈의 앞을 가로막고 선 것은——

엘프의 정점,
엘프 왕.

그리고 법국의
히든카드,
절사절명.
역전의
강자들조차
두려움에 떠는
제16권.
Volume
Sixteen

오버로드 16
하프엘프 신인 | 下
OVERLORD Kugane Maruyama | illustration by so-bin
마루야마 쿠가네 — 글
일러스트◉so-bin

오버로드 15 하프엘프 신인 | 上

2022년 09월 15일 제1판 인쇄
2022년 09월 20일 제1쇄 발행

지음 마루야마 쿠가네 | **일러스트** so-bin

옮김 김완

발행 영상출판미디어(주)
등록번호 제 2002-000003호
주소 21315 인천광역시 부평구 부평대로 283, 부평우림라이온스밸리 A동 702호
전화 032-505-2973(代) | FAX 032-505-2982

ISBN 979-11-380-1710-7
ISBN 978-89-6730-140-8 (세트)

オーバーロード15 半森妖精の神人 | 上

오버로드 공식 4컷 스핀오프 코믹스!
나자릭 멤버들의 새로운 면면을 확인하라!

오버로드 불사자의 왕!

1~4

평범한 샐러리맨 스즈키 사토루는 이러저러하다
플레이하던 게임과 똑같은 이세계로 날아가버렸다.

그 후에는 절대적인 힘을 가진 죽음의 지배자 오버로드가 되어
그럴듯하게 행동하기도 하고,
자신을 흠모하는 부하들에게 휘둘리기도 하면서 매일 대소동!

아무리 작은 소재라도 열심히 맛있게 주워 먹는 공식 스핀오프가 여기 있다!

만화 : 쥬아미 / 원작 : 마루야마 쿠가네

NOENCOMICS